# 織田作之助

女性小説セレクション

# 怖るべき女

Sakunosuke Oda Selection

尾崎名津子 編

春陽堂書店

織田作之助　女性小説セレクション　怖るべき女　【目次】

# 凡　例

一、本書は、『定本織田作之助全集』（文泉堂書店、一九七六年）を底本とした。但し、次の作品における底本は左の通り。

「雨」　悪麗之介編『俗臭　織田作之助［初出］作品集』（インパクト出版会、二〇一一年）

「あのひと」　大阪府立中之島図書館織田文庫所蔵資料

「怖るべき女」　のうち「八」『りべらる』第二巻第二号（一九四七年二月）

一、作品本文は原則として底本のままとし、漢字は新字体に、仮名遣いは現代仮名遣いに改めた。

一、底本に付されているルビは原則としてそのまま生かした。

一、底本の本文における明らかな誤記・誤植はこれを訂正した。

一、底本の本文において脱落している句点および表記は、これを補った。

一、作者の慣用と思われる用字・用語はそのままとした。

一、本文中には、今日の観点に照らして不適切と思われる表現もあるが、作品発表当時の時代的背景を鑑み、底本の通り掲載した。

（編集部）

# 怖るべき女

織田作之助　女性小説セレクション

# 雨

　歳月が流れ、お君は植物のように成長した。一日の時間を短いと思ったことも、また長いと思ったこともない。終日牛のように働いて、泣きたい時に泣いた。人に隠れてこっそり泣くというのでなく、涙の出るのがただ訳もなく悲しいという泣き方をした。自分の心を覗いてみたことも他人の心を計ってみたこともなく、いわば彼女にはただ四季のうつろい行く外界だけが存在したかのようである。もとより、立て貫ぬくべき自分があろうとは夢にも思わず、あるがままの人生にあるがままに身を横たえて、不安も不平もなかった。境遇に抗わず、そして男たちに身を任せた。蝶に身を任せる草花のように身を任せた。

　三十六才になって初めて自分もまた己れの幸福を主張する権利をもってもいいのだと気付かされたが、そのとき不幸が始まった。それまでは、「私（あて）ですか。私（あて）はどうでも宜（よ）ろしおます」と口癖に言っていた。お君は働きものであった。

娘の頃、温く盛り上った胸のふくらみを掌で押え、それを何ども何ども繰り返して撫でまわすことをこのんだ。また、銭湯で湯舟に永く浸り、湯気のふき出している体に冷水を浴びることが好きだった。ザアッと水が降りかかってあたりの湯気をはらうと、お君のピチピチと弾み切った肢体が妖しくふるえながらすくっと立っている。官能がうずくのだった。何度も浴びた。「五辺も六ぺんも水かけますねん。立った儘で。良え気持やわ」と彼女が夫の軽部武彦に言った時、若い軽部は顔をしかめた。彼は大阪天王寺第三小学校の教員であった。お君が彼と結婚したのは十八の時である。

軽部の倫理は「出世」であった。若い身空で下寺町の豊沢広昇という文楽の下っ端三味線ひきに入門して、浄瑠璃を習っていた。浄瑠璃好きの校長の相弟子という光栄に浴していた訳である。そして、校長と同じく日本橋五丁目の上るり本写本師、毛利金助に稽古本を注文していた。お君は金助の一人娘であった。お君の母親は、お君の記憶する限り、まるで裁縫をするために生れて来たような女で、いつみても、薄暗い奥の部屋にぺたりと坐り切りで縫物をしていたが、お君が十五の時、糖尿病をわずらって死んだ。金助は若い見習弟子と一緒に、背中を猫背にまるめて朝起きぬけから晩寝る時まで、こつこつと上るりの文句をうつしているだけが能の、古ぼけた障子のように無気力なひっそりした男であった。中風の気があったが、しかし彼の作る写本は、割に評判がよかった、商売にならない位値が安かったせいもある。見習弟子は薄ぼんやりで余り役に立たなかった。母親が死ぬと、他に女手のないところから、お君は早くから一人まえの女なみに家の中の用事をさせられたが、写本を注文先に届けるのにもしばしば使われた。まだ肩みあげのついたままの、裾下一寸五分も白い足が覗いている短い着物に、十八の成熟した体を包んでお君が上本町九丁目の軽部の下宿先に初めて写本を届けて来たとき、二十八の軽部は、その乱暴ないろ気に圧倒されて、思わず視線を外らし、自分の固定観念にしがみついた。女は出世のさまたげ。しかし、三度目にお君が稽古本を届けに来た時、軽部は、まちがいが無いか今ちょいと調べて見るからね、と座蒲団をすすめてお君を坐らし、小声で稽古本を読み出し、………あとみおくりてまさおかが………ちらちらお君を盗見していたが、やがて声が妙に震えて来、生つばをぐっとのみこみ、………ながすなみだのみずこぼし………いきなりお君の白い手を摑んだ。

その時のことをお君は、「何かこう、眼の前がパッと明こうなったり、真ッ黒けになったりして、あんたの顔がこって牛の顔みたいに大きう見えたわ」と結婚後に軽部に話して、彼にいやな想いをさせたことがある。軽部は体の小柄な割に、顔の道具立てが一つ一つ大きく、眉毛が太く、眼は近眼鏡のうしろにギョロリと突出し、鼻の肉は分厚く鉤鼻であった。その大きな鼻の穴からパッパッとせわしく煙草のけむりを吹き出しながら、そのとき軽部は、このことは誰にも黙ってるんだよ、と髪の毛をなでつけているお君にくどくどと言いきかせた。それきり、お君は彼のところに来なかった。軽部は懊悩した。このことはきっと出世のさまたげになるだろうと彼は思った、ついでに、良心の苛責という言葉も頭に浮んだ。あの娘は妊娠するだろうか、しないだろうかと終日思い悩み、金助が訪ねて来やしないだろうかと恐れた。教育界の大問題、そんな見出しの新聞記事を想像するに及んで、胸の懊悩は極まった。だからいろいろ思い惑った揚句、今の内にお君と結婚すればよいという結論がやっと発見されたとき、ほっと救われたような気がした。何故もっと早くこのことに気がつかなかったのか、間抜けめと自分を罵ったが、しかし、結婚は少くとも校長級の娘とすることに決めていた筈であった。写本師風情の娘との結婚など、夢想だに価しなかったのである。僅にお君の美貌が彼を慰めた。

　ある日、軽部の同僚の蒲地某という男が突然日本橋五丁目に金助の家を訪れ、無口な金助を相手に四方山の話を喋り散らして帰って行った。何の事か金助にはさっぱり要領を得なかったが、ただ軽部という男が天王寺第三小学校で大変評判の良い教師で、品行方正だという事だけが朧げに分った。その軽部は、それから三日後、宗右衛門町の友恵堂の最中（もなか）五十個を手土産にやって来て、実はお宅の何を小生の連添いに頂きたいのですがと、ポマードでぴったり撫でつけた髪の毛を五六本指先でもみながら、金助に言った。金助がお君に、お前はときくと、お君は長い睫の眼をパチパチとしばたきながら、「私（あて）ですか。私（あて）はどうでも、宜（よ）ろしおます」一人娘のことだから養子に来ていただければと金助が翌日返事すると、軽部はそれは困りますと、まるで金助は叱られているような恰好であった。

　そうして、軽部は小宮町に小さな家を借り、お君を迎えたが、彼は、「大体に於て」彼女に満足していると、同僚たちにいいふらした。お君は働き者なのである。夜が明けるともうばたばたと働いていた。彼女が朝第一番に唄う、ここは地獄の三丁目、行きはよいよい帰りは怖い、という彼女の愛唱の唄は軽部によってその卑俗性の故に禁止された。浄瑠璃に見られるような文学性がないからね、と真面目にいいきかせるのだった。彼は、国漢文中等教員の検定試験をうける準備中であった。お君は金より大事な忠兵衛さん、その忠兵衛さんを科人（とが）にしたのもみんなこの妾（わたし）ゆえと日に二十辺も朗唱するようになった。軽部は多少変態的な嗜好をもっていたが、お君はそれに快よくたえた。

　ある日、軽部が登校して行った留守中に、日本橋の家できいたのですがと若い男が訪ねて来た。まあ、田中の新ちゃん、如何（どな）いしてたの。古着屋の息子で、朝鮮の聯隊に入隊していたのだが、昨日除隊になって帰って来たところだという。口調の活潑さに似ぬしょげ切った顔付で、何故自分に黙って嫁に行ったのかとお君を責めた。かつてお君は彼の為に唇を三回盗まれていた。体のことが無かったのは単に機会の問題だったのだと腹の中で残念がっているそんな田中の問責にお君はふに落ちぬ顔であったが、さすがに、日焼けした顔にありありと浮んでいる彼の悲しい表情に憐れを催し、彼のために天ぷら丼を注文した。こんなものがくえるかと、箸もつけずに帰って行った彼のことを、夕飯の時に、お君は、綺麗な眼の玉をくるりくるりと動かしながら話した。軽部は膝の上にのせた新聞をみながら、ふんふんと軽蔑したようなきき方であったが、話が接吻のことに触れた瞬間、いきなり、新聞がパッとお君の顔に飛んで来た。続いて、茶碗と箸、そして頬がピシャリと高い音をたてた。泣き声をききながら、軽部は食後の散歩に出掛けた。帰ってみると、お君は居なかった。火鉢の側に腰を浮かして半時間ばかりうずくまっていると、金より大事な忠兵衛さんと声がきこえ、湯上りの匂をぷんぷんさせて帰って来た。その顔を一つ撲ってから軽部は、女というものは結婚前には神聖な体のままでいなくてはならんものだよ、たとえキスだけのことにしろだね。いいかけて軽部はふと自分がお君を犯した時のことを想い出し、何か矛盾めいたことを言うようであったから、簡単な訓戒に止めることにした。彼はお君と結婚したことを後悔した。しかし、お君が翌年の三月男の子を産むと、日を繰って見てひやっとし、結婚してよかったと思った。生れた子は豹一と名付けられた。日本が勝ち、ロシヤが負けたという意味の唄が未だ大阪を風靡していたころである。その年、軽部は五円昇給された。

その年の秋、二つ井戸天牛書店の二階広間で、校長肝入りの豊沢広昇連中素人浄瑠璃大会がひらかれ、聴衆百八十名、盛会であったが、軽部武寿こと軽部武彦はその時初めて高座に上った。最初のこと故勿論露払いで、ぱらりぱらりと集りかけた聴衆の前で簾を下したまま語らされたが、沢正と声がかかったほどの熱演で、熱演賞として湯呑一個をもらった。その三日後に、急性肺炎に罹り、かなり良い医者に見てもらったのだが、ぽくりと軽部は死んだ。泪というものはいつになったら涸れるのかと不思議なほどお君はさめざめと泣き、夫婦は之でなくては値打がないと人々はその泣き振りに見とれた。しかし、二七日の夜、追悼浄瑠璃会が同じく天牛書店二階でひらかれたとき、豹一を連れて会場に姿を見せたお君は、校長が語った「新口村」

の梅川のさわり、金より大事な忠兵衛さんで、パチパチと音高く拍手した。手を顔の上にあげ、人眼につく拍手であったから、人々は眉をひそめた。軽部の同僚の若い教師たちは、軽部の死位で枯渇されなかったお君の生命感に想いをいたし、腹の中でそっと夫々の妻の顔を想い浮べて、何か頼り無い気持になるのだった。校長はお君の拍手に満悦であった。

三七日の夜、親族会議がひらかれた席上、四国の高松から来た軽部の父が、お君の身の振り方に就て、お君の籍は実家に戻し、豹一も金助の養子にしてもらったらどんなものじゃけんと、渋い顔して意見をのべ、お君の意向をきくと、「私どすか。私はどうでも宜ろしおます」金助は一言も意見らしい口をきかなかった。お君が豹一を連れて日本橋五丁目の実家に帰ってみると、家の中はあきれるほど汚なかった。障子の桟には埃がべたっとへばりつき、便所には蜘蛛の巣がいくつもかかったまま、押入には汚れ物が一杯押しこまれていた。お君が嫁いだ後金助は手伝い婆さんを雇って家の中を任していたのだが、選りによって婆さんはもう腰が曲り耳も遠かった。このたびはえらい御不幸なと挨拶をした婆さんに抱いていた豹一を預けると、お君は一張羅の小浜縮緬の羽織も脱がずバタバタとはたきをかけ始めた。三日経つと家の中は見違えるほど綺麗になった。手伝い婆さんは、実は田舎の息子がと自分から口実を作って暇をとった。お君は豹一を背負って、ここは地獄の三丁目と鼻唄うたいながら一日中働いた。そんなお君の帰って来たことを金助は喜んだが、この父は亀のように余りに無口であった。彼は軽部の死に就て、ついぞ一言も纏った慰めをしなかった。

古着屋の田中の新ちゃんは既に若い女房を貰って居り、金助の連れて行った豹一を迎えに、お君が銭湯の脱衣場に姿を現わすと、その嫁も最近産れた赤ん坊を迎えに来ていて、仲善しになった。雀斑(そばかす)だらけの鼻の低いその嫁と並べてみてお君の美しさは改めて男湯で問題になり、当然のこととして、お君の再縁の話がしばしば界隈の人たちから金助に持ちかけられたが、その都度、金助がお君の意見をきくと、例によって、「私(あて)はどうでも宜(よ)ろしおます」という態度であったから、金助は、軽部の時とちがって今度はその話を有耶無耶に葬ってしまった。お君はときどき軽部の愛撫から受けた官能の刺戟を想い出し、その記憶の図を瞼に映して頭を濁らすのだったが、そのたびに、ひそかな行為によって自ら楽しむ所があった。見習弟子はもう二十才になっていて、夏の夜なぞ、白い乳房を豹一にふくませながらしどけなく転寝しているお君の肢態に、狂わしいほど空しく胸を燃していたが、もともと彼は気も弱く、お君も勿論彼の視線の中に男を感じたりはしなかった。

五年経ち、お君が二十四、豹一が六つの年の暮、金助は不慮の災難であっけなく死んでしまった。その日、大阪は十一月末というのに珍らしく初雪がちらちら舞っていた。豹一の成長と共にすっかり老いこみ耄碌していた金助が、お君に五十銭貰い、孫の手をひっぱって千日前の楽天地へ都築文男一派の新派連鎖劇を見に行ったその帰り、日本橋一丁目の交叉点で恵美須町行の電車に敷かれたのである。金網にはねとばされて危く助かった豹一が、誰にもらったたかキャラメルを手にもち、人々にとりまかれて、ワアワア泣いている所を見た近所の若い者が、あッあれは毛利のちんぴらだと自転車を走らせて急を知らせてくれ、お君がかけつけると、黄昏の雪空にもう灯りをつけた電車が二十台も立ち往生し、車体の下に金助の体が丸く転っていた。ギャッと声を出したが、不思議に泪は出ず、母親の姿を見つけて豹一が手でしがみついて来た時、はじめて咽喉の中が熱くなって来た。そして何も見えなくなった。やがて、活気づいた電車の音がした。

その夜、近くの大西質店の主人が褐色の風呂敷包をもって訪れて来、「実は先年あんたの嫁入の時、支度の費用や言うてお金を金助はんに御融通しましてん、その時お預りした品が利子もはいっとりまへんしますさかい流れていますのやが、何でもあんたの家には大切な品や思いますので相談(はなし)によっては何せんこともおまへんこう思いましてな、何れ、電車会社の方の」謝罪金を少くとも千円と当込んで、之ですと差出した品を見ると、系図一巻と太刀一振であった。ある戦国時代の城主の血統をひいている金助の立派な家柄がそれによって分明するのであったが、お君には初めてみる品であり、又金助から左様な家柄に就てついぞ一言もきかされたことがなかった。軽部がそれを知らずに死んだことは彼の不幸の一つであった。お君にそれを知らさなかった金助も金助だが、お君もまたお君で、そんなもの私(あて)には要用(いり)おまへんと質店主人(あるじ)の申出を断り、その後、家柄のことなぞ忘れてしまった。利子の期間云々などと勿論慾にかかって執拗にすすめられたが、お君は、ただ気の毒そうに、「私(あて)にはどうでもええことですから。それに」電車会社の謝罪金は何故か百円にも足らぬ僅少の金一封で、その大半は、暇をとることになった見習弟子に呉れてやる腹であった。

そんなお君に中国の田舎から出て来た親戚の者はあきれかえって、葬式骨揚げと二日の務めをすますとさっさと帰って行き、家の中がガランとしてしまった夜、体をしめつける異様な重さにふと眼を覚まして、だれ、と暗闇に声をかけると、思わぬ大金をもらって気が強くなったのか或は変になったのか、こともあろうに、それは見習弟子であった。重さに抗ったが、何故か抗う動作が体をしびらしてしまった。

翌日、見習弟子は哀れなほどしょげ返りお君の視線をさけて、不思議な位であったが、夕方国元から兄と称する男が彼を引取りに来ると、ほっとした顔付になった。永々厄介な小僧をお世話さまでしたと兄の挨拶の後で、ぺこんと頭をさげ、之はほんの心だけです、と白い紙包を差出して、家を出て行った。紙包には、写本の字体で、ごぶつぜんと書いてあり、ひらくと、お君が呉れてやった金がそっくりそのままはいっていた。国へ帰って百姓すると言った彼の貧弱な体やおどおどした態度を憐み、お君はひとけの無くなった家の中の空虚さに暫くはぽかんと坐った切りであったが、やがて、船に積んだらどこまで行きやる、木津や難波の橋の下、と哀調を帯びた子守唄を高らかに豹一にきかせた。

上塩町地蔵路次の裏長屋に家賃五円の平屋を見付けてそこに移ると、早速、裁縫教えますと小さな木札を軒先につるした。長屋のものには判読しがたい変った書体で、それは父譲り、裁縫は、絹物は上手といえなかったが、之は母親譲り、月謝一円の界隈の娘たち相手には、どうなりこうなり間に合い、勿論近所の仕立物も引きうけた。慌しい年の暮、頼まれものの正月着の仕立に追われて、お君の夜を徹する日々が続いたが、ある夜更け、豹一がふと眼をさますと、スウスウと水洟をすする音がきこえ、お君は赤い手で火鉢の炭火を掘りおこしていた。戸外では霜の色に夜が薄れて行き、そんな母の姿に豹一は幼心にも何か憐れみに似たものを感じたが、お君は子供の年に似合わぬ同情や感傷など与り知らぬ母であった。お君さんは運命が悪うおますなと慰め顔の長屋の女たちにも、仕方おまへん、そんな不幸もどこ吹いた風かと笑ってみせ、例の死んだ人たちの想い出話そしてこみあげて来るすすり泣きを期待し、貰い泣きの一つもしようと思った長屋の女たちには、むしろ物足り無くみえるお君であった。

大阪の町々の路次には、どこから引っぱって来たのか、よく石地蔵がまつられていて、毎年八月下旬に地蔵盆の年中行事が行われるのだが、お君の住んでいる地蔵路次は名前の手前もあり盛大な行事が行われることになっていた。といっても勿論長屋の行事のこと故、戸毎に絵行灯をかかげ、狭くるしい路次の中で界隈の男女が、トテテラチンチン、トテテラチン、チンテンホイトコ、イトハコト、ヨヨイトサッサと訳の分らぬ唄にあわせて踊るだけの事だが、お君は無理をして西瓜二十個を寄進し、そして踊りの仲間に加わった。彼女が踊りに加ったが為に、夜二時までという警察の御達しが明け方まで忘れられていた。不自然に官能を刺戟させていてもお君の肌は依然として艶を失わず、銭湯で冷水を浴びる時の眼の覚める様に鮮かな彼女の肢態に、固唾をのむような嫉妬を感じていた長屋の女が、ある時お君の頸筋をみて大袈裟に、「まあ、お君さんたら、頸筋に生毛が一杯」生えていることに気が付いたのを倖い何度も言うので、銭湯の帰りに近くの松井理髪店へ立寄って、顔と頸筋をあたって貰った。

剃刀が冷やりと顔に触れた途端に、ドキッと戦慄を感じたが、やがてサクサクと皮膚の上を走って行く快よい感触に、思わず体が堅くなって唇の辺りをたびたび拭い、石鹸と化粧料の匂いのしみこんだ徒弟の手が顔の筋肉をつまみあげるたびに、気の遠くなる想いがした。そのようなお君に徒弟の徳田は、商売だからという顔を時々鏡に確めてみなければならなかった。しかし、その後月に二回は必ずやって来るお君に、徳田は平気で居れず、ある夜、新聞紙に包んだセルの反物をもってお君の家を訪れ、「思い切って一張羅を張りこみましてん、済んまへんが一つ」縫うてくれと頼むと、そのまま、ぎこちない世間話をしながらいつまでも坐りこみ、お君を口説く機会を今だ今だと心に叫んでいたが、そんな彼の腹の中を知ってか知らずか、お君は、長願寺の和尚(おっ)さんももう六十一ですなという彼のつまらぬ話にも、くるりくるりと大きな眼をまわしてケラケラと笑っていた。豹一は側に寝そべっていたが、いきなりつと体を起すと、きちんと膝を並べて坐り、その上に両手を置いて、徳田の顔をじっと瞬きもしないで見つめ出した。その視線に徳田は年齢を超えて挑みかかっている敵意を見て何か圧倒されるような気がした。やがて彼は自分の内気を嘲りながら帰って行った。路次の入口で徳田が放尿している音をききながら、豹一はごろりと横になった。

そのとき豹一は七つ、早生れの、尋常一年生であった。学校での休憩時間にも好んで女の子と遊び、少女のようにきゃしゃな体の色の白い小ぢんまり整った顔は女教師たちに可愛がられていたが、自分の身なりのみすぼらしさを恥じているようであった。はにかみやであったが、一週間に五人の同級の男の子が彼に撲られて泣いた。子供にしては余り笑わず、自分の泣き声に聞惚れているような泣き方をし、泣き声の大きさは界隈の評判で、やんちゃん坊主であった。路次の井戸端にまつられた石地蔵に、ある時何に腹立ってか、小便をひっかけた。お君は気の向いた時に叱った。

近くの長願寺の住職はお人善しの老人であったが、無類の将棋好きでこと将棋に関するとまるで人間が変り、助言をしたと言ってはその男と一週間も口を利かず、奇想天外やといって第一手に角頭を八六歩と突くような嫌味な指し方をしたり、賭けないと気がのらぬと煙草でも賭けると、たったカメリヤや胡蝶一箱のことにもう生死を賭けたような汚い将棋を指し、負けると破産したような顔で相手を恨むといった風で、もともと下手な将棋ではあるし誰にも敬遠されて相手のないところから、ちょくちょく境内の蓮池の傍へ遊びに来る豹一に将棋を教えた。筋がいいのか最初歩三つが一月経つと角落ちになり、二月目には平手で指せるようになった。ある日、住職は、「豹ぼん、何か賭けんと面白うないな。和尚さんは白餡入りの饅頭六つ賭けるさかい、豹ぼんは」何も賭けるものがなく、蓮池から亀の子一匹摑えて、負けると和尚に呉れてやることになった。実力以上の長考であったが、結局豹一が負けて、涙を流した。

夕闇の色を吸いこんで静まり返った蓮池の面を見つめ、豹一は亀の子ねらった。何故自分が負けたのか分らなかった。あんな弱い相手に負けるのはおかしい。自分には空を飛べる能力があるのかも知れないという子供にあり勝ちな空想も、豹一にとっては、いわば彼の虚栄の一つであり、悪人に追われて空を飛び逃げる夢を見た時は鼻高々と人に話し、為に嘲笑されると今にみろ飛んでやると思い、虚栄にうながされてひそかに奇蹟を信じ、奇蹟を待つことが屡々なのである。奇蹟はあらわれず、勝とうと思えば勝てた筈だという彼のいいわけも和尚の大人気(おとなげ)ない毒舌にかかって一笑に附されてしまうと、一途に残念がった。彼はもう一つの奇蹟を待ち、それにすがりついた。亀の子を半時間も経たぬ内に素早く摑えるという神業を行わねばならない。そうすれば和尚に会わす顔も出来、情無い気持も幾分癒やされるだろうと、彼は池の面を穴のあく程みつめていた。残念なことには、亀の子が摑らぬ内に、和尚は檀家へ出掛けて行った。今は会わす顔の無い和尚だが、もう少し居てくれればいいのにと思ったものの、しかし、居てくれなくて倖いだった。もしもし亀よ亀さんよ、顔出してくれと、始めは唄う様に言っていたが、時が経つにつれ、そろそろ泣き声になり、やがて、一言も声が出ず、もう、顔さえ出してくれれば、池の中へどぶんとはいっても摑えたい位になった。周囲りはすっかり暗くなり、木魚の音が悲しい程単調に繰りかえされていた。ふと、自分を呼ぶ声に顔をあげると、夕飯(ごはん)もたべんと何してるんや。門の傍でお君が怖い顔して睨んでいた。亀とろ思てるんやというと、馬鹿！　と叱られ、既に泣き出したくなっていた豹一は、ここぞとばかり泣き出した。泣き出すと仲々止らず、加速度的に泣声が大きくなり、豹一を抱きあげたお君はまるでその声に顔を打たれているような気がし、泣き止まんと池へ放うりこんだるぞ、構へんか。構へんわい、放うりこんだら着物がよごれて、母ちゃんが洗濯に困るだけや。豹一は、亀の子を探るつもりか手をばたばたさせた。困るもんかと、豹一の脇の下をかかえたまま池の水へどぶんと浸けた。豹一を引き揚げて、家に連れ戻ると、お君はたらいを持ち出した。

地蔵路次に引越してから、足掛け四年、秋が来た。お君には流れるように無事平穏な日々であったが、それらの日々は豹一にとっては日毎に小さな風波を立てていた。彼は自分ではそれと気付かなかっただろうが、自尊心のからくりによる、何ものかへの敵対意識に絶えず弾力づけられている少年であった。傷つき易い自尊心をもっていたゆえ、絶えず自分を支えるための勝利感に餓えていた。長屋の貧乏ぐらしを恥じいる年でもなかったが、何かしら自ら卑下する気持をひそかに抱いていた。そして、それは彼の自尊心とぴたりと寄り添うていて、勿論謙譲からではなかった。自尊心の均衡によって初めて自分自身を感ずることの出来る彼は、母に似ぬ子であった。母親一人を味方と考え、母親と二人きりの時初めて気持が落ちつくという風であったから、母親をまもるという生意気さを本能的にもっていた。そうして彼の幼き日々は、彼の歯によってキリキリと嚙みしめられていたが、遂に、ある日、彼は自らの唇を嚙み切ってしまうに到った。その秋、お君に再婚の話が持ちかけられ、例によって、私はどうでも宜ろしおますと万事相手の言う通りになった。相手は生玉前町の電球口金商野瀬安二郎であった。

電球口金屋てどんな商売ですねん？　とお君がきくと仲人は、電球の切れたのおまっしゃろ、あれを一個一厘で買うて来て、つぶして、口金の真鍮や硝子を取って売る商売だす、ぼろいいうこっちゃ。しかし、ぼろいのは、当時のタングステン電球の中には小量の白金が使用されているのがあり、電球一万個に一匁五分見当の白金がとれるからである。白金は当時、一匁二十九円の高価であった。もともと廃球は電灯会社でも処分に困り、甚しいのは、地を掘って埋めたりしていたのを、紙屑屋であった安二郎の兄の守蔵が眼をつけた。最初、分解して口金とガラスだけをとっていたので余りぼろいもうけにならなかったが、ふと白金の使用されていることを知り、苦心してそれを分離する方法を発見した。瞬く間に屑屋の守蔵は一躍万を以て数える大金を握った。安二郎はうどん屋の出前持ちであったが、兄の商売の秘法を教えられ、生玉町に一戸を構えて、口金商を始めた。妻帯したが、安二郎は副こう丸炎にかかったことがあって子供は出来ず、一昨年女房がコレラに罹って死ぬと、険をふくんだ人相の悪い顔付きであったが、どこかきりっとしたところがあって女にもてるところから、景気の良いのに任せて松島や芝居裏の遊廓を遊びまわり、深馴染みの妓も出来て、死んだ女房の後釜に、女郎を身請けするだろうと噂されていた。そんな事をされたら、うちの娘たちの縁談に傷がつくやないかと、もと飯屋の女中であった守蔵の女房お兼は、安二郎に強意見した。長女が未だ八つにしかならぬのに、お兼は既に三人の娘たちの立派な縁組みを夢みていたのである。義姉の奴、わいに意見しよった、と女中あがりのお兼を軽蔑していた安二郎は苦い顔したが、さすがに守蔵の手前を憚ってか、その頃一寸話のあったお君を貰うことにしたのである。しかし、お君の美貌には彼も一眼みて頷けるところがあったから、万更でもなかったのだ。もと小学教員の妻であるということはお兼の眼鏡にかなうに充分であった。連れ子のあることは、安二郎に子供の出来ないことを見越して、あらかじめ勘定にはいっていた。お兼は放蕩者の安二郎には自分の子を養子にくれてやる気はしなかったのである。しかし、お君の連れ子の豹一がしっかり者であれば、娘の中で、一番きりょうの悪いのを嫁にやってもいいと考えていた。守蔵は既に十万円を定期貯蓄で預けていた。話が纏まると直ぐ婚礼が行われた。後年成長した豹一が毎年木犀の花が匂う頃になると、かっと血が燃えて来るような想いで頭に浮んで来る冬を想わすような寒い秋の日であった。

そのとき、豹一は八つ、学校から帰るといきなり、仕立て下ろしの久留米の綿入を着せられた。筒っ包の袖に鼻をつけると、新しい紺の香が冷え冷えとした空気と一緒にすっと鼻の穴にはいって来て、気取りやの彼にはうれしい晴衣であったが、さすがに有頂天にはなれなかった。仕付糸をとってやりながら、向う様へ行ったら行儀ようするんやぜと母親は常に変らぬ調子でいうのだが、何か叱られているように思った。いつになく厚化粧の母の顔を子供心にも美しいと見るのだが、しかし、なぜかうなずけない気持だった。路次の入口に人力車が三台来て並ぶと、その顔は瞬間面のようにとりつくろい、子供の分別ながら豹一はそれを二十六才の花嫁の顔と察し、何かとりつく島の無い気がした。火の気を消してしまった火鉢の上に手をかざして、張子の虎の様に抜衣紋をした白い首をぬっと突き出し、じじむさい恰好でぺたり坐っているところを起たされ、人力車に乗せられた。見知らぬ人が前の車にお君はその次に、豹一はいちばん後の車、一人前に車の上にちょこんと収りかえった姿を車夫はひねてると思ったのか、ぼんぼん落ちんようにしっかり摑ってなはれや。その声にお君はちらりと振り向いた。もう日が暮れていた。落てへんわい、と豹一はわざとふざけていい、その声が黄昏の中に消えて行くのを少年の感傷できいていた。ふわりと体が浮いて、人力車はかけ出した。一瞬ごとに暗さのまして行くのが分る黄昏であった。

　ひっそりとした寺がいくつも並んだ寺町を通る時、ぱっと暗闇に強い木の香がひらめいた。木犀であった。豹一は眩暈がした。既に初めてのった人力車に酔うていたのである。梶棒の先につけた提灯の光が車夫の手の静脈を太く浮び上がらしていた。尋常二年の眼が、提灯にかかれた「野瀬」の二字を判読しようとしていたが、血の気が頭からすっと引いて行くような胸苦しさで、困難であった。野瀬の家の前で降ろされ、地が揺れているのか体が揺れているのか分らぬ感じによろめき、家の中にはいると、げっとにがい水のようなものを吐いた。あたりのざわめきが、まるで遠くの空にきこえているようで、眼の前がぼうっと霞み、白い視野の中で、母親の赤い唇がうかんでいた。誰に手をひっぱられたのか、どこをどう通ったのか、どれ位時が経ったのか、やがてまるで端唄をうたうような意気な調子の高砂やの声に初てはっと眼覚める想いで、声の主をみた。朝っぱらから呑み続けている赤い顔で、でっぷり肥り、坐蒲団を折って尻の下にあてがい、胡坐をかいていた。それが安二郎であった。儀式張ったことはこの際、とはいうものの、高砂の一つ位はあってしかるべく、外にそれをやれる粋者も居らぬを倖い、咽喉自慢の花むこ自ら担当の高砂であった。その夜、豹一は誰の眼にも異様にみえた。彼の真青な顔や瞬き一つしない鋭い眼の輝きは見逃されたとしても再三すすめられても御馳走に箸一つつけない彼の強情振りは、明らかに人眼をひいた。苦しくて喰べられないのだといいわけし、自分自身もそうだと決めていたのだが、人々はこの子は余り人に好かれないだろうと思った。新しい父への反撥心からか、あるいは安二郎の咽喉の良さを賞讃したときの母親に自分と距離の出来てしまった姿を感じての不満からか、訳も分らぬ敵愾心に釘づけになって、ひそかに秋の夜の長さに毒づいていた。

そして、その夜、豹一は、二階六畳の雇人の部屋で寝かされた。ぐったり疲れていたが、眠れず、母親の体温を恋しがった。酔っぱらった二人の若い雇人は、声をひそめて淫らな話をしていたが、時々高らかに笑いこけた。蒲団についたナフタリンの匂いが何か勝手の違った想いで母親の側に居ない空虚さを一層しみじみと感じさせ、そんな笑い声に寂しく耳を傾けていた。ぼんぼん、未だ寝てへんのか、良えもん見せたげよかと雇人はこともあろうに、豹一にあくどい色で彩った小さな画を見せた。描かれた人間の肢態がふに落ちず、好奇心でじっとながめていたが、彼等がその画とお君とを結びつけるいまわしい説明をきかせた瞬間、豹一の蒼白い眼は勢一杯の敵意を託されて血走り、やがてピリピリと画が破られた。雇人の一人があっと声を立て、もう一人の男が豹一の顔を見ると、唇が赤くはれ血がにじんでいた。翌朝雇人がパンパンと電球の割れる物音に驚かされて眼がさめ、庭に出てみると、丁度二十個目の電球を投げつけようとしている豹一の姿が眼にはいった。雇人は豹一が何故そんなことをするのか分らなかったが、ただ何となく憎たらしい子供であると思った。

そして、その後成長した豹一を見て、人々は屢々その時の雇人と同じ気持を抱かされたのだが、しかし豹一は比較的単純な男であるから、我々はその後の彼の様々な行動に明確な因果の線をひこうとしても先ず困るようなことはない。かりに人が記憶と虚栄に支えられて生活するものであるとするならば、彼はその仮定に全くぴったりとあてはまった男であるのだから。判断の便宜上その夜の経験が彼にとって如何に決定的なものであったかを想起すればいいのである。

その夜豹一が母を冒瀆（けが）されたことは、今まで自分ひとりのものであると思っていた母がもはやそうでなくなったという感傷に彼を陥れたが、同時にまた、それは性的なものへの根強い嫌悪をひそかに彼の心に植えつけてしまったのである。しかし、彼にとって最も痛切なことは、母を冒瀆されたことによって即ち自分自身が辱しめられたということである。それまで母の存在と自尊心によってのみ生きて来たのであるから、その時、母を冒瀆されることによって同時に自尊心を傷つけられたということは、彼にとって敢て誇張するならばもはや安住すべき世界を喪ってしまったことを意味するのである。だから彼はその世界を奪ったものに対する嫌悪にすがるより外に自分を支える道がなくなったと感じた。そうして、今まで漠然と感じていた何ものかへの敵愾心が初めて明瞭な姿をとって彼に現われて来た。彼は自分の周囲、就中雇人、そしてそれ以上に義父の安二郎に敵意を感じた。自分を非常にみじめだと誇張し、自分を卑下する気持になった。そしてそのことが彼の敵愾心を一層強めた。

敵愾心を募らしてみても、しかし、その捌け口に困った。一個一厘の廃球を割ったり、同級生の頭をこついたりしてみても、如何にもけちくさく、それよりか、一里以上もある道を築港まで歩いて行き、黄昏れる大阪湾をながめて、豹一おまえは可哀そうなやっちゃと自分を甘やかしている方が気が利いていた。夕陽を浴びて港を出て行く汽船にふと郷愁を感じたり、訳もなく海に向って毒づいている方がふさわしいと思った。少年はいつの間にか自分は孤独だと決めることによって涙を流しまたその涙をひそかに愉しんでいた。ある日港の桟橋で、ヒーヒーと泣き声を立てる代りに馬鹿野郎と呶鳴り、誰もいないと思ったのが、釣をしていた男がいきなり振り向いて、こら何ぬかす、そして白眼をむいている表情が生意気だと撲られた。泣きながら一里の道をとぼとぼ帰り、帰ると電球十個割った。九個目で、いい加減にしとけと安二郎が呶鳴ったが、しかし安二郎は小さな豹一など明らかに無視していた。彼はお君が来てからも、まるで女工と女中を兼ねたような申し分無い働き振りのお君に家の仕事を任して、相変らずあちこちの遊廓を遊び廻り、どこでやるのか博奕に負けて帰ると、理由もなしにお君の横面を撲ることを常とし、そんな時必ず使うどすべた！　とののしる言葉と、朝鮮！　と嘲る言葉は当のお君より傍できいている豹一の胸にどきんとこたえ、豹一の眼は安二郎に挑みかかるようにギラギラ光るのだったが、安二郎はそんな彼には眼もくれず、ただお君の連れて来たこぶ位に思って、問題にしなかった。しかし、嫂のお兼は学校の成績の図抜けて優秀な豹一にひそかに期するところがあり、彼が尋常六年を卒業すると、府立の中学校に入れるようにと安二郎を無理矢理に説得した。飯屋の女中上りの彼女はもう自分位の金持になれば、娘の夫に大学出の一人位もってもいいのだと思っていたのである。どうせ、安二郎は放蕩者だし金も残さないだろうから、今の内に豹一に金をいれさせて置いた方がいいだろう、とにかく彼女の懐は傷まないのだ。しかし、安二郎もまた懐をいためなかった。月々定ってお君に渡す台所用の金の中から、豹一の学資を出さすことにした。お君はそれでやりくりに困り、自分の頭のものや着物を質にいれたり、近所の人に三円五円と金を借りたりしなければならなかった。

中学生の豹一は自分には許嫁があるのだと言い触らした。それによって同級（クラス）のもの達を羨ませ、自分に箔をつけようと思ったのである。勿論、彼はお兼が色の黒い二番目の娘を彼に妻わそうとひそかに思っていることなど知らなかった。もし知っていたら、口腐っても言わなかったであろう。自分というものが常に人から辱しめられ軽蔑さるべき人間であると誇張して考える癖のあった彼は、先ず何よりも自分に箔をつけなければ安心出来ないのだった。彼は周囲を見渡してみて誰も彼も頭の悪い少年たちであると分ると、ほっとするのである。しかし自分の頭の良さにはひどく自信がなかった。だから、大して苦労もせずに首席になれた時、之は何かの間違いだろうと思うのだった。クラスの者は彼の頭脳に敬服し怖れもなしていたのだが、人から敬服されるなどということは彼の与り知らぬところであったから、自分が首席である事を絶えずクラスの者たちの頭に想い浮ばせる必要があった。また自分でもしばしばそのことを顧る必要があった。クラスの者は彼に「首席」という綽名をつけた。いわば、首席の貫禄がないのだった。黙って居ればよかったのである。彼等はいくら頑張っても彼に追いついて行けないと分っていても、余り彼が自分に箔をつけたがるので、しまいにはそれをメッキだと思いこんでしまった。点取虫だといわれて、初めてはっと気が付くと、豹一はもう首席という綽名に芸もなくやに下って居られなくなり、自分が余り勉強もせずに首席になれたことを思いこませようとして、試験の前日には必ず新世界の第一朝日劇場に出掛けてマキノ映画を見、試験の日にそのプログラムの紙をもって来て見せるのだった。そんな彼に、最初彼の中に自信の無さから来るどこか謙遜めいたものを見ていた者も、嫌応なしに傲慢だと思わされてしまった。彼はクラスの者に憎まれた。しかし、彼の敵愾心は、クラスの者を最初から敵ときめていたから、憎まれて、かえってさばさばと落つく風であり、彼の美貌に眼をつけた上級の荒男が無気味な媚で近づいて来るのを見ると、かえってその愛情に報いる方法を知らぬ奇妙な困惑に陥るのだった。

ずっと首席を続けて三年生になった。ある日の放課後、クラスの者たち全部からとりまかれ、点取虫の癖に生意気やぞと鉄拳制裁をされた。四十人のものを相手に五分ほど奮闘したが、結局鼻血が出て、闘いは終った。それから十日ほど経ち学期試験が始まった。あぶついて問題用紙に獅噛みついているクラスの者たちの顔を何と浅ましい顔だろうと思った途端、敵愾心がいきなり頭をもたげて、ぐっと胸を突き上げた。ざまを見ろと書きかけた答案を消し意気揚々と白紙のままで出した。王者が自ら好んで王位を捨てるような心の余裕が感じられ、ほのぼのとした喜びがあった。彼は初めて自尊心が満足されたと思った。首席にこだわったのも自尊心からではあったが、しかし、考えて見れば、そんな首席にこだわる態度こそ彼の自尊心が許さぬ筈だったのだ。しかし、彼の自尊心がもっと立派な代物であったら、少なくともその時、それを行うのにも観衆者がいるというような心の状態はいさぎよしとしなかったであろう。彼は観客の拍手を必要とする自分の芸人気質に自ら気が付いていなかったのである。観衆者はしかし白紙の答案の為に彼が落第したという事実だけしか見てくれず、彼を嗤った。彼の自尊心は簡単に傷ついてしまった。

　二度目の三年の時、教室で、ローマ字で書いた名を二つ並べ、同じ文字を消して行くという恋占いが流行った。教室の黒板が盛んに利用され、クラスの者が公然(おおびら)に占っているのを除(の)け者の豹一はつまらなく見ていたが、ふと、クラスの者の誰もが一度は水原紀代子という名を黒板に書いていることに気がついた瞬間、彼の眼が異様に輝いた。彼はクラスの者の中で最も成績の悪い男をつかまえ、相手にはまるで彼が何を訊こうとしているのか分らぬ廻りくどい調子で半時間も喋り立てた揚句、水原紀代子に関する二三の知識を得た。大軌電車沿線、樟蔭女学校の生徒であると知ったので、その日の午後の授業をサボって上本町六丁目の大軌電車構内に出掛け、彼女の帰りを待ちうけた。二時間ばかりも辛抱強く待って、やっと改札口から出て来る水原の姿を見つけることが出来た。教えられた臙脂の風呂敷包と非常に背が高くてスマートだという目印でそれと分り、何が樟蔭第一の美人だ、笑わせると思ったが、しかし大袈裟に大阪中の中学生達の憧れの的だと騒がれている点を勘定にいれて、美人だと決めることにした。一般的見解に従ったまでだったが、しかし碧く澄み切った眼は冷たく輝いていて、近眼であるのにわざと眼鏡を掛けないだけの美さはあった。二時間もしびれを切らしていたことが弾みをつけるのに役だって、つかつかと傍にかけ寄ると、卒爾ながら伺いますが、あなたは水原紀代子さんですか。出来るだけ勿体振った言い方をと考えあぐんだ末の言葉であったから、紀代子も瞬間呆れたが、しかしそんなことはたびたびある事だから、大して顔も赧らめずに、はあと答え、そして、どうせ手紙を渡すのだったらどうぞ早くという意味を含んだ事務的な表情で彼を見た。しかし、彼は用意した言葉が続いて出て来ず、しかも意に反して、顔が真赧になっていた。こんな筈ではなかったと思うのだが、自分の今の恰好を友達に見られたら随分不様（ぶざま）であろうという恐怖で益々ぎこちなく真赧になってしまうのだった。沈黙の十五秒が恐ろしく永い時間に思われ、九死に一生、三十六計とばかり、別に用事はなかったんです。唯それだけです、と全くただそれだけがやっと言えたのを倖い、飛ぶ様に逃げてしまった。明らかに失敗であった。不良中学生にしては何と内気なと紀代子は笑ったが、彼の美貌は一寸心に止り、誰それさんならミルクホールへ連れて行って三つ五銭の回転焼饅頭を御馳走したくなる様な少年だわとニキビだらけのクラスメートの顔をちらと思い浮べた。しかし私はちがう。彼女は、来年十九才で学校を出ると直ぐに今東京帝国大学の法学部に通っている従兄と結婚することになって居り、十六の少年など十も年下に見える姉さん振りが虚栄の一つであった。だから、その翌日から三日も続けて、上本町六丁目から小橋西之町への舗道を豹一に尾行られると半分は五月蠅いという気持からいきなり振り向いて、何か用ですのときめつけてやる気になった。三日間尾行するより外に何一つ出来なかった弱気の為に自らを嘲っていた豹一の自尊心は、彼女からそんな態度に出られたために、奇蹟的に本来の面目をとりかえした。ここでおどおどしていた様では俺もおしまいだと思うと眼の前がカッと血色に燃えて、用って何もありません、唯歩いているだけです。その呶鳴る様な調子が紀代子の胸にぐっと来て、うろうろしないで早く帰りなさい。その調子をはねとばす様に豹一は勝手なお世話です。子供の癖に、といったが巧い言葉が出ず紀代子は、教護聯盟の人にいいますよとその頃校外に於ける中等学生を取締まる怖い人を持ち出した。いいなさい。強情ね、一体何の用？　用なんてないと言ってまんがな、分らん人やな。大阪弁が出たので、紀代子はちらと微笑し、用がないのに尾行るの不良よ、もう尾行たりしないでね、学校どこ？　帽子みれば分りまっしゃろ。あんたの学校の校長さん知ってるわよ。そんならいいつけたらよろしいがな。いいつけるわよ、本当に知ってんのよ、柴田さんて人でしょう。スッポンいう綽名や。いつの間にか並んで歩き出していた。家の近くまで来ると、紀代子はさよなら今度尾行たら承知せえへんしと言い、そして別れた。

先ず成功であったといえる筈だのに、別れ際の承知せえへんしという命令的な調子に苦もなくたたきつけられてしまった。失敗だと思った。しかし失敗ほどこの男をいきり立たせるものはないのだ。翌日は、非常な意気込みで紀代子の帰りを待ちうけた。前日の軽はずみを些か後悔していなくもなかった紀代子は、もう今日は相手にすまいと思ったが、しかし今日こそ極付けてやろうと思う心に負けてしまった。そして、結局、昨日に比べてはるかに豹一の傲慢にあきれかえった。彼女の傲慢さの上を行くほどであったが、しかし彼女は、余裕釈々たるものがあった。彼女は豹一の眼が絶えず敏感に表情を変えることや理由もなくぱっと赧くなることから察して、いくら傲慢を装っていても、もともと彼は内気な少年なんだと見抜いていた。文学趣味のある紀代子は豹一の真赧に染められた頰をみて、この少年は私の反撥心を憎悪に進む一歩手前で喰いとめる為にしばしば可愛い花火を打ちあげると思った。そして、また、この少年は私を愛していると考えた。それをこの少年から告白させるのは面白いと思ったので、彼女はその翌日、例の如く並んで歩いた時、あんたは私が好きでしょう？　ときいた。嫌いだったら一緒に歩いたりしないかも知れませんねという返事に、してやられた想いで、もう一度、そんな言い方ってあるの、嫌い、それとも好き？　好きでしょう？　とはっきり言わさねば承知出来ないと意気ごんだ。好きでもないのに好きだと思われるのは癪だと思っていた豹一は返答に困った。しかし嫌いだというのはぶちこわしだ。そう思ったので、「好き」ですと、好きという言葉をカッコの中にいれたつもりで答えた。それで初めて紀代子は彼を一寸だけ好きになるという気持を自分に許した。

そして一週間経ったある日、千日前楽天地の地下室で、八十二才の高齢で死んだという讃岐国某尼寺の尼僧のミイラが女性の特徴たる乳房ならびに性器の痕跡歴然たり、教育の参考資料と宣伝されて見世物になっているのを、豹一はひそかに抱いていた性的なものへの嫌悪に逆に作用されて捨鉢な好奇心から見に行き、そして案の条、自分を虐めつけるいやな気持を味わされて楽天地から出て来た途端、思いがけなくぱったり紀代子に出くわしてしまった。心に穴があいてしまった様にしょげていたところへ意外な出合いであり、まごついてしまったが、ふと今自分が変な好奇心からミイラなどを見て来たのだということに気がつき、之は彼女の軽蔑に価すると、みるみる赧くなった。しかも赧くなったために一層恥しい想いがした。近眼の紀代子は豹一らしい姿に気がつくと、それを確めようと眉のつけ根を引き寄せ、眼を細めていた。そんな表情が、まるで彼が楽天地の地下室から出て来たことをとがめて眉をひそめている様に豹一には思われて、すっかりあがってしまい、こんな恥しいところを見られるのならいっそ地震でもおこって彼女が外のことに気をとられて呉れればいいのにと思った。常にもあらずどうかしたのではないかと思われる程恐しく赧くなっている彼を見ると、紀代子はかえって自分の方が照れて、早くその顔色が普通になってくれたらと思う位であったが、しかし恥しがっている彼をじっと見てやれという一寸残酷な気持が心の奥底にあって、思わずニヤリとしてしまい、一言もいわずに彼の可愛い花火を下眼づかいにじっと見つめた。胃腸のわるい紀代子はしばしば下唇をなめる癖があるのだが、その時も勿論なめていた。豹一は物も言わずにいきなりパッとかけ出し、逃げ去ってしまった。紀代子はあっけにとられた。あんな恥しいところを見られたので、自分は嫌われたと思いこんでしまうと、もう豹一は紀代子に会う勇気を失ってしまった。彼が二三日顔も見せないので、彼女は何か物足らぬ気持であったが、それが一週間も続くと、あんなに仲善くしていたのに、ひょっとしたら自分は嫌われたのではなかろうかと思い出した。そして、十日も経つと、もう彼女は自分が明らかに彼を好いているということを否定することが出来なかった。だから十三日目に、やっと上本町六丁目で彼の姿を見つけると、ほっとしてひどくいそいそとしてしまった。しかし、豹一の方では彼女に会うつもりではなかったのだ。偶然に出くわしたので、もう顔を合わすのすら恥しいと思っていた彼はいきなり逃げ出そうとした。途端に早くも自尊心が蛇の様に頭をあげ、逃げ出そうとする足にからみついた。あんな恥しいところを見せたのだから名誉を恢復しなければならない。豹一は辛くも立止り、そしていやに他所々々しくした。冷淡な彼の態度を見ると、彼女は矢張り嫌われていたのかと思い、そのため一層彼を好いてしまった。それで、その日の別れ際、明日の夕方生国魂神社の境内で会おうと断られやしないかと内心びくびくしながら豹一がいい出すと、まるでそれを待っていたかの様にいそいそと承諾し、そして約束の時間より半時間も早く出掛けて彼を待った。

君恋し唇合わせねど、涙はあふれて想いは果てなしというその頃流行していた唄からの思いつきで、豹一は、その夕方、簡単に紀代子に接吻をした。一寸した自尊心の満足があったが、紀代子が拒みもせずに、彼の背中にまわした手に力をいれてぐいぐいと胸を押しつけて来るのを感ずると、だしぬけに気が変った。何かいやなものを感じたのである。いきなり彼女の体を押しのけ、そのまま物も言わずに立去った。紀代子は綿々たる情を書きつらねた手紙を豹一に送った。豹一はそれを学校へ持参し、クラスの者に見せた。既に豹一と水原紀代子の事を薄々感づいていた者もそんな豹一には、偽の手紙やろ、お前が書いたんとちがうかと言わざるを得なかった。豹一はクラスの者がひそかに出した恋文を紀代子から奪いとって、それを教室で朗読した。それで鉄拳制裁をうけ、そしてそのことが教師に知れて諭旨退学を命ぜられた。

お君は何とも言わなかったが、安二郎は彼を嘲笑した。お兼は執拗にののしった。娘をくれたろうと思てたのに、ほんまに愛想がつきてしまった、碌でなしの不良（バラケツ）といわれて豹一の眼は光った。一週間後に、もう夕陽丘女学校の四年生になっていた鼻の頭の赤いお兼の長女が豹一に乱暴な接吻をされて、十日余り、ぽうとした気持になっていた。

お君の眼のまわりに皺が目立って来た。それをみると、豹一の心は痛んだ。退学処分になったばかりに母親の肩身が急にせまくなったと思うのである。そう思うと、女工の様に働かされてばかりいるお君の姿が改めて痛々しく見直されて来るのだった。安二郎は既に一万円近くの金を貯めた、馴染の女郎を身請けしてかこってしまうと、彼の放蕩は急に昇格して芸者遊びになり、そしてハイカラ振ってその頃道頓堀に出来た大阪名物カフェ美人座にもしげしげと通った。家で泊ることも少く、そんな彼を見て、近頃雇われて来た森田は、御寮さんもお気の毒や、それじゃ何ですな夫婦関係もときわどい話まで持ち出してお君に同情した。お君はただ、男なんて仕様がありまへんなと笑うだけであったが、その笑いにどこか力の抜けたものがあると思った豹一は、不平一ついわないお君の心にまで立入って考え、何か自分の責任を感じるのだった。電球の口金についたガラス棒を釜にいれて焼き、それを挽臼で引いて粉にし、そこから白金を分離するという仕事を豹一もやらされていたが、真赤になったガラス棒をガリガリと挽臼でひく時、自分の心が嚙みくだかれる様に感じられた。

暇をみて勉強し、十八の時専検にパスし、京都の三高の入学試験をうけると訳もなく合格した。見直したお兼は、安二郎を説得して、彼を三高の寄宿舎にいれた。しかし一学期もすまぬ間に、彼は自ら進んで退学届を出した。学資の苦面に弱っているお君の姿を見るに堪えなかったのである。三ケ月の京都での生活中、彼は屢々応援団の者に撲られ、与太者と喧嘩し、そして数人の女を彼の表現に従えば「もの」にした。紀念祭の時、裸の体に赤いふんどしを緊め、デカンショデカンショと観衆の拍手を計算にいれた所謂無邪気さで踊る寄宿生の群には何故か加わる気がせず、絶えず観衆の拍手が必要な筈の自分がそれを嫌悪するという心の矛盾は、その時その踊りに憧憬の眼を注いでいると見えた三人の女専の生徒を同時にものにする離れ業によって解決されると思った。応援団の者になぐられたことが彼を勇気づけた。五月二日、五月三日、五月四日と紀念祭あけの三日、同じ円山公園の桜の木の下で、その美貌の順によって女専の生徒を次々と接吻した。簡単にものにされる女たちを内心さげすんでいたが、しかし最後の三日目もやはり自信の無さで体が震えていた。芸もなく自尊心の満足に調子が乗り、唄ってくれといわれて、紅燃ゆる丘の花と校歌をうたったのだが、ふと母親のことが頭に浮ぶと涙が流れた。そんな彼を見て女は彼の手を自分の懐にいれて、センチメンタルなのね。彼はうっとりともしなかった。次々と女をものにしたが、しかし豹一は頑強に体を濡らさなかった。

学校を止して家に戻ると、元通りに働かされた。学校止めるときいて、止めんでもええのに、そやけどお前が止めよ思うんやったらそないしたらええとお君は依然としてお君であったが、ある日、彼女に警察から呼び出し状が来、出頭すると、そのまま三日も帰って来なかった。何のための留置か分らなかったが、三日目に戻されて来たお君の話で豹一には事情が分った。その頃、安二郎は廃球以外に新品の電球も扱っていて、電球工場から仕入れたのを地方の会社や劇場に納入する一種の仲買いの様なことをしていたが、時々刺青のたあやんと称する男が、五百個千個と電球を売りつけに来るのを安い値で買いとっていた。刺青のたあやんが窃盗罪で警察の手に捕えられ、その事件に関聯した故買の嫌疑であった。盗んだ品と知って買ったか知らずに買ったかと調べられた訳だが、さあ怪しいとは思ていましたがといったお君の言葉がひっかかったのである。罰金やと安二郎は苦り切ってお君の答弁振りをののしったが、豹一はふと、故買の嫌疑ならお君よりむしろ安二郎に掛かるのが当然であったと疑い、調べてみると古物商の届けはお君の名儀になっていたのだった。豹一は、それに何か安二郎のからくりがあると安二郎に喰って掛った。母親が身代りに留置されたのだという豹一の言い分に、安二郎は、生意気いうな、俺が警察に行くのもお君が行くのも同じや、夫婦は一心同体や。そうですか、じゃあもっと夫婦らしくと豹一が言い出すと、俺に文句あるなら出て行け。

　母親も一緒にと思ったが、豹一は、一人で家を飛び出してしまった。出て行きしな、自分の力で養えるようになったらきっと母を連れに来ますと雇人の森田に後のことを頼んだ。森田の度を過ぎた母への同情振りはかねがね苦々しかったが、さすがにその時はくれぐれも頼みますと頭を下げた。便所でポロポロと涙をこぼし、そして涙を拭きとると、泣いて止めるお君を振り切って家を飛び出し、その足で職業紹介所に行った。家出した男にうまい仕事がある筈はなし、丸金醬油運搬用貨物船の火夫の口ならあるといわれ、四国の小豆島に渡った。成るにこと欠いて、火夫などになったのは、築港で寂しく時を過していた少年の海への郷愁からであったろうか。しかし、荒くれ者の船長が彼の哀れな腕を嗤っただけあって、船の仕事は辛かった。小豆島と高松を往復する一〇〇噸足らずのボロ汽船であったが、彼の石炭のいれ方がちゃちだから船が進まんと、罐の前でへっぴり腰を蹴り飛ばされた。もう一人いる火夫は船長たちとバクチばかししていた。そのバクチの仲間に無理矢理にいれられて、お君に貰ったなけなしの二十円を捲きあげられその上船長（おやかた）に十円の借りが出来た。漬物と冷飯だけのひどい夕飯を情なくたべながら、「脱走」ときめた。二日経った夜、高松の港につくと豹一は船員たちと一緒に女を買いに行くのだと船長（おやかた）に五円借りた。それを大阪への旅費にし、勿論バクチの借りは踏倒すつもりだった。焼け出された様な火夫の服のままではいくら何でも帰れないと、家を飛び出す時に着ていた着物を新聞紙に包み、何喰ぬ顔で船から降りようとすると船長（おやかた）が怪しんでそいつは何だ。着物と分り、ちょくちょくあることだがまさか、といい掛けるのを、着物きて行かんとプロセチュートに持てないでしょう。プロセってなんじゃ。英語で女のことです。お前なかなかインテリじゃな。うまく信用されて、船を降りると、その足で連絡船乗場にかけつけた。

汽車の中では大阪につくと直ぐ家に戻るつもりであったが、しかし、駅に着いて、いきなり大阪弁をきくと何故かもうそんな弱気がなくなってしまった。駅で買った新聞の広告を見て、霞町ガレージの円タク助手に雇われた。一日に十三時間も乗りまわすのでふらふらに疲れ、時々目が眩んだ。ある日、手を挙げていた客の姿に気付かなかったと運転手に撲られた。翌日、運転手が通いつめていた新世界の「バー紅雀」の女給品子は豹一のものになった。勿論ものになったという言葉には豹一的な限界がある。品子が借りていた住吉町の姫松アパートの一室で泊ることになり、乳房にまでコールドクリームの匂いをさせている品子の体を抱くことは抱いたが、ふと、遠くに聞える支那ソバ屋のチャルメラの音に思いがけない感傷を強いられると、収っていた母の想出が狂暴に働いて、だしぬけに気が変った。燃えていた品子には不思議なほどにわかに男らしくなくなるのであった。照れてるのかしら、と思われても仕方のないところもあったが、しかし照れさせない品子の技巧に飽くまで抗った本根のところは、自分にも説明出来ない何かであった。

運転手に虐待されても相変らず働いていたのは品子をものにしたという勝利感からであったが、ある夜更け客を送って飛田遊廓の巴里楼まで行くと、運転手は、如何や一丁遊んで行こうか、ここは飛田一の家やで。どうせ朝まで客は拾えないし、それにその日雨天のため花火は揚らなかったが、飛田遊廓創立二十周年記念日のことであるし、何んぞええことあるやろと登楼をすすめた。勿論断ったが、十八にも成ってと嘲けられたのがぐっと胸に来て登楼った。けちけちしなはんな、どうせここは金が敵やと遣手婆にいわれて、財布ぐるみ投げ出し、おまけにポケットにはいっていた銅貨まで一枚二枚と勘定しながら、渡した。哀れな自己陶酔と自ら嘲った気持には、円タク助手などしていていつに成ったら母親を迎えに行けるかという自責が働いていた。長崎県五島の故郷へ出す妓の手紙を代筆してやりながら、何故こんな所へ来た？　親のため、そやけどこんな所とは思わなかったわ。知ってたら来なかった？　返答はなく、尚も、最初はどんな風に感じた？　顔を袂でかくしていた？　残酷な質問であり、そして一口に言えば人相のわるい歪められた顔付であった。雇人の話で辱しめられたお君の姿が頭にこびりつき、安二郎を動物と思う捨鉢な憤怒が燃えているためであったか。今はどんな風に思ってる？　習慣だわ、皆んな金のため。一種の労働か？　そう。そうか、金に換算されるのか、大したこっちゃないと何か救われて、一筋に思いつめていた事大観念めと重荷がとれる想いがした。女の体と楽天地のミイラを比較してみて、いろはにほへど散りぬるをと何もかもしゃらくさい気持になった。性的なものへの嫌悪に余りに憑かれていた自分が阿呆らしく見えた。男も女も同じだ、何故なら男だけではと思い付き、真理は平凡なりと呵々大笑した。しかし、そんな風に割り切れるところに豹一の浅墓さがあった。妓の要求に笑いながら応じたが、しかし妓は何故か豹一に激しく燃えて、豹一の感覚は折角割り切れた観念を苦もなく蹴飛してしまった。窓の下を走る車のヘッドライトが暗闇の天井を一瞬明るく染めたのを、慟哭の想いにかられて見ていた。あっさりと物ごとを考えられないのが彼の欠点であった。たった今見たことがもう彼には一生涯忘れ得ぬ記憶になってしまったのである。左様な事柄には破戒僧の敬虔さを以て臨むのが賢明であるのに。

如何なる心の矛盾からか豹一はその後、巴里楼にしげしげと通った。随分苦面もして通うのであるから、勿論酔興ではなかったが、しかし何故通うのか自分の心を覗いて見ても分らなかった。惚れているという単純な言葉が仲々思いつかなかった。思いついても、何故惚れてるのかと突きつめて考えてみなくては気に済まぬ性質であった。嫌悪しているものに逆に心を動かされるという自虐のからくりには気がつかなかった。ある朝、妓が彼の為に林檎をむいている姿を見て、胸が温った。無器用な彼は林檎一つむけず、そんな妓の姿を見て簡単に夫婦約束をなし、年期明けたら夫婦になろうと誓言をとりかわした。妓は彼女が最初客をとった時の事を何度もくどく繰り返してきく時の彼の恐しいほど蒼ざめた表情に本能的な憎悪を覚えていたが、しばしばはにかんでぽうっと赧くなる時の彼に子供をみて、好ましく思っていた。彼女は、彼を、彼女の表現に従えば、どんな情の薄い女でも一度知ったら決っして想い切れないという男に仕上げてしまった。

しかし、妓は二月ばかり経つと疳つりの半という博奕打ちに落籍されてしまった。豹一は、妓の白い胸にあるホクロ一つにまで愛惜を感じる想いで、初めて嫉妬を覚えた。そして彼の自尊心の強さは、嫉妬する状態を恥じいりながら、しかも逆に嫉妬する情を益々募らせた。博奕打ちに負けたと思うのである。疳つりの半は名前の如く、絶えず疳がおこって体を痙攣させている男だときかされ、妓の体とその男と並べて考えてみると豹一の血は狂暴に燃えた。不良少年たちと喧嘩をする日が多くなった。そして博奕打に特有の商人コートに草履ばきという服装の男を見ると、いきなりドンと突き当り、相手が彼の痩せた体をなめて掛かって来ると、鼻血が出るまで闘った。

ある日、そんな喧嘩の時、胸を突かれて、ゲッと血を吐いた。汽船の火夫をしていた頃から時々弱い咳をしていたが、あれからもう三月、右肺尖カタル肺浸潤、ラッセルありと医者が簡単に決めてしまったほど、体を悪くしてしまっていた。ガレッジの二階で臥床していたが、肺と知って雇主も困り、家に知らせたら如何や。待っていましたとばかり雇主の言葉を口実にお君に手紙を書いた。不甲斐ない人間と笑って下さい。どうせ今まで何一つ立派な事もして来なかった体、死んでお詫びしたくとも、矢張り死ぬまで一どお眼に掛りたく。弱気な文句と自嘲しながら書いた。早速お君が飛んで来ると思ったのに、手紙が速達で来た。裏書が毛利君となって居り野瀬君でないのに、はっと胸がつかれた。行きたいけれど行けぬ。お前に会わす顔のない母です。恨んでくれるな。腑に落ち兼ねる手紙であった。何かあると心配だったが、それよりも先ず母は変ったとどきんと胸に来た。手紙と一足違いに、意外にも安二郎が迎えに来た。

お君は変った。まるで生れ変ってしまった三十六歳の一人の女に、安二郎はいきなり出喰わした感じであった。彼が今迄何一つ自分の自由にならないものはないと思っていた女が、今は如何にしても自由にすることの出来ない一つのものをもってしまった。お君は自分の心をもったのである。

豹一が家出した時お君は初めて自己というものに眼覚めた。そしてその自己は豹一に連る自己であった。豹ぼんが可哀そうだと思いませんか御寮さんが余りお人善しやからですと森田にいわれて、はっと眼が覚める想いだった。豹一の身の上を案ずることで自分の身の上を考えた。最近安二郎は貰い子をすることになっていた。馬鹿らしいやおまへんか、野瀬の身代は大将一人で作ったんやおまへん、御寮さんの働きで半分は作られたんです、女房が一人で寝て亭主が外で泊って来るなんて、一体夫婦といえますかと言われて一々思い当る気がした。豹ぼんのためにももう少し自分を主張せんといけませんよといわれると、ぐっと胸にこたえた。豹一と一緒に何故飛出さなかったんやろというと森田は何か狼狽して、いや飛出さんでもええのです、それよか豹ぼんの為に。だが森田は結局は自分の為にお君を慰めていたのである。森田はお君を犯した。巧く立ち廻ったと思ったが、しかし、もはやお君にとってはそれは生理よりもむしろ心理的なものであった。安二郎に知れて、罵倒され打たれて傷だらけになりながら、安二郎の顔に冷やかな眼を据えるのだった。安二郎の顔に懊悩の色が濃く刻まれて行くのを、しげしげと見つめるのである。勿論森田は追い出された。しかし森田のねっとりと油の浮いた様な顔は安二郎の頭を絶えず襲って来るのだった。安二郎は初めてお君を女と見た。自分の背後姿をじっと穴のあく程見つめている安二郎を感ずるとお君は、自分にも背後姿があったのだと何か充実感を覚えるのだった。恥をさらす様なものだったが、安二郎は兄の守蔵とお兼に事の次第を話して、如何いしましょう。追い出す気はないのであった。守蔵はお兼に万事一任した。お兼は、先ず、お君を追い出す様な処置は残酷だと主張することによって守蔵に対する自分の位置を権威づけ、そして娘の縁談を想って、安二郎の家風に傷がつかぬ様に、事穏便に秘密にしてしまわねばならぬと意見を述べた。安二郎はお兼の意見に従うことを良しとした。何よりも先ず、四十過ぎて妻に裏切られた男の醜態を人眼にさらしてはならないのだった。彼の嫉妬は陰に籠った。悋気といういまわしい言葉に絶えずおびやかされながら、ひそひそ声でお君をののしるのだった。しかも何たる事か、それとなくお君の機嫌をとり、着物など見立てて買って来たりするのだった。お君が鏡台の前で着付けするのを傍で見ながら、安二郎は思いつく限りの嫌味な言葉を苦々しくだらだらと吐きかける。お君は鏡の中でちらりと笑う。心が軽いのだった。安二郎は打ちのめされた気持がした。だから、今度のことは豹一の出世の妨げになるやろという一言がお君の虚をつくという意外な効果をもたらしたことにふと気付くと、専ら豹一を持ち出した。初めてお君の顔に皺が刻みこまれた。彼女は見る見る顔の艶を失って行った。森田から手紙が来たのを横取りした安二郎は消印が大阪市内だと知って、恐しく狼狽した。黙って居れば良いのに、手紙が来たぞと嫌味をいい、そして、お君が返事を出さないかと心配するのだった。自分の留守中に返事書くだろうと思うと外出もせず、勿論お君の外出も禁止した。いくら何でも風呂だけはと銭湯に出掛けて行くのにもこっそり後を尾行け、自宅に風呂場を作らねばならぬと思った。

　意外な安二郎の迎えを豹一は不審(あやし)んだが、実はお前の母親のことやがとわざとお君とも女房ともいわずに喋り出した安二郎の話をきくと、事情が分った。十八の豹一をつかまえて、洗いざらい恥さらしをしなければならぬ自分を安二郎はさすがに情なく思い、つとめて平静を装うのだったが、既に豹一は安二郎の苦悩が隅々まで読みとれる男になっていた。実はお前の居所を知り度うてな、新聞広告出してたん見(め)えへんかったかといい、家へ戻ってお君を監視してくれと頼む安二郎を、ざまあ見ろと思ったが、しかし、そんな安二郎を見るにつけ、巴里楼の妓に嫉妬した自分の姿を想い知らされる豹一は、初めて安二郎に親しみを覚えた。思わぬ豹一に同情されて安二郎は豹一が病気で無ければ一緒に酒をのみたい位の気持を芸もなく味わされ、意外な父子の対面であった。

しかし母子の四ケ月振りの対面はもっと微妙を極めていた。火夫になり円タク助手をやったときかされたお君は紙の様に蒼白い豹一の顔を見ると、身を切られる様な自責を感じ、皆んな自分が悪かった、どうぞ私の軽はずみを嗤ってくれと泣いた。肩身のせまい想いをしたらいけませんよ、母さんが悪いんじゃない、父さんが悪かったのだと豹一は慰めたが、どうして母親を責められようかという気持から、女の生理の脆さへの同情が湧いて来た。そして、それが、妓への嫉妬から脱れる唯一の血路だと思うのだった。しかし、安二郎に同情を感ずる時の彼は妓の肉体に対するいまわしい想い出と嫉妬を狂暴に強いられ、そんな矛盾に日夜懊悩した。血路は要するに血路であった。それを切りひらくためには自ら傷つかなければならないのだ。嫉妬は彼に女の問題を絶えず考えさしたが、しかし生理という狭い小径のみを逍遙うていた彼には、何の救いもあり得なかった。

ガレッジの二階で寝ていた頃とはすっかり養生の状態が変った。お君は自分の総てを賭けるかの様に豹一の看病に熱中した。自分をつまらぬ者に決めていた彼は、放浪の四ケ月を振りかえって見てそんな母の愛情が身に余りすぎると思い、涙脆く、済まない済まないとひそかに合掌した。しかし、何も済まんことあれへん、この家でお前が遠慮気兼せんならんことはない、当り前やという母の言葉に、余りにも謙譲であった以前の母とまるで違ったものを感じ、眼を閉じて、そんな言葉を痛くきいていた。お君はもう笑い声を立てることもなくなっていた。お君の関心が豹一にすっかり移ってしまったので、豹一の病気を本能的に恐怖していた安二郎も公然とはいやな顔をしなかった。

しかし豹一は二月も寝ていなかった。絶えず自分の存在を何ものかで支えて居らねば気の済まない彼には、無為徒食の臥床生活がたまらなく情無かった。母親の愛情にのみ支えられて生きているのは、何か生の義務に反くと思うのだった。妓に裏切られた時に徹底的に傷ついた自尊心の悩みが彼を駆り立てた。いきなり床を出て働くといい出し、止められると、そのまま外に出た。生国魂神社の裏を抜け、坂道を降りて千日前に出た。珍しく霧の深い夜で、盛り場の灯が空に赤く染まっていた。千日前から法善寺境内にはいると、そこはまるで地面がずり落ちた様に薄暗く境内にある祠の献納提灯や灯明の明りが寝とぼけた様に揺れていた。そこを出ると、妓楼が軒をならべている芝居裏の横丁であったが、何か胸に痛い様な薄暗さと思われた。前方に光が眩しく横に流れていて、心斎橋筋である。その光りの流れは、こちらへも又、向うの横丁へも流れて行かず、覓をながれる水がそのまま氷結してしまった様である。その為のこの横丁の暗さであったか、何か暗澹とした気持で、光りを避けて引きかえしたが、しかし、又、明るい通りに出てしまった。道頓堀筋、そこのキャバレエ赤玉の前を通ると、アジャーアジャーと訳の分らぬ唄声、そして途端に流れる打楽器とマラカスのチャイナルンバ。女性の肢態の動きを想わせる軽薄なテンポに咄嗟に、巴里楼の広間で白いイヴニングをきて客と踊っていた妓の顔を想い出し、カッと唇をかみしめながらキャバレエの中にはいった。テーブルへ来たホワイトローズの甘い匂いをさせているおっとりとした女が十九ときいてあきれかえって眼をしばたいているのには眼もくれず、隣のテーブルで、どう考えても一調子高すぎると思われる下手な東京弁で大学生が口説くのを、腕組みしながらフンフンときいている額のひろい冷い感じの女にじっと眼を注いでいた。気付いて、銀糸のはいった黒地の御召を著しく抜衣紋しているその女がすらりとした長身を起して、傍に来たが、ぱっと赧くなった切りで、物を言おうとすると、体が震えた。呆れるほど自信のないおどおどした表情と、若い年齢で女を知りつくしている凄みとをたたえた睫毛の長い眼で、じっと見据えていた。その夜、赤玉がカンバンになると、女と一緒に千日前の寿司捨で寿司をたべ、そして、五十銭（ギザイチ）で行けと交渉した車で萩之茶屋の女のアパートへ行った。女が赤玉のナンバーワンということで自尊心の満足があったが、しかし養ってやるから一緒に暮そうといわれ、本当か、俺の様なものが好きだとは何かの間違いじゃないか。好きやから仕方ないわ。巴里楼の妓に仕込まれた技巧が女を惚れさしたのだと豹一は思った。そう思うことによって豹一は自らをさげすみ、又、女をさげすんだ。

　三日経つと再び喀血した。重態ときかされ、自分の過去を振りかえって見た。絶えず自分の存在をたしかめて来た筈だったのに、何かそこにぽかんと穴のあいてる様な気がした。ひどく自分に自信がなくなり忘れていた筈のいろんな女の顔を想った。弱気を嗤いながら、円山公園で最後に接吻した女専の生徒に手紙を出した。妹でございます、姉伊都子ことは昨年の暮ふとした病気にかかり、十二月二十日夜永遠にかえらぬ旅に立ってしまいました。姉の日記によりあなた様のことを知りました。生前何くれと姉がお世話さまでした。今後とも宜しくいたらぬ私を御指導下さいませ、妹冴子より。そんな手紙が来た。死んだのか、十二月二十日に俺は何をしていたのかなと思い、その手紙を握りしめて死んで行こうと、ふと感傷的になった。豹一にも感傷の秋があったのだ。木犀の花が匂う頃死ぬと決めていたのに危く助かった。

散歩が出来る様になり、ある雪の日、浮かぬ顔で心斎橋を歩いていると、意外な男に会った。三高時代寄宿舎の同じ部屋にいた小田という男であった。どうだ、この頃も盛にやってる？　大丸横のヴィナスという喫茶店に落つくと小田は煙草のヤニで黄色くなった指を突き出して、そう言った。なに、メッチェンの事さ、当時病身故慎しんでるのか、胸が悪い？　石油のめ。死のうと思っていたんだがというと、失恋？　あわれむ様な小田の顔にはきかける様に女なんて自分の思う様になるよ。自分でも信じていない言葉を言ってしまった。小田に挑まれて、大阪劇場地下室で将棋をさし、花田八段的攻撃と称する小田に翻弄されて、ぺしゃんこになった。女と将棋とは違うからねという小田の毒舌に、よし、じゃあ賭をしよう、一週間以内に女をものにしてみせると思わず言ってしまった。喫茶店ロスアンゼルスの友子という少女と決めて、そして、ぽかんと穴のあいてしまった様な自分が賭けに勝つことによって充実されるだろうという愚かしい希望を抱いて、ロスアンゼルスに通った。二日目の白昼、活動へ連れて行った友子にいきなり、ホテルへ行こう。承諾させ、ホテルへ行く前に不二屋でランチをたべた。そして、運ばれた皿に手をつけず、ナフキンをこなごなに千切っては捨て千切っては捨てしている女の震え勝ちな手を残酷な気持でじっと見つめ、そして自らを虐めつけていた。

半年経ち、ひょっくり友子に会った。妊娠しているときかされ、はっとした。恨んでもいない事に胸をつかれた。豹一は友子と結婚した。そして、家の近くに二階借りをした。安二郎の仕事を手伝い、月給をもらうことになった。小田にいわれた石油のことを思い、本当にきくのかと医者にきいた。その年の秋、友子は男の子を産んだ。名前は豹吉とつけようと友子がいったが、彼は平凡に太郎とつけ、皆んなに笑われた。分娩の一瞬、豹一は今まで嫌悪していたものがこのことに連がるのかと何か救われるように思った。その日、産声が空に響くようなからりと晴れた小春日和だったが、翌日からしとしとと雨が降り続いた。六畳の部屋一杯お襁褓が万国旗の様に乾された。お君はしげしげと豹一の所にやって来た。火鉢の上でお襁褓を乾かしながら、二十歳で父となった豹一と、三十八歳で孫をもったお君は朗らかに笑い合った。安二郎から帰って来いと迎えが来ると、お君は、また来まっさ、さよならと友子に言って、雨の中を帰って行く。一雨一雨冬に近づく秋の雨がお君の傘の上を軽く敲いた。

# 婚期はずれ

友恵堂の最中が十個もはいっていた。それが五百袋も配られたので、葬礼の道供養にしては近ごろよくも張り込んだものだと、随分近所の評判になった。いよいよ配る段になると、聞き伝えて十町遠方からも貰いに来て、半時間経つと、一袋も残らず、葬礼人夫は目がまわった。一町の間に八つも路地裏のある貧乏たらしい町で、子供たちは母親にそそのかされてか、何遍も何遍も浅ましい手を出したが、そんな二度取り、三度取りをいちいちたしなめておれぬ忙しさだった。けれども、それだけに何か景気が良かったから、人夫もべつにこぼさず、配るのにも張りが出た。大正のこと故、菓子など豊富に手にはいった。

袋には朝日理髪店と書かれてあり、これはめったに書きのがせなかった。普通何の某家と書くところを、わざとそうしたのは宣伝のためだと、見て人も気付いた。

死んだのはそこの当主で、あと総領の永助が家業を継ぐわけだが、未だ若かった。先代は理髪養成学校の創立委員で、教師にも嘱託され、だから死なれてみると、二代目の永助の若さは随分と目立つ。おまけに高慢たれで、腕はともかく客あしらいは存分にわるいと母親のおたかにも心細くわかり、かたがた百円の道供養はこの際の処置ではなかったか。

なお一つには、娘の義枝のこともあった。どういうわけか縁遠いのだ。二十六で未だ片附かぬのはおかしいと、近所の評判がきびしくて、父親も息引きとる時までこれを気にし、いまははっきりおたかの責任めく。なお義枝の下に定枝がいて、二十三といえば義枝の年に直ぐだった。しかも、そういう縁遠い小姑が二人もいては、永助には嫁の来手があるまいと、永助の独身までが目立ち、ここでは彼の若さも通らなかったわけだ。三十二歳だが、客を相手に枢密院の話などする理屈っぽさは、しかしいかにも独身者めいていた。なお十七の久枝、十三の敬二郎、十の持子があとにいて、いまおたかは病気一つ出来ぬ後家だった。

そうした肩身のせまさがあってみれば、しぜんそんな道供養もひとびとにはうなずけた。それかあらぬか、葬式が済んで当分の間、おたかは五升の飯を炊き、かやくにしたり、五目寿司にしたりして、近所へ配った。毎日のようにそれが続いたから、長屋の者など喜んだのはむろんだ。わりにおたかの肩身が広くなったようで、それで娘の年なども瞬間隠れた。そんな母の心を知ってか知らずにか、義枝は忙しく立ち働いて炊事を手伝った。小柄で、袖なしなどを色気なく着て、こそこそ背中をまるめ、所帯じみて見えた。それが何か哀れだった。器量もたいして良くなかった。

三年は瞬く間だった。怖いほど速く年月が経つと、おたかがふと義枝の年数えてみると、うかうかと二十九だった。身震いしたが、けれどもその間縁談が無かったわけでもない。

父親が死んで間もなく、季節外れの扇子など持った男が不意に来て、縁談だった。気配で何かそれらしく、おたかは随分狼狽した。咄嗟の心構えがつかず、むしろ気恥かしく応待した。取乱しては嗤われるかねがねの負目で、嬉しい顔も迂闊に出来なかった。客は小憎いほど落着いて、世間話の冒頭(まくら)をだらだらとふった。それで焦らされて、わざとの渋い表情も自然に装えて、顔をしかめた。すると縁談をきく心用意もどうやらきまったが、こともあろうに落着いたところは、断る肚だった。相手の身分も訊かぬうちにそんな風にいわば喧嘩腰で、われながら意固地な母だったが、いまに始まらなかった。

……父親の生きていたころ、三度義枝に縁談があったことはあった。相手は呉服屋の番頭、瓦斯会社の勤人、公設市場の書記と、だんだんに格が落ちた。父親はいつのときも賛成も反対もせず、つまりは煮え切らず、ぼそぼそ口の中で呟いているだけだったが、おたかはまるで差出でて、仲人に向い、格式が違うことあれしまへんか。と、いつもその調子で仲人を怒らしてしまい、簡単に話は立ち消えた。当座の小気味良さも、しかしあとでむなしい淋しさと変った。だから、義枝にはあんな仕様むない男に貰われたらお前は一生の損やさかいにといい聴かせ、それをまた自分へのいいわけにもした。よその娘なら知らず、義枝の父親は理髪組合の総会へ洋服で出席した最初の人で、なお町会の幹事もしているのだ。けれども、流石に断り通して来た責任はだんだんに感じられた。……

ところが、こんどの相手は畳屋の年期職人上がりで、ときいてみると、それも予期した通りのようだったが、矢張りおたかは顔色を変えた。散髪屋も畳屋も同じ手職稼業でたいした違いはないようなものの、おたかにしてみれば口惜しいほど格式が落ちたと思われ、だから断るにもサバサバした気持だった。

仲人はあきれて帰って行った。暫らくおたかはぺたりと坐りこんだまま、肩で息をし、息をし、畳の一つところを凝視めていた。腹立たしいというより、むしろさすがに取り逃がした気持で、われにもあらず心に穴があいた。なんで断る気になったんやろかと考えてみても判らず、所詮いまさらの後悔だったが、いってみれば父親は下手に町会の幹事などしたわけだ。一つには、義枝の年が若ければ、かえって畳屋の職人でもあっさりと応じたのかもしれず、つまりはひがみだった。

やがてそわそわと立ち上り、勝手元へ出てみると、義枝はしきりに竈の下を覗いていた。新聞紙を突っ込み、突っ込み、薪をくべ、音高く燃えて、色黒い義枝の横顔に明るく映えていた。ふと振り向いたその眼が赤く、しばたき、煙のせいばかりでないと、おたかは胸痛く見たが、どういうわけか、おたかの声は、えらい煙たいやないかと、叱りつけるようだった。

次の縁談があるまで半年待った。こんどの談は永助に来て、先方は表具屋の娘だったから、これも永助の意嚮を訊かぬうちに有耶無耶になった。仲人はしかし根気良く三度運んだのだった。けれどももう三度目には、こんな年増アや小姑のいる家になにが嫁はんの来手がおまっかいなと捨科白(せりふ)して、ばたばたと帰ってしまった。いわれてみるとさすがに痛く、改めて永助の年を数えてみると、三十四だった。

三十の声をきいてから永助の頰にはめきめき肉がついてふっくらとし、おまけに商売柄いつも剃り立ての鬚のあとが生々と青かったから、何か年より老けて見えていた。そんな顔を永助は店の間からはいって来て見せると、いまのお客さん何シイに来やはったんやネンと、わりに若い声で訊いた。何もシイに来やれへんぜと、おたかはとぼけて見せ、そして、店エ放っといてええのんか。きびしく追いかえした。永助はこそこそ店へ引きかえすと、職人に代って客の顔を剃り、かねがね理由(わけ)もなく母親に頭の上らぬ自分の顔をしょんぼり鏡に覗いてみた。そして、貴族院いうたら、あんた、どんな組織イになってるか知ってなはるかと、セルロイドのマスクのかげで執拗く客に問い掛けると、客は露骨にいやな顔した。永助は尋常科を卒業しただけだが、講義録など見るので、却って商売の邪魔になった。

大分経って定枝を貰いに来た。先は小学校の教員で二十九というから、定枝と四つ違いだった。二十五の娘はんやったらしっかりしたはって願ったりかなったりだと、わざわざ定枝の年を有りがたいものにする言い方を仲人はして、つまりはおたかの気性を呑み込んでいた。そうされてみれば、おたかもさすがに固い表情が崩れ、小学校の教員といえば薄給にしろまずまず世間態は良いと、素直に考えることが出来た。贔屓目にも定枝の器量は姉の義枝とそんなに違いはしなかったが、ずんぐりと浅黒い義枝と比べて定枝はややましにすんなりと蒼白く、そういう談があってみればいまそれは透き通るように白いと、改めて見直されるぐらいだった。なお先方は尺八の趣味があるといい、それも何となく奥床しいといえばいえ、かねがね筑前琵琶をならっている定枝とその点でも何か釣り合っているではないかと、これで纏らねば嘘だった。仲人は無料（ただ）の散髪をして帰った。

　ところが、纏ると見えて、いざ見合いという段になって、いきなりおたかは断ってしまった。仲人はちょっとあきれたが、怒った顔も見せず、姉はんをさし置いて妹御をかたづける法もなかったと筋を通して、御縁は切れたわけでもないと苦労人だった。けれどもその言葉は思い掛けずおたかには痛く、妙なところで効果があった。実はもっておたかには断るほどの理由もはっきりとはなく、強いて見合いの晴れがましさに馴れず臆したといってみたところで、それだけでは余りに阿呆らしく小娘めく。仲人ももう一押し押せば十に一つは動く振りもおたかには充分あったところだ。けれども、もはやそんな痛いところを突かれては、おたかの気持もいつものところへ落着いて、格式いうもんがおまっさかいな。声もいままでのひそひそ声ではなかった。さすがに仲人もむっとした。

　怒った顔二つ暫時にらみ合って、やがて仲人の帰ったあと、勝手元であきれた物音や叫び声がして、おどろいておたかが出て見ると、義枝と定枝が摑み合っているのだ。浅ましい姉妹喧嘩だと何かおたかは思い当ってはっと胸を突かれ、蒼ざめた途端に、いきなり逆上して、二人を突き離すと、漆喰の上へ転がり落ちたのは、あッ姉の義枝の方だった。そのつもりではなかったが、倒れてみると、やはり義枝らしかった。

物音で近所の人々がわざとのように駈けつけて来ると、ぴたりと三人は静まりかえった。定枝はつと座敷へはいると、琵琶をかき鳴らし、やけに唄った。それが店の方へもきこえ、客は頭を刈られながらふふんときいて、つまりはこんなところでも、定枝は縁遠い娘めくのだった。義枝はおろおろと体を縮めて忍び泣いた。自分がいるばかりに妹の縁談を邪魔するかと小さくなっているのだと、見れば見られたが、おたかはそう思いたくなかった。

けれども、次に半年ほど経ってから二十の久枝に談があったとき、矢張り義枝を差し置いてということが邪魔した。久枝は北浜の銀行へ勤めに出て、太鼓の帯に帯じめをきりりとしめ、赤い着物に赤い下駄で姉たちとはかけはなれた派手な娘だった。なお眼鏡を掛けていた。相手は同じ銀行に働く男で、銀行員といえばもう飛びつきたい話にはちがいなかった。しかし、同じところで働いていたとすれば、浮いた話ではなかったかとの近所の評判も気にされた。もともと久枝を勤めに出すことは、何かと気がひけていた。娘を働かさねばやって行けぬ所帯かと見られることがなんぼうにも辛かったのだ。だから、同じ銀行で働く男と結婚したとあれば、とやかくの噂も避けがたい。それがおたかにはいやだった。といっても、断るには惜しい談だと、いろいろ迷った揚句、義枝の縁組みもせぬうちに久枝をかたづけるわけには行かぬと、これがおたかの肚をきめたのだった。

そういうことがあって、いま義枝は二十九、定枝は二十六、久枝は二十になった。持子は十三になったので、おたかは思い切って女学校へ入れた。これにはひとびとは駭いた。その界隈で娘を女学校にいれているのは金満家の矢崎だけだった。そのことが僅かにおたかの心を慰めた。

おたかは娘たちがそろって銭湯に行くのも憚る気持がした。娘たちは銭湯の裏口からこそこそと行き、裏口から帰った。朝日理髪店の勝手口は細い路地をへだてて銭湯の裏口に向いあい、つまりはどちらも路地の入口にあったのだ。それで銭湯へしのんで行くには便利だったが、勝手口が路地の中にあるゆえ、まるで跡地裏長屋に住んでいるようにも見え、仲人が来るたびにおたかがそわついたのも、一つにはこのためだった。

路地の奥はちょっとした空地で、夏などわりに風通しが良いとて、娘たちは晩になると洗濯物の乾してある下へ床几を持ち出して、ずらりと腰を掛けて並んだ。見て、おたかは何かぞおっとした。長屋の人たちが集まってのいわば夕涼み話には、娘たちは余り立ちいらず、団扇を膝の上で弄びながらぼんやりときいているのだが、それがつつましいというより、むしろがいいしんたれ(不甲斐性者)に見えた。それもみな未だかたづいていないためだと、おたかはいよいよ焦った。

路地に年中洋服を着た若い男が母親と移って来て、花井といい、株屋の外交員をしているとのことだった。小柄で浅黒くてかてか光った皮膚をして、顔はとがった形にこぢんまり整い、長屋住いには惜しい男だと、おたかは眼をきょろきょろさせたが、もうその日から煮たき物を花井の家へ持って行った。毎日それが続いて、たとえばおからの煮ものを持って行くにしても、それには沢山（ぎょうさん）海老がはいっていると、近所のひとびとは喧しく取沙汰した。おまけにおたかは永助に、花井さんが散髪に来やはったかて、銭もオたらあかんぜと駄目押すなど、何くれと花井の機嫌をとり、ひとびとの眼にも随分と目立った。

そういうことが半年も続くと、もはやおたかの肚はひとびとにも読みとれ、いまは、誰を貰てもらうつもりやろと、それが問題だった。けれどもおたかにしてみれば、誰をかたづけるなどとはっきり決めることは何かおそろしく、強いていえば、どちらも小柄だという点で義枝をとひそかに希ってはいたものの、さすがにそれとはいい出せなかった。どころか、第一そんな縁組みとかなんとかいう気持ではないと、ときにはわざと冷たく構えて、あとで後悔するのだった。そういう気持がしかし花井に通ぜぬはずはなく、花井もだんだんにべたべたとおたかと親しくし、しばしば図々しくおたかの家の座敷で寝そべったりした。義枝はびっくりした眼をして、花井にお茶など出していた。

ところが、ある夜、花井母子（おやこ）は夜逃げしてしまい、どうやら主人の金で株をして穴をあけたためだと、あとで分った。してみれば、おたかはうまく災難をのがれたようなものの、やはりその日一日中頭痛がするといって寝たままでいた。

八年経つと、五十七歳のおたかはどういうわけかめっきり肥えて、息苦しそうに立ち働いた。子供たちの年を考えれば不思議なほどの肥え方だと、あきれて近所の人は見た。永助は口髭を生やして四十歳だった。したがって義枝は三十四歳、定枝は三十一歳、久枝は二十五歳だった。持子は女学校を卒業して、いきいきと眼が綺麗だった。手足もすんなり伸びて、並んで立つと四尺八寸の義枝はあわれなほどひねしなびていた。けれども義枝の眼は駭いたように見ひらいて、澄んだ青さをたたえていた。浅黒い皮膚もなにか肌面（きめ）がこまかくて、清潔な感じがした。それがおずおずと哀れめいた。

敬二郎は商業学校を卒業して商船会社に勤めていたが、五尺たらずゆえ二十一歳とは見えなかった。ある日、座敷に野良猫がのっそりはいって来るのを見て、敬二郎は、ああ怖やの、おーきイな猫が来よったと、悲鳴をあげた。痩せて顔色がわるく、しょっちゅう力弱い咳をした。毎日牛乳を二合宛のんだ。牛乳配達が来るたびにおたかは何か気にし、つまり敬二郎は肺が悪かった。ある日、敬二郎が二階の窓からたんを吐くと、路地を通っている銭湯（ふろ）屋の娘の顔に掛った。それでおたかと銭湯屋との仲は目立って仲がわるくなり、子供たちは二町も遠方（さき）の銭湯へ行った。けれども、たったそれだけのことでそういう仲違いは大人気ない。実はその銭湯屋には五人娘があり、この八年間に四人の娘が次々とかたづいた。最近かたづいたとき、おたかは、向（むこ）さんの娘はんは夜店歩きしはったり、番台で坐ったはったりして、男こしらえるのがそら上手だっせといいふらした。それが耳にはいると、銭湯屋も黙ってはおれず、いいがかりの機会をねらっていた。そういうところへ末の娘の顔にたんが掛ったのだった。その娘は間もなく嫁入りした。その日、朝からおたかは頭痛がして起きられなかった。義枝はしきりに氷枕へ氷をいれたりした。

花嫁を迎える自動車が路地の入口に来て停ると、娘たちはぞろぞろと出て行って、花嫁を見ようとした。叱りつけて、おたかは、しょむないもん見に行かんでもええと、にわかに熱が高まったようだった。けれども、ものの半時間も経たぬうちに、おたかはそわそわと立ち上って銭湯へ酒肴など持って行き、ひとびとをあっといわせた。おたかは夜おそくまで銭湯屋の台所でこまごまと手伝いした。おたかが張り込んだお祝物は近所の誰よりも金目がかかっていた。

銭湯の向いにミヤケ薬局があり、そこの主人は永助と同じ年で町会の幹事にあげられていた。主人の妻が三人の子供を残して死ぬと、途端におたかは駆けつけて、はた目もおかしいほどいろいろと気を配って手伝った。おくやみを述べるのにも、何かいそいそとしていた。おたかは何かと病気の口実を設けて、薬の調合をして貰いに行った。薬剤師は口髭を生やした顔の相好を崩した。それがいやらしい顔だと、見れば見られたが、おたかは威厳のある顔と見、かつ義枝がいきなり三人の子供の母となればどういう風になるだろうかと、義枝の小さな体をひそかに観察していた。ところが、半年経つと、薬剤師のところへ後妻が来て、器量のわるい癖に白粉をべたべたとぬり、けれども実科女学校出だとのことだった。おたかは三日寝込んで、そしてその後薬剤師と口も利かなかった。

間もなく、永助がこともあろうに卑しい職業の女と関係していると耳にはいった。おたかはどすんと音を立てて畳の上へ卒倒した。それがもとでおたかは暫らく寝つき、病気になったかとひとびとはさすがに同情したが、十日経たぬうちに、しゃんと立ち上り、べつに痩せてもいなかった。

その年の夏、持子は頑としてアッパッパを着たがらぬので、不審に思ってよくよく観察してみると、妊娠していると判った。相手は誰かと訊く元気も分別も出ず、口も利けずに、おたかはおろおろそこら中歩き廻った。何かいえば、呶鳴りつけそうな気配を部屋の中一杯におたかは漂わせて歩いた。やがて気も静まって落着いたところは、相手がどこの誰にしろ、たとえ畳屋の職人であろうと、持子をくれてやる肚だった。けれども、持子にやっと口を割らせてみると、相手はこの間胸を患って死んだという。おたかはぺたりと尻餅をついた。

秋。朝日理髪店一家は北田辺の郊外へ移った。こんどのところはあんた、郊外でんネ、前に川が流れてましてな。良え風吹きまんねんぜとおたかはいいふらした。そらえらい良えとこイあんた、行きはりまんねんなアとひとびとは言うのだが、肚の中ではおたかはんも到頭いたたまれんようにならはったと、さすがに見抜いていた。

年があけて、持子は男の子を産んだ。産気づくとおたかは襷を掛けて、鉢巻しかねなかった。産婆が取りあげると、娘たちは、口々におう、おうと唸りながら、しわくちゃの赤ん坊の顔を覗いた。そして、えらかったな、えらかったなと持子にいうと、真蒼な顔の持子はかすかに眼をうるました。二十の持子は瞬間三十六の義枝より老けて見えた。

ひっそりと暮らしていた持子は、ピチピチと若い母めいた。義枝たちも何か毎日活気づいて、赤ん坊の奪い合いで大声を立て、家の中はめきめき明るくなり、いってみれば持子は肩身が広くなった。

赤ん坊の誕生日に、おたかは娘たちをぞろぞろ引き連れて、南海の高島屋へ写真をうつしに行った。待合室で待っていると、おばちゃんと声掛けられ、見ると、銭湯屋の娘たち五人が、いずれも子供を連れて写真をうつしに来ているのだった。娘たちが顔や髪を直しに化粧室に行っていたので、おたかはあわてて呼び戻しに行き、そして挨拶がはじまった。銭湯屋の姉娘が、おばちゃんちょっとも痩せてはれしまへんなというと、おたかは、へえ、郊外で空気がよろしおまっさかい、おかげで肥えとオりまんねんと答え、そうして、これ見たっとくなはれと、赤ん坊を差しだした。おたかは六十近いのに腰一つ曲らず、しゃんとして、むしろ義枝の方がおどおどと腰を曲げて、まるで尻ごみするように、銭湯屋の娘たちの子供を覗き込んでいた。

# 秋深き

医者に診せると、やはり肺がわるいと言った。転地した方がよかろうということだった。温泉へ行くことにした。

汽車の時間を勘ちがいしたらしく、真夜なかに着いた。駅に降り立つと、くろぐろとした山の肌が突然眼の前に迫った。夜更けの音がそのあたりにうずくまっているようだった。妙な時刻に着いたものだと、しょんぼり佇んでいると、カンテラを振りまわしながら眠ったく駅の名をよんでいた駅員が、いきなり私の手から切符をひったくった。

乗って来た汽車をやり過してから、線路を越え、誰もいない改札口を出た。青いシェードを掛けた電球がひとつ、改札口の柵を暗く照らしていた。薄よごれたなにかのポスターの絵がふと眼にはいり、にわかに夜の更けた感じだった。

駅をでると、いきなり暗闇につつまれた。

提灯が物影から飛び出して来た。温泉へ来たのかという意味のことを訊かれたので、そうだと答えると、もういっぺんお辞儀をして、

「お疲れさんで……」

温泉宿の客引きだった。頭髪が固そうに、胡麻塩である。

こうして客引きが出迎えているところを見ると、こんな夜更けに着く客もあるわけかとなにかほっとした。それにしても、この客引きのいる宿屋は随分さびれて、今夜もあぶれていたに違いあるまいと思った。あとでこの温泉には宿屋はたった一軒しかないことを知った。

右肩下りの背中のあとについて、谷ぞいの小径を歩きだした。

しかし、ものの二十間も行かぬうちに、案内すると見せかけた客引きは、押していた自転車に飛び乗って、

「失礼しやして、お先にやらしていただきやんす。お部屋の用意をしてお待ち申しておりやんすによって、どうぞごゆるりお越し下されやんせッ」

あっという間に、闇の中へ走りだしてしまった。

私はことの意外におどろいた。

「あ、ちょっと……。宿はどこですか。どの道を行くんですか。ここ真っ直ぐ行けばいいんですか。宿はすぐ分りますすか」

「へえ、へえ、すぐわかりますでやんす。真っ直ぐお出でになって、橋を渡って下されやんし

たら、灯が見えますでござりやんす」

客引きは振り向いて言った。自転車につけた提灯のあかりがはげしく揺れ、そして急に小さくなってしまった。

暗がりのなかへひとり取り残されて、私はひどく心細くなった。汽車の時間を勘ちがいして、そんな真夜なかに着いたことといい、客引きの腑に落ちかねる振舞いといい、妙に勝手の違う感じがじりじりと来て、頭のなかが痒ゆくなった。夜の底がじーんと沈んで行くようであった。煙草に火をつけながら、歩いた。けむりにむせて咳が出た。立ち止まってその音をしばらくきいていた。また歩きだして、二町ばかり行くと、急に川音が大きくなって、橋のたもとまで来た。そこで道は二つに岐れていた。言われた通り橋を渡って暫らく行くと、宿屋の灯がぽつりと見えた。風がそのあたりを吹いて渡り、遠いながめだった。

ふと、湯気のにおいが漂うて来た。光っていた木犀の香が消された。

風通しの良い部屋をと言うと、二階の薄汚い六畳へ通された。先に立った女中が襖をひらいた途端、隣室の話し声がぴたりとやんだ。

女中と入れかわって、番頭が宿帳をもって来た。書き終ってふと前の頁を見ると、小谷治二十九歳。妻糸子　三十四歳――という字がぼんやり眼にはいった。数字だけがはっきり頭に来た。女の方が年上だなと思いながら、宿帳を番頭にかえした。

「蜘蛛がいるね」

「へえ？」

番頭は見上げて、いますねと気のない声で言った。そしてべつだん捕えようとも、追おうともせず、お休みと出て行った。

私はぽつねんと坐って、蜘蛛の跫音をきいた。それは、隣室との境の襖の上を歩く、さらさらとした音だった。太長い足であった。

寝ることになったが、その前に雨戸をあけねばならぬ、と思った。風通しの良い部屋とはどこをもってそう言うのか、四方閉め切ったその部屋のどこにも風の通う隙間はなく、湿っぽい空気が重く澱んでいた。私は大気療法をしろと言った医者の言葉を想いだし、胸の肉の下がにわかにチクチク痛んで来た、と思った。

まず廊下に面した障子をあけた。それから廊下に出て、雨戸をあけようとした。暫らくがたがたやってみたが、重かった。雨戸は何枚か続いていて、端の方から順おくりに繰っていかねば駄目だと、判った。そのためには隣りの部屋の前に立つ必要がある。私はしばらく躊躇ったが、背に腹は代えられぬと、大股で廊下を伝った。そして、がたがたやっていると、腕を使いすぎたので、はげしく咳ばらいが出た。その音のしずまって行くのを情けなくきいていると、部屋のなかから咳ばらいの音がきこえた。私はあわてて自分の部屋に戻った。

咳というものは伝染するものか、それとも私をたしなめるための咳ばらいだったのかなと考えながら、雨戸を諦めて寐ることにした。がらんとした部屋の真中にぽつりと敷かれた秋の夜の旅の蒲団というものは、随分わびしいものである。私はうつろな気持で寐巻と着かえて、しょんぼり蒲団にもぐりこんだ。とたんに黴くさい匂いがぷんと漂うて、思いがけぬ旅情が胸のなかを走った。

じっと横たわっていると、何か不安定な気がして来た。考えてみると、どうも枕元と襖の間が広すぎるようだった。ふだん枕元に、スタンドや灰皿や紅茶茶碗や書物、原稿用紙などをごてごてと一杯散らかして、本箱や机や火鉢などに取りかこまれた蒲団のなかに寝る癖のある私には、そのがらんとした枕元の感じが、さびしくてならなかった。にわかに孤独が来た。

旅行鞄からポケット鏡を取り出して、顔を覗いた。孤独な時の癖である。舌をだしてみたり、眼をむいてみたり、にきびをつぶしたりしていた。蒲団の中からだらんと首をつきだしたじじむさい恰好で、永いことそうやっていると、ふと異様な影が鏡を横切った。蜘蛛だった。私はぎょっとした自分の顔を見た。そして思わず襖を見た。とたんに蜘蛛はぴたりと停って、襖に落した影を吸いながら、じっと息を凝らしていた。私はしばらく襖から眼をはなさなかった。なんとなく宿帳を想い出した。

いよいよ眠ることにして、灯を消した。そして、じっと眼をつむっていると、カシオペヤ星座が暗がりに泛び上って来た。私は空を想った。降るような星空を想った。清浄な空気に渇えた。部屋のどこからも空気の洩れるところがないということが、ますます息苦しく胸をしめつけた。明けはなたれた窓にあこがれた。いきなりシリウス星がきらめいた。私ははっと眼をあけた。蜘蛛の眼がキラキラ閃光を放って、じっとこちらを見ているように思った。夜なかに咳が出て閉口した。

翌朝眼がさめると、白い川の眺めがいきなり眼の前に展けていた。いつの間にか雨戸は明けはなたれていて、部屋のなかが急に軽い。山の朝の空気だ。それをがつがつと齧ると、ほんとうに胸が清々した。ほっとしたが、同時に夜が心配になりだした。夜になれば、また雨戸が閉って、あの重く濁った空気を一晩中吸わねばならぬのかと思うと、痩せた胸のあたりがなんとなく心細い。たまらなかった。

夜雨戸を閉めるのはいずれ女中の役目だろう故、まえもってその旨女中にいいつけて置けば済むというものの、しかしもう晩秋だというのに、雨戸をあけて寝るなぞ想えば変な工合である。宿の方でも不要心だと思うにちがいない。それを押して、病気だからと事情をのべて頼みこむ、――まずもって私のような気の弱い者には出来ぬことだ。それに、ほかの病気なら知らず、肺がわるいと知られるのは大変辛い。

もうひとつ、私の部屋の雨戸をあけるとすれば、当然隣りの部屋もそうしなくてはならない。それ故、一応隣室の諒解を求める必要がある。けれど、隣室の人たちはたぶん雨戸をあけるのを好まないだろう。

すっかり心が重くなってしまった。

夕暮近く湯殿へ行った。うまい工合に誰もいなかった。小柄で、痩せて、貧弱な裸を誰にも見られずに済んだと、うれしかった。湯槽に浸ると、びっくりするほど冷たかった。その温泉は鉱泉を温める仕掛けになっているのだが、たぶん風呂番が火をいれるのをうっかりしているのか、それとも誰かが水をうめすぎたのであろう。けれど、気の弱い私は宿の者にその旨申し出ることもできず、辛抱して、なるべく温味の多そうな隅の方にちぢこまって、ぶるぶる顫えていると、若い男がはいって来た。はれぼったい瞼をした眼を細めて、こちらを見た。近視らしかった。

湯槽にタオルを浸けて、

「えらい温るそうでんな」

馴々しく言った。

「ええ、とても……」

「……温るおまっか。さよか」

そう言いながら、男はどぶんと浸ったが、いきなりでかい声で、

「あ、こら水みたいや。無茶しよる。水風呂やがな。こんなとこイはいって寒雀みたいに行水してたら、風邪ひいてしまうわ」そして私の方へ「あんた、よう辛抱したはりまんな。えらい人やなあ」

曖昧に苦笑してると、男はまるで羽搏くような恰好に、しきりに両手をうしろへ泳がせながら、

「失礼でっけど、あんた昨夜おそうにお着きにならはった方と違いまっか」

と、訊いた。

「はあ、そうです」

何故か、私は赧くなった。

「やっぱり、そうでっか。どうも、そやないか思てましてん。なんや、戸がたがた言わしたは

りましたな。ぼく隣りの部屋にいまんねん。退屈でっしゃろ。ちと遊びに来とくなはれ」

してみると、昨夜の咳ばらいはこの男だったのかと、私はにわかに居たたまれぬ気がして、早々に湯を出てしまった。そして、お先きにと、湯殿の戸をあけた途端、化物のように背の高い女が脱衣場で着物を脱ぎながら、片一方の眼でじろりと私を見つめた。

私は無我夢中に着物を着た。そして気がつくと、女の眼はなおもじっと動かなかった。もう一方の眼はあらぬ方に向けられていた。斜視だなと思った。とすれば、ひょっとすると、女の眼は案外私を見ていないのかもしれない。けれどともかく私は見られている。私は妙な気持になって、部屋に戻った。

なんだか急に薄暗くなった部屋のなかで、浮かぬ顔をしてぼんやり坐っていると、隣りの人たちが湯殿から帰って来たらしい気配がした。

男は口笛を吹いていたが、不意に襖ごしに声をかけて来た。

「どないだ(す)(ママ)？　退屈でっしゃろ。飯が来るまで、遊びに来やはれしまへんか」

「はあ、ありがとう」

咽喉にひっ掛った返事をした。二、三度咳ばらいして、そのまま坐っていた。なんだかこの夫婦者の前へ出むく気がしなかったのである。

「お出(い)なはれな」

再び声が来た。

すると、もう私は断り切れず、雨戸のことで諒解を求める良い機会でもあると思い、立って襖をあけた。

その拍子に、粗末な鏡台が眼にはいった。背中を向けて化粧している女の顔がうつっていた。案の定脱衣場で見た顔だった。白粉の下に生気のない皮膚がたるんでいると、一眼にわかった。いきなり宿帳の「三十四歳」を想い出した。それより若くは見えなかった。

女はどうぞとこちらを向いて、宿の丹前の膝をかき合わせた。乾燥した窮屈な姿勢だった。座っていても、いやになるほど大柄だとわかった。男の方がずっと小柄で、ずっと若く見え、湯殿のときとちがって黒縁のロイド眼鏡を掛けているため、一層こぢんまりした感じが出ていた。顔の造作も貧弱だったが、唇だけが不自然に大きかった。これは女も同じだった。女の唇はおまけに著しく歪んでいた。それに、女の斜眼(やぶにらみ)は面と向ってみると、相当ひどく、相手の眼を見ながら、物を言う癖のある私は、間誤つかざるを得なかった。

暫らく取りとめない雑談をした末、私は機を求めて、雨戸のことを申し出た。だしぬけの、奇妙な申し出だった故、二人は、いえ、構いません、どうぞおあけになって下さいと言ったものの、変な顔をした。もう病気のことを隠すわけにはいかなかった。

「……実は病気をしておりますので。空気の流通をよくしなければいけないんです」

すると、女の顔に思いがけぬ生気がうかんだ。

「やっぱり御病気でしたの。そやないかと思てましたわ。――ここですか」

女は自身の胸を突いた。なぜだか、いそいそと嬉しそうであった。

「ええ」

「とても痩せてはりますもの。それに、肩のとこなんか、やるせないくらい、ほっそりしてなさるもの。さっきお湯で見たとき、すぐ胸がお悪いねんやなあと思いましたわ」

そんなに仔細に観察されていたのかと、私は腋の下が冷たくなった。

女は暫らく私を見凝めるともなく、想いにふけるともなく捕えがたい視線をじっと釘づけにしていたが、やがていきなり歪んだ唇を痙攣させたかと思うと、

「私の従兄弟が丁度お宅みたいなからだ恰好でしたけど、やっぱり肺でしたの」

膝を撫でながらいった。途端に、どういうものか男の顔に動揺の色が走った。そして、ひきつるような苦痛の皺があとに残ったので、びっくりして男の顔を見ていると、男はきっとした眼で私をにらみつけた。

しかし、彼はすぐもとの、鈍重な、人の善さそうな顔になり、

「肺やったら、石油を飲みなはれ。石油を……」

意外なことを言いだした。

「えッ？」

と、訊きかえすと、

「あんた、知りはれしまへんのんか。肺病に石油がよう効くということは、今日び誰でも知ってることでんがな」

「初耳ですね」

「さよか。それやったら、よけい教え甲斐がおますわ」

肺病を苦にして自殺をしようと思い、石油を飲んだところ、かえって病気が癒った、というような実話を例に出して、男はくどくどと石油の卓効に就いて喋った。

「そんな話迷信やわ」

いきなり女が口をはさんだ。斬り落すような調子だった。

風が雨戸を敲いた。

男は分厚い唇にたまった泡を、素早く手の甲で拭きとった。少しよだれが落ちた。

「なにが迷信や。迷信や思う方がどだい無智や。ちゃんと実例が証明してるやないか」

そして私の方に向って、

「なあ、そうでっしゃろ。違いまっか。どない思いはります？」

気がつくと、前歯が一枚抜けているせいか、早口になると彼の言葉はひどく湿り気を帯びた。

「…………」

私は言うべきことがなかった。すると、もう男はまるで喧嘩腰になった。

「あんたも迷信や思いはりまっか、そら、そうでっしゃろ。なんせ、あんたは学がおまっさかいな。しかし、僕かて石油がなんぜ肺にきくかちゅうことの科学的根拠ぐらいは知ってまっせ。と、いうのは外やおまへん。ろくろ首いうもんおまっしゃろ。あの、ろくろ首はでんな、なにもお化けでもなんでもあらへんのでっせ。だいたい、このろくろ首いうもんは、苦界に沈められている女から始まったことで、なんせ昔は雇主が強欲で、ろくろく女子（おなご）に物を食べさしよれへん。虐待しよった。そこで女子は栄養がとれんで困る。そこへもって来て、勤めがえらい。蒼い顔して痩せおとろえてふらふらになりよる。まるでお化けみたいになりよる。それが、夜なかに人の寝静まった頃に蒲団から這いだして行灯の油を嘗めよる。それを、客が見て、ろくろ首や思いよったんや。それも無理のないとこや。なんせ、痩せおとろえひょろひょろの細い首しとるとこへもって来て、大きな髪を結うとりまっしゃろ。寝ぼけた眼で下から見たら、首がするする伸びてるように思うやおまへんか。ところで、なんぜ油を嘗めよったかと言うと、いまもいう節で、虐待されとるから油でも嘗めんことには栄養の取り様（よう）がない。まあ、言うたら、止むに止まれん栄養上の必要や。それに普通の冷たやつやったら嘗めにくいけど行灯の奴は火イで温くめたアるによって、嘗めやすい。と、まあ、こんなわけだす。いまでも、栄養不良の者（もん）は肝油たらいうてやっぱり油飲むやおまへんか。それ考えたら、石油が肺に効くいうたことぐらいは、ちゃんと分りまっしゃないか。なにが迷信や、阿呆らしい」

女はさげすむような顔を男に向けた。

私は早々に切りあげて、部屋に戻った。

やがて、隣りから口論しているらしい気配が洩れて来た。暫らくすると、女の泣き声がきこえた。男はぶつぶつした声でなだめていた。しまいには男も半泣きの声になった。女はヒステリックになにごとか叫んでいた。

夕闇が私の部屋に流れ込んで来た。いきなり男の歌声がした。他愛もない流行歌だった。下手糞なので、あきれていると、女の歌声もまじり出した。私はますますあきれた。そこへ夕飯がはこばれて来た。

電灯をつけて、給仕なしの夕飯をぽつねんと食べていると、ふと昨夜の蜘蛛が眼にはいった。今日も同じ襖の上に蠢いているのだった。

翌朝、散歩していると、いきなり背後（うしろ）から呼びとめられた。

振り向くと隣室（となり）の女がひとりで大股にやって来るのだった。近づいた途端、妙に熱っぽい体臭がぷんと匂った。

「お散歩ですの？」

女はひそめた声で訊いた。そして私の返事を待たず、

「御一緒に歩けしません？」

迷惑に思ったが、まさか断るわけにはいかなかった。

並んで歩きだすと、女は、あの男をどう思うかといきなり訊ねた。

「どう思うって、べつに……。そんなことは……」

答えようもなかったし、また、答えたくもなかった。自分の恋人や、夫についての感想をひとに求める女ほど、私にとってきらいなものはまたと無いのである。露骨にいやな顔をしてみせた。

女はすかされたように、立ち止まって暫らく空を見ていたが、やがてまた歩きだした。

「貴方のような鋭い方は、あの人の欠点くらいすぐ見抜ける筈でっけど……」

どこを以って鋭いというのかと、あきれていると、女は続けて、さまざま男の欠点をあげた。

「……教養なんか、ちょっともあれしませんの。これが私の夫ですというて、ひとに紹介も出来しませんわ。字ひとつ書かしても、そらもう情けないくらいですわ。ちょっとも知性が感じられしませんの。ほんまに、男の方て、筆蹟をみたらいっぺんにその人がわかりますのねえ」

私はむかむかッとして来た、筆蹟くらいで、人間の値打ちがわかってたまるものか、近頃の女はなぜこんな風に、なにかと言えば教養だとか、筆蹟だとか、知性だとか、月並みな符号を使って人を批評したがるのかと、うんざりした。

「奥さんは字がお上手なんですね」

しかし、その皮肉が通じたかどうか、顔色も声の調子も変えなかった。じっと前方を見凝めたまま相変らず固い口調で、

「いいえ、上手と違いますわ。この頃は気持が乱れていますのんか、お手が下ったたて、お習字の先生に叱られてばっかりしてますすんです。ほんまに良い字を書くのは、むつかしいですわね。けど、お習字してますと、なんやこう、悩みや苦しみがみな忘れてしまえるみたい気イしますのんで、私好きです。貴方なんか、きっとお習字上手やと思いますわ。お上手なんでしょう？いっぺん見せていただきたいわ」

「僕は字なんかいっぺんも習ったことはありません。下手糞です。下品な字しか書けません」

しかし、女は気にもとめず、

「私、お花も好きですのん。お習字もよろしいですけど、お花も気持が浄められてよろしいですわ。――私あんな教養のない人と一緒になって、ほんまに不幸な女でしょう？　そやから、お習字やお花をして、慰めるより仕方あれしません。ところが、あの人はお習字やお花の趣味はちょっともあれしませんの」

「お茶は成さるんですか」

「恥かしいですけど、お茶はあんまりしてませんの。是非教わろうと思てるんですけど。――ところで、話ちがいますけど、貴方(おうち)キネマスターで誰がお好きですか？」

「…………」

「私、絹代が好きです。一夫はあんまり好きやあれしません。あの人は高瀬が好きや言いますのんです」

「はあ、そうですか」

絹代とは田中絹代、一夫とは長谷川一夫だとどうやらわかったが、高瀬とは高瀬なにがしかと考えていると、

「貴方(おうち)は誰ですの？」

「高瀬です」

つい言った。

「まあ」

さすがに暫らくあきれていたようだったが、やがて、

「高瀬はまあええとして、あの人はまた、○○○が好きや言うんです。私、あんな下品な女優大きらいです。ほんまに、あの人みたいな教養のない人知りませんわ」

私はその「教養」という言葉に辟易した。うじゃうじゃと、虫が背中を這うようだった。

「ほんまに私は不幸な女やと思いますわ」

朝の陽が蒼黝い女の皮膚に映えて、鼻の両脇の脂肪を温めていた。ちらとそれを見た途端、なぜだか私はむしろ女があわれに思えた。かりに女が不幸だとしても、それはいわゆる男の教養だけの問題ではあるまいと思った。

「何べん解消しようと思ったかも分れしまへん」

解消という言葉が妙にどぎつく聴こえた。

「それを言いだすと、あの人はすぐ泣きだしてしもて、私の機嫌とるのんですわ。私がヒステリー起こした時は、ご飯かて、たいてくれます。洗濯かて、せえ言うたら、してくれます。ほんまによう機嫌とります。けど、あんまり機嫌とられると、いやですねん。なんやこう、むく犬の尾が顔にあたったみたいで、気色がわるうてわるうてかないませんのですわ。それに、えらい焼餅やきですの。私も嫉妬(りんき)しますけど、あの人のは、もっとえげつないんです」

顔の筋肉一つ動かさずに言った。

妙な夫婦もあるものだ。こんな夫婦の子供はどんな風に育てられているのだろうと、思ったので、

「お子さんおありなんでしょう?」

と、訊くと、

「子供はあれしませんの。それで、こうやってこの温泉へ来てるんです。ここの温泉にはいると、子供が出来るて聞きましたので……」

あっ、と思った。なにが解消なもんかと、なにか莫迦にされているような気がした。

いつか狭霧が晴れ、川音が陽の光をふるわせて、伝わって来た。女のいかつい肩に陽の光がしきりに降り注いだ。男じみたいかり肩が一層石女を感じさせるようだと、見ていると、突然女は立ちすくんだ。

見ると隣室の男が橋を渡って来るのだった。向うでも見つけた。そして、いきなりくるりと身をひるがえして、逃げるように立ち去ってしまった。ひどくこせこせした歩き方だった。それがなにかあわれだった。

女は特徴のある眇眼を、ぱちぱちと痙攣させた。唇をぎゅっと歪めた。狼狽をかくそうとするさまがありありと見えた。それを見ると、私もまた、なんということもなしに狼狽した。

やがて女は帯の間へさしこんでいた手を抜いて、不意に私の肩を柔かく敲いた。

「私を尾行しているのんですわ。いつもああなんです。なにしろ、嫉妬(りんき)深い男ですよって」

女はにこりともせずにそう言うと、ぎろりと眇眼をあげて穴のあくほど私を見凝めた。

私は女より一足先に宿に帰り、湯殿へ行った。すると、いつの間に帰っていたのか、隣室の男がさきに湯殿にはいっていた。

ごろりとタイルの上に仰向けに寝そべっていたが、私の顔を見ると、やあ、と妙に威勢のある声とともに立ち上った。

そして、私のあとから湯槽へはいって来て、

「ひょっとしたら、ここへ来やはるやろ思てました」

と、ひどく真面目な表情で言った。それでは、ここで私を待ち伏せていたのかと、返事の仕様もなく、湯のなかでふわりふわりからだを浮かせていると、いきなり腕を摑まれた。

「彼女はなんぞ僕の悪ぐち言うてましたやろ?」

案外にきつい口調だった。けれど、彼女という言い方にはなにか軽薄な調子があった。

「いや、べつに……」

「嘘言いなはれ。隠したかてあきまへんぜ。僕のことでなんぞ聴きはりましたやろ。違いまっか。僕のにらんだ眼にくるいはおまっか。どないだ(す)(ママ)? 聴きはれしめへんか。隠さんと言っとくなはれ」

ねちねちとからんで来た。

私は黙っていた。しかし、男は私の顔を覗きこんで、ひとりうなずいた。

「黙ったはるとこ見ると、やっぱり聴きはったんやな。——なんぞ僕のわるいことを聴きはっ

たんやろ。しかし、言うときまっけどね。彼女の言うことを信用したらあきまへんぜ。あの女子(おなご)は嘘つきですよってな。わてはだまされた。わては不幸な女子や、とこないひとに言いふらすのが彼女の癖でんねん。それが彼女の手エでんねん。そない言うてからに、うまいこと相手の同情ひきよりまんねんぜ。ほら昨夜(ゆうべ)従兄弟がどないやとか、こないやとか言うとりましたやろ、あれもやっぱり手エだんねん。なにが彼女に従兄弟みたいなもんおますかいな。ほんまにあんた、警戒せなあきまへんぜ」

　警戒とは大袈裟な言い方だと、私はいささかあきれた。

「ところで、彼女は僕のこと如何(どない)言うとりました？　悪い男や言うとりましたやろ？　焼餅やきや言うてしまへんでしたか。どうせそんなことでっしゃろ。なにが、僕が焼餅やきますかいな。彼女の方が余っ程焼餅やきでっせ。一緒に道歩いてても、僕に女子の顔見たらいかん、こない言いよりまんねん。活動見ても、綺麗な女優が出て来たら、眼エつぶっとれ、とこない言いよりまんねん。どだい無茶ですがな。ほんまにあんな女子にかかったら、一生の損でっせ。そない思いはれしまへんか」

　じっと眼を細めて、私の顔を見つめていたが、それはそうと、とまた言葉を続けて、

「石油どないだ(す)(ママ)？　まだ、飲みはれしまへんか。飲みなはれな。よう効くんでっけどな。ちょっとも毒なことおまへんぜ」

　その時、脱衣場の戸ががらりとあいた。

「あ、来よりました」

男はそう私の耳に囁いて、あと、一言も口を利かなかった。

部屋に戻って、案外あの夫婦者はお互い熱心に愛し合っているのではないか、などと考えていると、湯殿から帰って来た二人は口論をやり出した。

襖越しにきくと、どうやら私と女が並んで歩いたことを問題にしているらしく、そんなことで夫婦喧嘩されるのは、随分迷惑な話だと、うんざりした。

夕飯が済んだあと、男はひとりで何処かへ出掛けて行ったらしかった。私は療養書の注意を守って、食後の安静に、畳の上に寝そべっていた。

虫の声がきこえて来た。背中までしみ透るように澄んだ声だった。

すっと、衣ずれの音がして、襖がひらいた。熱っぽい体臭を感じて、私はびっくりして飛上った。隣室の女がはいって来たのだった。

「お邪魔やありません？」

襖の傍に突ったったまま、言った。

「はあ、いいえ」

私はきょとんとして坐っていた。

女はいきなり私の前へぺったりと坐った。膝を突かれたように思った。この女は近視だろうか、それとも、距離の感覚がまるでないのだろうかと、なんとなく迷惑していると、

「いま、ちょっと出掛けて行きましたの」

その隙に話しに来た、――そんなことをされては困ると思った。私はむつかしい顔をした。

女はでかい溜息をつき、

「あの男にはほんまに困ってしまいます」

と、言って分厚い唇をぎゅっと歪めた。

「――あの人、なんぞ私のこと言いましたか。どうせ私の悪ぐち言うたことやと思います。それがあの人の癖なんです。誰にでも私の悪ぐちを言うてまわるのんです。なんせ肚の黒い男ですよって、なにを言うか分れしません。けど、あんな男の言うこと信用せんといて下さい。何を言うても良え加減にきいといて下さい」

「いや、誰のいうことも僕は信用しません」

全く、私は女の言うことも男の言うことも、てんで身を入れてきかない覚悟をきめていた。

「それをきいて安心しました」

女は私の言葉をなんときいたのか、生真面目な顔で言った。私はまだこの女の微笑した顔を見ていない、とふと思った。

そして、私もこの女の前で一度も微笑したことはない……。

女はますます仮面（めん）のような顔になった。

「ほんまに、あの人くらい下劣な人はあれしませんわ」

「そうですかね。そんな下劣な人ですかね。よい人のようじゃありませんか」

その気もなく言うと、突然女が泪をためたので驚いた。

「貴方(おうち)にはなにも分れしませんのですわ。ほんまに私は不幸な女ですわ」

うるんだ眼で恨めしそうに私をにらんだ。視線があらぬ方へそれている。それでますます恨めしそうだった。

私は答えようもなく、いかにも芸のなさそうな顔をして、黙っていた。

すると、女の唇が不気味にふるえた。そして大粒の泪が蒼黝い皮膚を汚して落ちて来た。ほんとうに泣き出してしまったのだ。

私は頗る閉口した。どういう風に慰めるべきか、ほとほと思案に余った。

女は袂から器用に手巾をとりだして、そしてまた泣きだした。

その時、思いがけず廊下に足音がきこえた。かなり乱暴な足音だった。

私はなぜかはっとした。女もいきなり泣きやんでしまった。急いで泪を拭ったりしている。二人とも妙に狼狽してしまったのだ。

障子があいて、男がやあ、とはいって来た。女がいるのを見て、あっと思ったらしかったが、すぐにこにこした顔になると、

「さあ、買うて来ましたぜ」

と、新聞紙に包んだものを、私の前に置いた。饅頭のようだったから、訳がわからず、変な顔

をしていると、男は上機嫌に、

「石油だ(す)。石油だす。停車場の近所まで行て、買うて来ましてん。言うだけやったら、なんぼ言うたかてあんたは飲みなはれんさかい、こら是が非でも膝詰談判で飲まさな仕様ない思て、買うて来ましてん。さあ、一息にぱっと飲みなはれ」

と、言いながら、懐ろから盃をとりだした。

「この寸口に一杯だけでよろしいねん。一日に、一杯ずつ、一週間も飲みはったら、あんたの病気くらいぱらぱらっといっぺんに癒ってしまいまっせ。けっ、けっ、けっ」

男は女のいることなぞまるで無視したように、まくし立て、しまいには妙な笑い声を立てた。

「いずれ、こんど……」

機会があったら飲みましょうと、ともかく私は断った。すると、男は見幕をかえて、

「こない言うても飲みはれしまへんのんか。あんた!」

きっとにらみつけた。

その眼付きを見ると、嫉妬深い男だと言った女の言葉が、改めて思いだされて、いまさきまで女と向い合っていたということが急に強く頭に来た。

「しかし、まあ、いずれ……」

曖昧に断りながら、ばつのわるい顔をもて余して、ふと女の顔を見ると、女は変に塩垂れて、にわかに皺がふえたような表情だった故、私はますます弱点を押さえられた男の位置に坐って

しまった。莫迦莫迦しいことだが、弁解しても始まらぬと、思った。男の無理強いをどうにも断り切れぬ羽目になったらしいと、うんざりした。

しかし、なおも躊躇っていると、

「これほど言うても、飲んでくれはれしまへんか」

と男が言った。

意外にも殆んど哀願的な口調だった。

「飲みましょう」

釣りこまれて私は思わず言った。

「あ、飲んでくれはりまっか」

男は嬉しそうに、罎の口をあけて、盃にどろっとした油を注いだ。変に薄気味わるかった。

「あ、蜘蛛！」

不意に女が言って、そして本を読むような味もそっけもない調子で、

「私蜘蛛、大きらいです」

と、言った。

だが、私はそれどころではなかった。私の手にはもう盃が渡されていたのだ。

「まあ、肝油や思て飲みなはれ。毒みたいなもんはいってまへんよって、安心して飲みなはれ。けっ、けっ、けっ」

男は顔じゅう皺だらけに笑った。

私はその邪気のなさそうな顔を見て、なるほど毒なぞはいっているまいと思った。

そして、眼を閉じて、ぷんと異様な臭いのする盃を唇へもって行き、一息にぐっと流し込んだ。急にふらふらっと眩暈がした咄嗟に、こんな夫婦と隣り合ったとは、なんという因果なことだろうという気持が、情けなく胸へ落ちた。

翌朝、夫婦はその温泉を発った。私は駅まで送って行った。

「へえ、へえ、もう、これぐらい滞在なすったら、ずっと効目はござりやんす」

駅のプラットホームで客引きが男に言っていた。子供のことを言っているのだな、と私は思った。

「そやろか」

男は眼鏡を突きあげながら、言った。そして、売店で買物をしていた女の方に向って、

「糸枝！」

と、名をよんだ。

「はい」

女が来ると、

「もう直き、汽車が来るよって、いまのうち挨拶させて貰い」

「はい」

女はいきなりショールをとって、長ったらしい挨拶を私にした。終ると、男も同じように、

糞丁寧な挨拶をした。

　私はなにか夫婦の営みの根強さというものをふと感じた。

　汽車が来た。

　男は窓口からからだを突きだして、

「どないだ(す)。石油の効目は……?」

「はあ。どうも昨夜から、ひどい下痢をして困ってるんです」

　ほんとうのことを言った。

「あ、そら、いかん。そら、済まんことした。竹の皮の黒焼きを煎じて飲みなはれ。下痢にはもってこいでっせ」

　男は狼狽して言った。

　汽車が動きだした。

「竹の皮の黒焼きでっせ」

　男は叫んだ。

　汽車はだんだんにプラットホームを離れて行った。

「竹の皮の黒焼きでっせ」

　男の声は莫迦莫迦しいほど、大きかった。

　女は袂の端を摑み、新派の女優めいた恰好で、ハンカチを振った。似合いの夫婦に見えた。

# 天衣無縫

みんなは私が鼻の上に汗をためて、息を弾ませて、小鳥みたいにちょんちょんとして、つまりいそいそとして、見合いに出掛けたといって嗤ったけれど、そんなことはない。いそいそなんぞ私はしやしなかった。といって、そんな時私たちの年頃の娘がわざとらしく口にする「いやでいやでたまらなかった」――それは嘘だ。恥かしいことだけど、どういう訳かその年になるまでついぞ縁談がなかったのだもの、まるでおろおろ小躍りしているはたの人たちほどではなかったにしても、矢張り二十四の年並みに少しは灯のつく想いに心が温まったのは事実だ。けれど、いそいそだなんて、そんなことはなかった。なんという事を言う人達だろう。

想っただけでもいやな言葉だけど、華やかな結婚、そんなものを夢みているわけではなかった。貴公子や騎士の出現、ここにこうして書くだけでもぞっとする。けれど、私だって世間並みに一人の娘、矢張り何かが訪れて来そうな、思いも掛けぬことが起りそうな、そんな憧れ、といって悪ければ、期待はもっていた。だから、いきなり殺風景な写真を見せつけられ、うむを言わさず、見合いに行けと言われて、はいと承知して、いいえ、承知させられて、——そして私がいそいそと——、あんまりだ。殺風景なとなどと、男の人の使うような言葉をもちいたが、全くその写真を見たときの私の気持はそれより外に現わせない。それとも、いっそ惨めと言おうか。それを考えてくれたら、鼻の上に汗をためて——そんな陰口は利けなかった筈だ。

その写真の人は眼鏡を掛けていたのだ。と言ってもひとにはわかるまい。けれど、とにかく私にとっては、その人は眼鏡を掛けていたのだ。いや、こんな気障な言い方はよそう。——ほんとうに、まだ二十九だというのに、どうしてあんな眼鏡の掛け方をするのだろう。何故もっとしゃんと、——この頃は相当年輩の人だって随分お洒落で、太いセルロイドの縁を青年くさく皺の上に見せているのに、——まるでその人と来たら、わざとではないかとはじめ思った、思いたかったくらい、今にもずり落ちそうな、ついでに水洟も落ちそうな、泣くとき紐でこしらえた輪を薄い耳の肉から外して、硝子のくもりを太短い親指の先でこすって、はれぼったい瞼をちょっと動かす、——そんな仕種まで想像される、——一口に言えば爺むさい掛け方、いいえ、そんな言い方では言い足りない。風采の上がらぬ人といってもいろいろあるけれど、本当にどこから見ても風采が上がらぬ人ってそうたんとあるものではない、それをその人ばかりは、誰が見たって、この私の欲眼で見たって、——いや、止そう。私だってちょっとも綺麗じゃない。歯列を矯正したら、まだいくらか見られる、——いいえ、どっちみち私は醜女、しこめてです。だから、その人だって、私の写真を見て、さぞがっかりしたことだろう。私の生れた大阪の方言でいえばおんべこちゃ、そう思って私はむしろおかしかった。あんまりおかしくて、涙が出て、折角縁談にありついたという気持がいっぺんに流されて、ざまあ見ろ。はしたない言葉まで思わず口ずさんで、悲しかった。浮々した気持なぞありようがなかった。くどいようだけれど、それだのにいそいそなんて、そんな……。

もっとも、その当日、まるでお芝居に出るみたいに、生れてはじめて肌ぬぎになって背中までお白粉をつけるなど、念入りにお化粧したので、もう少しで約束の時間に遅れそうになり、大急ぎでかけつけたものだから、それを見合いはともかくそんな大袈裟な化粧をしたということにさすがに娘らしい興奮もあったものだから、いくらかいそいそしているように、はた眼には見えたのかも知れない。と、こう言い切ってしまっては至極あっけないが、いや、そう誤解されたと思っていることにしよう。

とにかく出掛けた。ところが、約束の場所へそれこそ大急ぎでかけつけてみると、その人はまだ来ていなかった。別室とでもいうところでひっそり待っていると、仲人さんが顔を出し、実は親御さん達はとっくに見えているのだが、本人さんは都合で少し遅れることになった、というのは、本人さんは今日も仕事の関係上欠勤するわけにいかず、平常どおり出勤し、社がひけてからここへやって来ることになっているのだが、たぶん急に用事ができて脱けられぬと思う、よってもう暫らく待っていただけないか、いま社へ電話しているから、それにしても今日は良いお天気で本当に――、ぼうっとして顔もよう見なかったなんて恥かしいことにはなるまい、いいえ、ネクタイの好みが良いか悪いかまでちゃんと見届けてやるんだなどと、まるで浅ましく肚の中で眼をきょろつかせた意気込んだ気持がいっぺんにすかされたようで、いやだわ、いやだわ、こんなことなら来るんじゃなかったと、わざと二十歳前の娘みたいにくねくねとすね、それをはたの者がなだめる、――そんな騒ぎの、しかしどちらかといえば、ひそびそした時間が一時間経って、やっとその人は来た。赤い顔でふうふう息を弾ませ、酒をのんでいると一眼でわかった。

あとで聞いたことだが、その人はその日社がひけて、かねての手筈どおり見合いの席へ行こうとしたところを、友達に一杯やろうかと誘われたのだった。見合いがあるからと断ればよいものを、そしてまたその口実なら立派に通る筈だのに、また、当然そう言わねばならぬのに、その人はそれが言えなかった。これは私にとって、どういうことになるんだろう。日頃、附合いの良いたちで、無理に誘われると断り切れなかったなんて、浅い口実だ。何ごとにつけてもいやと言い切れぬ気の弱いたちで……などといってみたところで、しかし外の場合と違うではないか。それとも見合いなんかどうでも良かったのだろうか。私なんかと見合いするのが恥かしくて、見合いに行くと言えなかったのだろうか。いずれにしても私は聞いて口惜しかった。けれど、いいえ、そんな風には考えたくなかった。矢張り見合いは気になっていたのだが、まだいくらか時間の余裕はあったから、少しだけつきあって、いよいよとなれば席を外して駈けつけよう、そんな風な虫のよいことを考えてついて行ったところ、こんどはその席を外すということが容易でなく、結局ずるずると引っ張られて、到頭遅刻してしまったのだ――と、そんな風に考えたかった。つまりは底抜けに気の弱い人、決して私との見合いを軽々しく考えたのでも、またわざと遅刻したのでもないと、ずっとあとになってからだが、そう考えることにした。するといくらか心慰まったが、それにしても随分頼りない人だということには変りはない。全くそれを聞かされた時は、何という頼りない人かとあきれるほど情けなかった。いや、頼りないといえば、そんな事情をきかされるまでもなく、既にその見合いの席上で簡単にわかってしまったことなのだ。遅刻はするし、酔っぱらっては来るし、もうこんな人とは結婚なんかするものかと思ったが、そう思ったことがかえって気が楽になったのか、相手が口を利かぬ前にこちらから物を言う気になり、大学では何を専攻されましたかと訊くと、はあ、線香ですか、好きです。頼りないというより、むしろ滑稽なくらいだった。誰も笑わず、けれど皆びっくりした。私は何故だか気の毒で、暫らく父御さんの顔を見られなかったが、やがて見ると、律義そうなその顔に猛烈な獅子鼻がさびしくのっかっており、そしてまたそれとそっくりの鼻がその人の顔にも野暮ったくくっついているのが、笑いたいほどおかしく分って、私は何ということもなしに憂鬱になり、結婚するものかという気持がますます強くなった。それでもう私はあと口も利かず、陰気な唇をじっと噛み続けたまま、そして見合いは終った。

その時の私の態度と来たら、まるではたの人がはらはらしたくらい、不機嫌そのものであったから、もう私は嫌われたも同然だと、むしろサバサバする気持だったが、暫らくして来た返事は不思議にも気に入ったとのことで、すっかり驚いた。こちらからもすぐ返事して、異存はありませんと、簡単に目出度く、――ああ、恥かしいことだ。考える暇もなくとたんにそんな風に心を決めて、飛びつくように返事して、全く想えば恥かしい。あんな人とは絶対に結婚なんかするものかと、かたく心に決め、はたの人にもいっていたくらいだのに、まるで掌をかえすように――浅ましい。ほんとうに私は焦っていたのだろうか。もしそうなら、いっそう恥かしい。いいえ、そんなことはない。焦ったりなんぞ私はしやしなかった。ただ私は、人に好かれたかった、自分に自信をもちたかった、自分の容貌にさえ己惚れたかったのだ。だから、はじめて見合いして、仲人口を借りていえば、ほんとうに何から何まで気に入りましたといわれれば、私も女だ。いくらかその人を見直す気になり、ぼそんと笑ったときのその人の、びっくりするほど白い歯を想いだし、なんと上品な笑顔だったかと無理に自分に言いきかせて、これあるがために私も救われると、そんな生意気な表現を心に描いたのだった。私はそれまで男の人に好かれた経験はなかった。たとえ仲人口にしろ、何から何まで気に入りましたなんて、言われた経験はなかった。私がその時いくらか心ときめいたとしても、はしたないなぞと言わないではしい。仲人さんのそのお言葉をきいた晩、更けてから、こっそり寝床で鏡を覗いたからって、嗤わないでほしい。

ところが、何ということだ。その人がお友達に見合いの感想を問われて、語ったことには、

——酔っぱらってしまって、どんな顔の女かさっぱり分らなかった。しかし、とにかく見合いをした以上、断るということは相手の心を傷つけることになる。見合いなんか一生のうちに一度すれば良いことだ。だから、ともかく貰うことにした、——それをあとでそのお友達が私に冗談紛れに言って下すった。私は恥かしくて、顔の上に火が走り、それがちらちら心を焼いて、己惚れも自信もすっかり跡形もなくなってしまった。すると、そのお友達はお饒舌の上に随分屁理屈屋さんで、だから奥さん、あなたは幸福ですよ。そして言うことには、僕の知ってる男で、嘘じゃない、六十回見合いをした奴がいます。それというのも奴さんも奴さんだが、奴さんのおふくろというのが俗にいう女傑なんで、あれでもなしこれでもなしとさまざま息子の嫁を探したあげく、到頭奴さんの勤めている工場の社長の家へ日参して、どうぞお宅のお嬢さんを伜の嫁にいただかせて下さいと、百万遍からたのみ、しまいには洋風の応接間の敷物の上にぺたりと土下座し、頭をすりつけ、結局ものにしたというんです。もっとも、奴さんはその工場でたった一人の大学出だということも社長のお眼鏡に適ったらしいんだが、なに、奴さん大学は中途退学で、履歴書をごまかして書いたんですよ。いまじゃ社長の女婿だというんで、工場長というのに収まってしまって、ついこの間まではダットサンを乗り廻わしていましたがね。ところで、奥さん、そんな男と結婚するよりは、軽部君と結婚した方がなんぼう幸福だか、いや、僕がいうまでもなく、既に軽部夫人のあなたの方がよく御存知だ。聞きたくなかった。そんなお談義聞きたくなかった。私はただ、何ということもなしに欺されたという想いのみが強く、そんなお談義は耳にはいらず、無性に腹が立って腹が立って、お友達にではない、あの人にでもない、自分自身に腹が立って……。しかし腹が立つといえば、いわゆる婚約期間中にも随分腹の立つことが多かった。ほんとうにしょっちゅう腹を立てて、自分でもあきれるくらい、自分がみじめに見えたくらい、また、あの人が気の毒になったくらい、けれど、あの人もいけなかった。

婚約してから式を挙げるまで三月、その間何度かあの人と会い、一緒にお芝居へ行ったり、お食事をしたりしたが、そのはじめて二人きりでお会いした日のことはいまも忘れられない。いいえ、甘い想い出なんかのためではない。はっきり言えば、その反対だ。文楽へ連れてってやるとのことで、約束の時間に四ツ橋の文楽座の前へ出掛けたところ、文楽はもう三日前に千秋楽で、小屋が閉っていた。ひとけのない小屋の前でしょんぼり佇んで、あの人の来るのを待った。約束の時間はとっくに来ているのに、眼鏡を掛けたあの人はなかなかやって来なかった。誰かが見て嗤ってやしないだろうかと、思わずそのあたりきょろきょろ見廻わす自分が、可哀想だった。待ち呆けをくっている女の子の姿勢で、ハンドバックからあの人の手紙をだして、読み直してみた。その日の打ち合わせを書いたほかに、僕は文楽が大好きです、ことに文三の人形はあなたにも是非見せてあげたいなどとあり、そのみみずが這うような文字で書かれた手紙が改めていやになった。それに文三とは誰だろう。そんな人形使いはいない。たぶん文五郎と栄三をごっちゃにしたのだろう。おまけに文楽が文薬となっており、東京の帝国大学を出た人にこんな人がざらにいるとすれば、ほんとうにおかしな、由々しいことだと、私は眼玉をくるくる動かして腹を立てていた。散々待たせて、あの人はのそっとやって来、じつは欠勤した同僚の仕事をかわってやっていたため遅れたのだ、と口のなかでもぐもぐ弁解した。一時間待ちましたわ、と本を読むような調子で言うと、はあ、一時間も待ちましたか。文楽は今日はございませんのよ、と言うと、はあ、文楽は今日はありませんか。人の口真似ばかしするのだ。御堂筋を並んで歩きながら、風がありますから今日はいくらか寒いですわねと言うと、はあ、寒いですな、風があるからと口のなかでもぐもぐ……、それでなくてさえ十分腹を立てていた私は、川の中へ飛び込んでやろうかと思った。そんな私の気持があの人に通じたかどうか、文楽のかわりにと連れて行って下すったのが、ほかに行くところもあろうに法善寺の寄席の花月だった。何も寄席だからわるいというわけではないが、矢張り婚約の若い男女が二人ではじめて行くとすれば、音楽会だとかお芝居だとかシネマだとか適当な場所が考えられそうなもの、それを落語や手品や漫才では、しんみりの仕様もないではないか、とそんなことを考えていると、ちっとも笑えなかった。寄席を出るともう大ぶ更かったから、家まで送ってもらったが、駅から家まで八丁の、暗いさびしい道を肩を並べて歩きながら、私は強情にひとことも口を利かなかった。じつは恥かしいことだが、おなかが空いて、ペコペコだったのだ。あの人は私に夕飯をご馳走するのを忘れていたのだ。なんて気の利かない、間抜けた人だろうと、一晩中眉をひそめていた。

しかし、その次会うた時はさすがにこの前の手抜かりに気がついたのか、まず夕飯に誘って下すった。あらかじめ考えて置いたのだろう、迷わずにすっと連れて行って下すったのは、冬の夜に適わしい道頓堀のかき舟で、酢がきやお雑炊や、フライまでいただいた。ときどき波が来て私たちの坐っている床がちょっと揺れたり、川に映っている対岸の灯が湯気曇りした硝子障子越しにながめられたり、ほんとうに許嫁どうしが会うているというほのぼのした気持を味わうのにそう苦心は要らなかったほど、思いがけなく心愉しかったが、いざお勘定という時になって、そんな気持はいっぺんに萎えてしまった。仲居さんが差し出したお勘定書を見た途端、あの人は失敗たと叫んで、白い歯の間からぺろりと舌をだした。そしてみるみる蒼くなった。中腰のままだった。仲居さんは、あの人が財布の中のお金を取り出すのに、不自然なほど手間が掛るので、諦めてぺたりと坐りこんで、煙草すら吸いかねまい恰好で、だらしなく火鉢に手を掛け、じろじろ私の方を見るのだった。何という不作法な仲居さんだろうか、と私はぷいと横をむいたままでいたが、あ、お勘定が足りないのだとすぐ気がつきハンドバックから財布を出して、黙ってあの人の前へおしやり、ああ恥かしい、恥かしいと半分心のなかで泣きだしていた。それでやっとお勘定もお祝儀もすませることが出来たのだが、もしその時私がそうたくさん持ち合わせがなかったら、どんなことになっただろう。想ってもぞっとする。そんなこともあろうかと考えたわけではないが、とにかく女の私でさえちゃんと用意して来ているのに、ほんとうにこの人と来たら、お勘定が足りないなんてどんな気でいるのだろうか、それも貧乏でお金が無いというのならともかく、ちゃんとした親御さんもあり、無ければ無いで外の場合ではないんだし、その旨言って貰うことも出来た筈だのに……と、もう一月も間がない結婚のことを想って、私は悲しかった。

ところが、あとでわかったことだが、ほんとうは矢張りその日の用意にと親御さんから貰っていたのだ。それをあの人は昼間会社で同僚に無心されて、断り切れず貸してやったのだった。それであといくらも残らなかったがたぶん足りるだろうとのんきなことを考えながら、私をかき船に誘ったということだった。しかし、いくらのんきとはいえ、さすがに心配で、足りるだろうか、足りなければどうしようかなど考えながら食べていると、まるで味などわからなかったと言う。なるほどそう言えば、私が話しかけてもとんちんかんな受け答えばかりしていたのは、いつものこととはいいながら、ひとつにはやはりそのせいもあったのかも知れない。それにしても、そんな心配をするくらいなら、また、もしかすると私にも恥をかかすようなことになるとわかっているのだから、同僚に無心された時、いっそきっぱりと断ったらよかりそうなものだ、また、そうするのが当然なのだ、と、それをきいた時私は思ったが、それがあの人には出来ないのだ。気性として出来ないのだ。しかもそれは、なにも今日明日に始まったことではなく、じつはあの人のお饒舌のお友達に言わせると、京都の高等学校にいた頃からのわるい癖なのだそうだ。

その頃あの人は、人の顔さえ見れば、金貸したろか金貸したろか、と、まるで口癖めいて言っていたという。だから、はじめのうちは、こいつ失敬な奴だ、金があると思って、いやに見せびらかしてやがるなどと、随分誤解されていたらしい。ところが、事実あの人には五十銭の金もない時がしばしばであった。校内の食堂はむろん、あちこちの飯屋でも随分昼飯代を借りていて、いわばけっして人に金を貸すべき状態ではなかった。それをそんな風に金貸したろかと言いふらし、また、頼まれると、めったにいやとはいわず、即座によっしゃと安請合いするのは、たぶん底抜けのお人善しだったせいもあるだろうが、一つには、至極のんきなたちで、たやすく金策できるように思い込んでしまうからなのである。ところが、それが容易でない。他の人は知らず、ことにあの人にとってはそれはむしろ絶望的と言ってもよいくらいなのである。

頼まれて、よっしゃ、今ないけど直ぐこしらえて来たる、二時間だけ待っててくれへんかと言って、教室を飛び出すものの、じつはあの人には金策の当てが全くないのだ。こう一つと、いろいろと考えていると、頭が痛くなり、しまいには、何が因果で金借りに走りまわらんならんと思うのだが、けれど、頼まれた以上、というのはつまり請合った以上というのに外ならないのだが、あの人にとってはもはや金策は義務にひとしい。だから、まず順序として、親戚で借りることを考えてみる。京都には親戚が二軒、下鴨と鹿ケ谷にあり、さて学校から歩いて行ってどっちの方が近いかなどとは、この際贅沢な考え、じつのところどちらへも行きたくない。行けない。両方とも既にしばしば借りて相当借金も嵩んでいるのだ。といって、ほかに心当りもなく、自然あの人の足はうかうかと下鴨なら下鴨へ来てしまう。けれど、門をくぐる気はせず、暫らく佇んで引きかえし、こんどはもう一方の鹿ケ谷まで行く。下鴨から鹿ケ谷までかなりの道のりだが、なぜだか市電に乗る気はせず、せかせかと歩くのだ。

そんなあの人の恰好が眼に見えるようだ。高等学校の生徒らしく、お尻に手拭いをぶら下げているのだが、それが妙に塩垂れて、たぶん一向に威勢のあがらぬ恰好だったろう。いや、それに違いあるまい。その頃も眼鏡を、そう、きっと掛けていたことだろう。爺むさい掛け方で……。

やがて、あの人は銀閣寺の停留所附近から疏水伝いに折れて、やっと鹿ケ谷まで辿りつく。けれど、やはり肝心の家の門はくぐらず、せかせかと素通りしてしまう。そしてちょっと考えて、神楽坂の方へとぼとぼ……、その坂下のごみごみした小路のなかに学生相手の小質屋があり、今はそこを唯一のたのみとしているわけだが、しかし質種はない。いろいろ考えた末、ポケットにさしてある万年筆に思い当り、そや、これで十円借りようと、のんきなことを考える。むろん誰が考えても無謀な考えにちがいないが、あの人はしばらくその無謀さに気がつかない。なんとかなるだろうと、ふらふらと暖簾をくぐり、そして簡単に恥をかかされて、外に出ると、大学の時計台が見え、もう約束の二時間は経っているのだった。いつものことなのだそうだ。

あ、軽部の奴また待ち呆けくわせやがったと、相手の人がぷりぷりしている頃、あの人は京阪電車に乗っている。じつは約束を忘れたわけではなく、それどころか、最後の切札に、大阪の実家へ無心に帰るのである。たび重なって言いにくいところを、これも約束した手前だと、無理矢理勇気をつけ、誤魔化して貰い、そして再び京都に戻って来ると、もうすっかり黄昏で、しびれをきらした友達がいつまでも約束の場所に待っている筈もない。失敗た、とあの人は約束の時間におくれたことに改めて思いあたり、そして京都の夜の町をかけずりまわって、その友達を探すのである。ところが、せかせかと空しく探し歩いているうちに、ひょっくり、別の友達に出くわし、いきなり、金貸してくれと言われるが、無いとも貸せぬともあの人は言えぬ。と、いって、はじめの人に渡すつもりの金ゆえ、すぐよっしゃとはさすがに言えず、しばらくもぐもぐためらっている。が、結局うやむやのうちに借りられてしまうのである。

ところが、はじめのうち誰もそんな事情は知らなかった。わざわざ大阪まで金策に行ったとは想像もつかなかった。だから、待ち呆けくわされてみると、なんだか一杯くわされたような気がするのである。いやとは言えない性格だというところにつけこんで、利用してやろうという気もいくらかあったから、ますます一杯くわされた気持が強いのだ。金貸したろかなどというう口癖は、まるでそんな、利用してやろうなどといういやしい気持を見すかしてのことではなかろうかとすら思われたのだ。しかし、やがてあの人にはそんな悪気は些かもないことがわかった。自分で使うよりは友人に使ってもらう方がずっと有意義だという綺麗な気持、いやそれすらも自ら気づいてない、いわば単なる底ぬけのお人よしだからだとわかった。すると、もう誰もみな安心して平気であの人を利用するようになった。ところが、今まで人の顔さえ見れば、金貸したろか金貸したろかと利用されてばかしいたあの人が、やがて、人の顔さえ見れば、金貸してくれ金貸してくれと言うようになった。にたっと笑いながら、金もってへんかと言うのだ。変ったというより、つまりしょっちゅう人に借りられているため、いよいよのっぴきならぬほど金に困って来たと見るべきところだろうが、ともかくこれまで随分馬鹿にし切っていたから、その変り方には皆は驚いた。ことにその笑顔には弱った。これまで散々利用して来たこちらの醜い心を見すかすような笑顔なのだ。だからあれば無論のこと、無くてもいやとは言えないのだ。げんにあの人は無い場合でもよっしゃとひき受けたのである。それを利用して来た手前でも、そんなことは言えぬ。けれど、誰もあの人のような風には出来ぬ。だから、無ければ無いと断る。すると、あの人はにたっと笑ってもう二度とその言葉をくりかえさぬ。あれば貸すんだがと弁解すると、いや、構めへん、構めへんとあっさり言う。しかし、その何気ない言い方が、思いがけなく皆の心につき刺さるのだ。皆は自分たちの醜い心にはじめて思いあたり、もはやあの人の前で頭の上がらぬ想いに顔をしかめてしまうのだった……。

と、そんな昔話をながながと語った挙句、その理屈屋のお友達は、全く軽部君の前ではつくづく自分の醜さがいやになりましたよと言ったが、あの人に金を借りられてあの人の立派さがわかったなんて、ほんとうにおかしなことを言う人だ。あの人はそんなに立派な人だろうか。私もあの人に金を借りられたが、ちっともそんなことは感じなかった。いや、むしろますますあの人に絶望したくらいだ。

それはもう式も間近かに迫ったある日のこと、はたの人にすすめられて、美粧院へ行ったかえり、心斎橋筋の雑閙のなかで、ちょこちょここちらへ歩いて来るあの人の姿を見つけ、あらと立ちすくんでいると、向うでも気づき、えへっといった笑い顔で寄って来て、どちらへとも何とも挨拶せぬまえから、いきなり、ああ、ええとこで会うた、ちょっと金貸してくれはれしまへんかと言って、にたにた笑っているのだ。火の出る想いがし、もじもじしていると、二円でよろしい。あきれながら渡すと、ちょっと急ぎますよってとぴょこんと頭を下げて、すーと行ってしまった。心斎橋筋の雑閙のなかでひともあろうに許嫁に小銭を借りるなんて、これが私の夫になる人のすることなのか、と地団駄踏みながら家に帰り、破約するのは今だと家の人にそのことを話したが、父は、へえ？　軽部君がねえ、そんなことをやったかねえ、こいつは愉快だ、と上機嫌に笑うばかりで、てんで私の話なんか受けつけようとしなかった。私はなんだか自分までが馬鹿にされたような気になり、ああ、いやだ、いやだ、昼行灯みたいにぼうっとして、頼りない人だと思っていたら、道の真中で私に金を借りるような心臓の強いところがあったり、ほんとうに私は不幸だわ、と白い歯をむきだして不貞くされていた。すると、母は、何を言います、夫のものは妻のもの、妻のものは夫のもの、いったいあんたは小さい時から人に金を貸すのがいやで、妹なんかにでも随分けちくさかったが、たかだか二円のことじゃありませんか、と妙に見当はずれた、しかし痛いことを言い、そして、あんたは軽部さんのことをそんな風に言うけれど、私はなんだか素直な、初心な人だと思うよ、変に小才の利いた、きびきびした人の所へお嫁にやって、今頃は虐められてるんじゃないかと思うより、軽部さんのような人の所へやる方が、いくら安心か分りゃしない云々。巧い理屈もあるものだと聞いていると、母は、それにねえ、よく世間で言うじゃないか。女房の尻に敷かれる人はかえって出世するものだって……。ああ、いやらしい言葉だと私は眉をひそめたが、あとでその母の言葉をつくづく考えて、なぜだかはっとした。

二月の吉日、式を挙げて、直ぐ軽部清正、同政子（旧姓都出）と二人の名を並べた結婚通知状を三百通、知人という知人へ一人残らず送った。勿論私の入智慧、というほどのたいしたことではないけれど、しかしそんな些細なことすら放って置けばあの人は気がつかず、紙質、活字の指定、見本刷りの校正まで私が眼を通した。それから間もなく私は、さきに書いたような、金銭に関するあの人の悪い癖を聞いたので、直ぐあの人に以後絶対に他人には金を貸しませんと誓わせ、なお、毎日二回ずつあの人の財布のなかに入れてやるほかは、余分な金を持たせず、月給日には私が社の会計へ行って貰った。毎日財布を調べて支出の内容をきびしくきくのは勿論である。そんな風に厳重にしたので、まず大丈夫だと思っていたところ、ある日、あの人の留守中見知らぬ人が訪ねて来て、いきなり僕八木沢ですと言い、あと何にも言わずもじもじしているので、薄気味悪くなり、何か御用事ですかときくと、その人はちょっと妙な顔をして、奥さん、何にも軽部君からお聞きじゃないのですかと言う。思わずどきんとして、いいえと答えると、その人は、実は軽部君からお金を借りることになっているのですが、軽部君のおっしゃるのには女房にその旨話して置くから家へ来て女房から貰ってくれということでしたので、約束どおり参ったようなわけなんですと言い、それじゃほんとうに奥さんは何にも御存知なかったんですな、軽部君は何にも話しておいてくれなかったんですなと、驚いた顔にいくらかむっとした色を浮べた。なるほどあの人のやりそうなことだ、と私はその人の言うことを全部信用したが、といって聞いてもいないのに見知らぬ人に貸せるわけもなく、さまざまいいわけして帰って貰い、気まりがわるいというより、ほんとうに気の毒だった。夜、あの人が帰って来るなり、はしたないことだが、いきなり胸倉を摑まえてそのことをきくと、案の定、言いそびれてて、とぼそんとした。私は自分でも恥かしいくらい大きな声になり、あなたはそれで平気なんですか、八木沢さんが今日来られることはわかってたんでしょう、八木沢さんになんと弁解するおつもりですとわめき立てた。すると、あの人は急に悲しい顔をして、八木沢君にはいま金もって行ったから、それで済んだと言った。そのお金はどうしたんですか、どこでつくったんですか。そう言いながら、ふとあの人の胸のあたりを見ると、いつもと容子がちがう。驚いてオーバーを脱がせた。案の定、上着もチョッキもなかった。質入れしたのだ、ときくまでもなくわかり、私ははじめてあの人を折檻した。自分がヒステリーになったかと思ったくらい、きつく折檻した。しかし、私がそんな手荒なことをしたと言って、誰も責めないでほしい。私の身になってみたら、誰でも一度はそんな風にしたくなる筈だ。といっても、私の言ってるのは、何もただ質入れのことだけじゃない。あの人は私に折檻されながら、酒をのんでるわけでもないのに、いつの間にかすやすやと眠ってしまった。ほんとうにそう言う人なのだ。それを私は言いたいのです。結果があとさきになったけれど、誰だってそんな風に眠ってしまうあの人を見れば、折檻したくなるではないか。少なくとも小突いたり、鼻をつまんだり、そんな苛め方をしてみたくなる筈だ。嘘と思うなら、あの人と結婚してみるがいい。いいえ、誰もあの人と結婚することは出来ない。私はあの人の妻だもの。そんな風にして眠ってしまったあの人の寝顔を見ていると、私は急にあてどもない嫉妬を感じた。あの人は私のもの、私だけのものだ。私は妊娠しているのです。

私は生れて来る子供のためにもあの人に偉くなって貰わねばと思い、以前よりまして声をはげまして、あの人にそう言うようになったが、あの人はちっとも偉くならない。女房の尻に敷かれる人はかえって出世するものだ、と母が言った言葉は出鱈目だろうか。それともあの人はちっとも私の尻に敷かれていないのだろうか。ともかくあの人は、会社の年に二回の恒例昇給にも取り残されることがしばしばなのだ。あの人の社には帝大出の人はほかに沢山いるわけではなし、また、あの人はひと一倍働き者で、遅刻も早引も欠席もしないで、いいえ、私がさせないで、勤勉につとめているのに、賞与までひとより少ないとはどうしたことであろうと、私は不思議でならなかったが、じつはあの人は出退のタイムレコードを押すことをいつも忘れているので、庶務の方ではあの人がいつも無届欠勤をしているようにとっていたのだ、とわかった。一事が万事、なるほど昇給に取り残されるのも無理はないと悲しくわかり、その旨あの人にきつく言うと、あの人は、そんなことまでいちいち気をつけて偉くならんといかんのか、といつにない怖い顔をして私をにらみつけた。そして、昼間はひとの分まで仕事を引き受けて、よほど疲れるのだろうか、すぐ横になって、寝入ってしまうのでした。

# 婦　人

その女は顔も身体も人並みはずれて大きく、それに随分肩がいかって、ごつごつと男のようである。さすがに女めいて、胸のあたりはふくらんではいるが、それも度が過ぎていやらしい。洋服を着ているせいもあろう。

自分では容貌に自信があるらしいから、全く醜いというわけではなかったが、顔の造作が大き過ぎるので、こぢんまりした醜婦よりも一層醜く見えることもある。ぎろりと突き出た眼など、バセドウ氏病の女のようであった。それに厚化粧するのがいけない、頬一面に紅を塗るので、顔の輪廓がますます大きく見えるし、真赤な口紅もまるで火を吹いているようだった。いわば、身体全体にむくつけき感じがみなぎっていた。

おまけに着物は一枚もないらしく、よしんばあっても長襦袢だとか帯とかがないらしく、年中みすぼらしい洋装をしているのだ。それも変なスーツで、仕立も生地も自分でいう程上等とは見えなかった。むしろ下等だった。

冬でも靴下をはかなかった。太い足をスカートから赤くむきだして、ちびた下駄をはいているのである。寒肌が立っていることもしばしばあった。

オーバもないらしかった。その代りねんねこを上着の背中にまきつけていた。それで赤ん坊を背負うのだ。赤ん坊はことし三つであるという。トラという名で、女の子だった。その子と一緒に彼女は最近出戻りになって、義兄の家に寄宿しているのだが、なんとなくその子が邪魔になるらしく、この若い出戻りの母は子供を毛嫌いしていた。そのためか、見栄坊の彼女はねんねこを背負う時、ぷりぷりし且つしばしば半泣きの顔をした。頬紅が一層真っ赤に燃えるのだ。それで、洋装の上へねんねこを背負った彼女の姿は、なお異様に目立つのだった。

そんな恰好で、彼女は出戻りになってその土地へ移って来たその日から、別荘地をちゃらちゃら歩きまわるのだった。そして、一月もすると、別荘地の奥さん連中はたいてい彼女と顔馴染みになってしまい、随分親しい交際をするようになった奥さんもかなり多かった。凄い腕である。

いったいにその土地は、別荘地帯と、家賃が十五円どまりの平家(ひらや)が建てこんだ小住宅地帯とが隣り合っていて、両者は村の名もちがい、近所づきあいもなかった。その女の義兄はもちろん小住宅の方に住んで居り、工場の労務員であった。おまけに姉は私立手芸学校の夜間部へ教えに行っており、夫婦共稼ぎの暮しをしていた。そういう家族と同居しているのであれば、いくら別れた亭主が会社の重役をしているといいふらしたところで、まず素足に下駄の足もとを見られてしまい、別荘地の奥さん連中との親しい交際など及びもつかないのが普通である。それを、彼女はあっという間に、奥さん連中をまるめ込んでしまったのだ。

彼女はまず手土産をもって訪問するのである。もっとも手土産といっても悲しいくらい貧弱なものだった。コスモスの苗二本が彼女の手土産なのだ。さすがの彼女もその貧弱さはこたえるらしく、半泣きの顔でそれを女中に手渡して、どうぞこれをお宅の奥さまにお渡し下さい、お宅の奥様はきっとコスモスの花がお気に召すだろうと思いますわ。奥様は本当にコスモスのように美しくていらっしゃいますし、お心もお優しくていらっしゃいますものと、歌うように言って帰って行くのである。

奥さんはこの殺し文句にちょろりとやられて、どこの誰が呉れたのかと、庭石伝いに帰って行く後ろ姿を応接間の窓から覗いて見て、いつぞや一面識もないのに駅前の道でていねいにお辞儀をして、ずっとこっちを見送っていたねんねこ姿の女を、そこに見出すわけである。

翌日、奥さんは間違いなしにその女に出会う。駅の近所でその女はねばり強く網を張っているからである。蜘蛛はうやうやしく寄って来て、

「昨日は失礼をいたしました。私あとで考えて見て、どうしてあんなことをしたのか、不思議でなりませんでしたわ。本当に恥しくて、昨夜はちっとも眠れませんでしたのですわ。でも、ああするより外、仕方がなかったのでございますわ。奥様は本当にお綺麗でいらっしゃいます

こと。さぞ女学校時代には憧れの君というお名前がついたことでございましょう。あら、恥しいことを言ってしまいました。どうしましょう。私顔がこんなにほてって参りましたわ。実は、奥様は私の女学校時代の全校一の美人とそっくりなのですわ。その方も憧れの君といわれて居りましたのよ」

こんな風にぺらぺら慇懃な口調で言うのである。

実は、女学校など一度も通ったことはないのだ。このことはあとで判ったが、しかし、そんなことはどうでも良い。実は以て奥さんの方でもその点になると、随分あやしいのである。別荘地といっても、そこは所謂今成金が殆んどで、鉄商人が多く、もと水商売をしていたという奥さんも無いわけではなかったのだ。

それだけに、彼女のそんな歯の浮くようなお世辞は阿呆らしいほど効目があって、身につけているものを片っ端から褒められると、もう奥さんはからきし駄目で、すっかりまるめ込まれてしまい、翌日彼女が訪ねて行くと、早速応接間へ通してやるのだった。

もっとも、そんな風に容貌を褒めてはかえって失礼に当る相手には、もちろん彼女はコスモスの苗木を持って行かず、じっと機会を覗っているのだ。そうして、一里離れた隣村の饅頭屋で油揚げ饅頭を売っていると、耳にはいると彼女はいきなり勝手口からはいって行って、そのことを知らせてやり、おまけにその家の女中をその饅頭屋へ案内してやるのだった。もっとも、彼女自身は買わなかった。けちんぼの癖に金が無いのだ。そうして、往復二里の道道、女中を摑えて、どこそこの奥さんは大層御器量が自慢らしいけど、あんなのを美人というのだろうか、白粉で隠しているけれど、素顔になると、呆れる程色が黒くて見られたものじゃない、どこそこの奥さんは粋は粋だが、ああ玄人ぽくっては、一ぺんにお里が知れてしまう、それに比べると、お宅の奥様は、やっぱり代代続いたお金持の家柄は違う、好みが渋くて、いかにも上品だ、みんなお宅の奥様を見ならうと良い、私はこう見えても今成金は大嫌いで、お宅の奥様のような本当の大家の方とお近づきになりたいのだと、まくし立てると、その言葉は早速奥さんの耳にはいり、奥さんも瞬間今成金であることを忘れて、満更ではないらしく、効果はてきめんであった。

すべて彼女のやり方はこの様に臆面もなき目茶苦茶のお世辞と、献身的な奉仕であった。彼女は人の悪口もいうけれど、いざ褒める段になると、相手が気恥しいくらい、まるでからかっているのではないかと思われるくらい、乱暴な褒め方をするのである。人の悪口もじつは褒める一つの手段であることは言うまでもなかろう。そうして、奥様のような方にはどんな献身もいとわぬと言って、女中も及ばぬくらいいろいろないやな仕事を引受けてやるのである。雨の日、一里の道を往復して饅頭を買うてやることなど平気であった。百貨店へ仕立物の催促にも行ってやるのだった。その家で常会のある時など、集った隣組のひとびとは、おや、この家には女中が二人もいる、けしからんと思うくらいであった。

もし、彼女がそれで、別れた亭主のことで随分とってつけたような自慢をしたり、最近結婚する筈の相手はとっても有名な洋画家だから、結婚すれば直ぐ一緒に洋行しようと思っている、いや、いっそ家を建てようか、それと決まればお宅の家のような建て方をしたいと、あらぬことを口走ってその家の茶室や風呂場を、参考までにと覗きまわったりするのでなければ、全く申し分のない身の殺し方であった。

そうして彼女は、朝から晩まで日がな一日別荘地で暮しているのである。一軒の家ではお茶を御馳走になり、次の家では昼御飯を台所でふるまってもらい、その次の家ではおやつ、そしてお風呂に入れてもらうこともある。赤ん坊もお腹が空くと「美味（うま）、美味（うま）。おばちゃん、美味（うま）頂戴」というように、あらかじめ仕込まれていた。その癖彼女は、赤ん坊がそれを言うと、

「トラちゃん。お行儀のわるい。おばちゃんに嗤われますよ。こんどのお父様はとっても偉い人ですから、そんなにお行儀がわるいようでは、きらわれますよ」

と言って、お尻をひねり、そしてなんという子でしょうと、わざとらしい涙を見せるのであった。

彼女はそんな風につまらぬ虚栄心が強く、三日に一度別れた亭主へ出す手紙の上書を、お習字をならいに行っているという奥さんにたのんで書いて貰うのである。そうして、それをポストに直接入れることをせず、わざわざ郵便局へ持って行って、筆蹟の美しいのをひけらかすのであるが、それもひとつにはその奥さんの機嫌をとるためであることは勿論である。

ある時、速達料金が上っているとは知らず、郵便局の窓口で財布の底をはたいてもなお二銭

足らず、

「あら、トラちゃん、どうしましょう。お家には百円札しかないから、お母ちゃん細かいお銭をこれだけしか持って来なかったのだわ」

と、赤ん坊に話し掛けてその場をにごし、恥しいところを一ぺんにさらけ出してしまったが、じじつ彼女はそんな端た金にも困ることがしばしばあるらしく、赤ん坊におやつを買い与えることなど一度もなかった。（もっとも、その必要もなかったわけだが。）

その癖、化粧品はかなり上等のものを使うているらしく、それも別荘の奥さん連中の鏡台にあるのをうまく持ちかけて使うてばかしいるのでない証拠には、彼女の姉は非常時にあるまじいことだと、いつもきびしく小言を言っていた。

おまけに、頭髪はいつも昨日セットをしたばかしの瑞瑞しさであった。もっとも、この方は無料であった。彼女は奥さん連中を自分の知り合いの美粧院へ、とても親切で上手なところがあるからと紹介して連れて行った序でに、自分もセットをしてもらい、そうしてその代金は払わずにけろりとした顔をしているのである。良い客を世話してやった代償という積りであろう。

その美粧院はうらぶれた場末にある、どちらかといえば貧弱な店であったが、郊外電車の駅から歩いて十分も掛るそんな店まで、奥さん連中がほかに店もあろうにのこのこ出掛けて行く図は滑稽であった。が、そこでは奥さん連中は彼女のお世辞と美粧院女主人の追従に甘くゆすぶられて、申し分のない女王であった。一流の店ではいかに威張って見ても、たかが知れているのだ。

　ところが、ある日、美粧院の雇人が全くうっかりしてか、それとも意地わるめいた気持からか、いや、事務的にであろう。彼女にセットの代金を請求すると、彼女は太い膝の上にばらばらと銅貨をひろげて、

「あら、どうしましょう。私これだけしかないのだわ。ああ、こんな恥しい目に会うくらいなら、いっそ死んでしまいたいわ」

　と言って、わっと泣きだした。

それを見て、奥さん連中ははっと夢からさめたようだった。まるで自分らが恥しい目に会った気がし、こんな女と知り合いになって、その紹介でのこのこんな美粧院へ出掛けて来たとは、思えばなんとはしたないことであったかと、何かにつけてけちくさく慾張りな其の女の日頃も想い出されて、随分いやな想いをさせられたのである。

　その日から、奥さん連中はだんだんに彼女に疎くし出した。すると、彼女はもう一度奥さん連中の心を取り戻すために、実はどこそこの奥さんはあなたのことをこんな風に悪口していたと、ありもせぬ告口をし、そうして、だいいちあの奥さんはああ見えても随分けちで、私がお野菜だとか薪木だとかをあげても、其の返しをしたためしがない、お部屋も随分散らかってだらしないなどといろいろ言うのである。へえ、其んなことを言っていたのと、其の奥さんは彼女を引きとどめ、そうして、もし自分が彼女に疎くすれば、どんな風に悪く言いふらされるか

も知れないと警戒して、つい彼女の前で気前の良いところを見せねばならないようになった。

そうして、暫らくすると、別荘地の奥さん連中はお互い気まずい想いをし、奥さん同士道で会っても顔をそむけるようになった。やがて、本当に悪口を言い合うようになった。奥さん連中の表情はにわかにけわしくなり、別荘地の女人たちのお仕着は何故だか目立って立派になりだした。

彼女の亭主というのが、彼女と子供を引き取りに来たのは、其れから三月ばかり経った頃のことであった。ひんぱんな訴えの手紙が効を奏したのであろうか。

彼女はいよいよこの土地を去ると言って、亭主と一緒に別荘地を挨拶してまわった。見れば、其の亭主は彼女が言っていた会社の重役とはとても思えず、一見安サラリーマンで、おどおどした風采の上らぬ貧弱な男であった。予期していたものの、さすがに奥さん連中はふと其の女が気の毒になったが、後になって、同情すべきは亭主の方かも知れないと思った。

福知山線の汽車の中で、亭主は妻君に言った。

「お前がさんざん手紙で褒めて来るもんやさけ、どげな女かと思っていたら、なんや、別荘地の奥さん連中って、そろいもそろってつまらぬ女ばかしだなア」

すると、彼女はいいなげなことを言うなと亭主の国の言葉で言い、昨日まで片っ端からこきおろしまわっていたくせに、その奥さんたちがどんなに素晴らしかったかと言うことに就て、躍起になって説明するのであった。ある奥さんの美しさを褒めたたえる時、彼女はまるで夢みるような顔をした。

亭主は途中の駅で、ひとりで降りてしまった。

# 蛍

登勢は一人娘である。弟や妹のないのが寂しく、生んで下さいとせがんでも、そのたび母の耳を赧くさせながら、何年かたち十四歳に母は五十一で思いがけず妊った。母はまた赧くなり、そして女の子を生んだがその代り母はとられた。すぐ乳母を雇い入れたところ、折柄乳母はかぜけがあり、それがうつったのか赤児は生れて十日目に死んだ。父親は傷心のあまりそれから半年たたぬ内になくなった。

泣けもせずキョトンとしているのを引き取ってくれた彦根の伯父が、お前のように耳の肉のうすい女は総じて不運になり易いものだといったその言葉を、登勢は素直にうなずいて、この時からもう自分のゆくすえというものをいつどんな場合にもあらかじめ諦めて置く習わしがついた。が、そのために登勢はかえって屈託がなくなったようで、生れつきの眇眼もいつかなおってみると、思いつめたように見えていた表情もしぜん消えてえくぼの深さが目立ち、やがて十八の歳に伏見へ嫁いだ時の登勢は、鼻の上の白粉がいつもはげているのが可愛い、汗かきのピチピチ弾んだ娘だった。

ところが、嫁ぎ先の寺田屋へ着いてみると姑のお定はなにか思ってか急に頭痛を触れて、祝言の席へも顔を見せない、お定は寺田屋の後妻で新郎の伊助には継母だ。けれども、よしんば生さぬ仲にせよ、男親がすでに故人である以上、誰よりもまずこの席に列っていなければならぬこのひとだ。それを頭痛だとはなにごとかと、当然花嫁の側からきびしい、けれども存外ひそびそした苦情が持ち出されたのを、仲人が寺田屋の親戚の内からにわかに親代りを仕立ててなだめる……そんな空気をひとごとのように眺めていると、ふとあえかな蛍火が部屋をよぎった。祝言の煌々たる灯りに恥じらう如くその青い火はすぐ消えてしまったが、登勢は気づいて、あ、蛍がと白い手を伸ばした。

花嫁にあるまじい振舞だったが、仲人はさすがに苦労人で、宇治の蛍までが伏見の酒にあくがれて三十石で上って来よった。船も三十石なら酒も三十石、さア今夜はうんと……、飲まぬ先からの酔うた声で巧く捌いてしまった。伏見は酒の名所、寺田屋は伏見の船宿で、そこから大阪へ下る淀船の名が三十石だとは、もとよりその席の誰ひとり知らぬ者はなく、この仲人の下手な洒落に気まずい空気も瞬間ほぐされた。

ところが、その機を外さぬ盞事がはじまってみると、新郎の伊助は三三九度の盞をまるで汚い物を持つ手つきで、親指と人差指の間にちょっぴり挟んで持ち、なお親戚の者が差出した盞も盃洗の水で丁寧に洗った後でなければ受け取ろうとせず、あとの手は晒手拭で音のするくらい拭くというありさまに、かえすがえす苦り切った伯父は夜の明けるのを待って無理に辛抱せんでもええ、気に食わなんだらいつでも出戻って来いと登勢に云い残したまま、さっさと彦根へ帰ってしまった。

伯父は何もかも見抜いていたのだろうか。その日もまた頭痛だという姑の枕元へ挨拶に上ると、お定は不機嫌な唇で登勢の江州訛をただ嗤った。小姑の椙も嗤い、登勢のうすい耳はさすがに真赧になったが、しかしそれから三日もたつともう嗤われても、にこっとえくぼを見せた。

その三日の間もお定は床をはなれようとせず、それがいかにも後家の姑めいて奉公人たちにはおかしかったが、いつまでもそうしているのもさすがにおとなげ無いとお定も思ってか、ひとつには辛抱も切れて、起き上ろうとすると腰が抜けて起たなかった。医者に見せると中風だ。

お定は悲しむまえに、まず病が本物だったことをもっけの倖にわめき散らして、死神が舞い込んで来よった。嫁が来た日から病に取り憑かれたのだというその意味は、登勢の胸にも冷たく落ち、この日からありきたりの嫁苛めは始まるのだと咄嗟に登勢は諦めたが、しかし苛められるわけは強いて判ろうとはしなかった。

けれども、寺田屋には、御寮はん、笑うてはる場合やおへんどっせと口軽なおとみという女中もいた。お定は先妻の子の伊助がお人善しのぼんやりなのを倖い、寺田屋の家督は自身腹を痛めた椙に入聟とってつがせたいらしい。ところが親戚の者はさすがに反対で、伊助がぼんやりなればしっかり者の嫁をあてがえばよいと、お定に頭痛起させてまで無理矢理登勢を迎えたのだ。してみれば登勢は邪魔者だ……。登勢は自分を憐れむまえに先ず夫の伊助を憐れんだ。

伊助は襷こそ掛けなかったが、明けても暮れてもコトコト動きまわった。しかし、客の世話や帳場の用事で動くのではなく、ただ眼に触れるものを、道具、畳、蒲団、襖、柱、廊下、その他片っ端から汚い汚いと云いながら、歯がゆいくらい几帳面に拭いたり掃いたり磨いたりして一日が暮れるのである。

目に見えるほどの塵一本見のがさず、坐っている客を追い立てて坐蒲団をパタパタはたいたり、そこらじゅう拭きまわったり、ただの綺麗好きとは見えなかった。祝言の席の仕草も想い合わされて、登勢はふと眼を掩(おお)いたかったが、しかしまた、そんな狂気じみた神経もあるいは先祖からうけついだ船宿をしみ一つつけずにいつまでも綺麗に守って行きたいという、後生大事の小心から知らず知らず来た業かもしれないと思えば、ひとしお哀れさが増した。伊助は鼻の横に目立って大きなほくろが一つあり、それに触りながら利く言葉に吃(ども)りの癖も少しはあった。

伊助の潔癖は登勢の白い手さえ汚いと躊躇うほどであり、新婚の甘さはなかったが、いつか登勢にはほくろのない顔なぞ男の顔としてはもうつまらなかった。そして、寺田屋をいつまでもこの夫のものにして置くためなら乾いた雑巾から血を絞り出すような苦労もいとわぬと、登勢の朝は奉公人よりも早かったが、しかし左器用(ぎっちょ)の手に重い物さげてチョコチョコ歩く時の登勢の肩の下りぐあいには、どんなに苦労してもいつかは寺田屋を追われるのではなかろうかというあらかじめの諦めが、ひそかにぶらさがっていた。

その頃、西国より京・江戸へ上るには、大阪の八軒屋から淀川を上って伏見へ着き、そこから京へはいるという道が普通で、下りも同様、自然伏見は京大阪を結ぶ要衝として奉行所のほかに藩屋敷が置かれ、荷船問屋の繁昌はもちろん、船宿も川の東西に数十軒、乗合の三十石船が朝昼晩の三度伏見の京橋を出る頃は、番頭女中のほかに物売りの声が喧(やかま)しかった。あんさん、お下りさんやおへんか。お下りさんはこちらどっせ、お土産(みや)はどうどす。おちりにあんぽんたんはどうどす……。京のどすが大阪のだすと擦れ違うのは山崎あたり故、伏見はなお京言葉である。自然彦根育ちの登勢にはおちりが京塵紙、あんぽんたんが菓子の名などと覚えねばならぬ名前だけでも数え切れぬくらい多かったが、それでも一月たつともう登勢の言葉は姑も嗤えなかった。

一事が万事、登勢の絞る雑巾はすべて乾いていたのだ。姑は中風、夫は日がな一日汚い汚いにかまけ、小姑の椙は芝居道楽で京通いだとすれば、寺田屋は十八歳の登勢が切り廻していかねばならぬ。奉公人への指図は勿論、旅客の応待から船頭、物売りのほかに、あらくれの駕籠かきを相手の気苦労もあった。伏見の駕籠かきは褌(ふんどし)一筋で銭一貫質屋から借りられるくらい土地では勢力のある雲助(もの)だった。

しかし、女中に用事一つ云いつけるにも、先ずかんにんどっせと謝るように云ってからという登勢の腰の低さには、どんなあらくれも暖簾に腕押しであった。もっとも女中のなかにはそんな登勢の出来をほめながら、内心ひそかになめている者もあった。ところがある日登勢が大阪へ下って行き、あくる日帰って来ると、もう誰も登勢をなめることは出来なかった。

それまで三十石船といえば一艘二十八人の乗合で船頭は六人、半日半夜で大阪の八丁堀へ着いていたのだが、登勢が帰ってからの寺田屋の船は八丁堀の堺屋と組み合うて船頭八人の八挺艪（ちょうろ）で、どこの船よりも半刻速かった。自然寺田屋は繁昌したが、それだけに登勢の身体は一層忙しくなった。

おまけに中風の姑の世話だ。登勢、尿（しし）やってんか。へえ。背中さすってんか。へえ。お茶のましてんか。よろしおす。半刻ごとにお定の枕元へ呼びつけられた。伊助の神経ではそんな世話は思いも寄らず、椙も尿の世話ときいては逃げるし、奉公人もいやな顔を見せたので、自然気にいらぬ登勢に抱かれねばお定は小用も催せなかった。

登勢はいやな顔一つ見せなかったから、痒いところへ届かせるその手の左利きをお定はふとあわれみそうなものだのに、やはり三角の眼を光らせて、鈍臭い、右の手使いなはれ。そして夜中用事がなくても呼び起すので、登勢は帯を解く間もなく、いつか眼のふちは黝（あおぐろ）み、古綿を千切って捨てたようにクタクタになった。そして、もう誰が見ても、祝言の夜、あ、蛍がと叫んだあの無邪気な登勢ではなかったから、これでは御隠居も追い出せまいと人々は沙汰したが、けれどもお定はそんな登勢がかえって癪にさわるらしく、病気のため嫁の悪口いいふらしに歩けぬのが残念だと呟いていた。

ある日寺田屋へ、結い立ての細銀杏から伽羅油の匂いをプンプンさせた色白の男がやって来て、登勢に風呂敷包みを預けると、大事なものがはいっている故、開けて見てはならんぞ。脅すような口を利いて帰って行った。五十吉（いそきち）といい今は西洞院の紙問屋の番頭だが、もとは灰吹きの五十吉と異名をとった破落戸（ごろつき）でありながら、寺田屋の婿はいずれおれだというような顔が癪だと、おとみなどはひそかに塩まいていたが、お定は五十吉を何と思っていたろうか。

五十吉は随分派手なところを見せ、椙の機嫌をとるための芝居見物にも思い切った使い方するのを、椙はさすがに女で満更でもないらしかった。

五十吉は翌日また渋い顔をしてやって来ると風呂敷包みを受け取るなり、見たな。登勢の顔をにらんだので、驚いて見なかった旨ありていに云うと、五十吉はいや見たといってきかず、二、三度押し問答の末、見たか見ぬか、開けてみりゃ判ると、五十吉が風呂敷包みを開けたとたん、出てきた人形が口をあいて、見たな、といきなり不気味な声で叫んだので、登勢は肝をつぶした。そして、人形が口を利いたのを見るのははじめてだと不思議がるまえに先ず自分の不運を何か諦めて、ひたすら謝ると、果して五十吉は声をはげまして、この人形はさる大名の命でとくに阿波の人形師につくらせたものだ。それを女風情の眼でけがされたとあってはもう献上も出来ない。さア、どうしてくれると騒ぎはお定の病室へ移されて、見るなと云われたものを見て置きながら見なかったとは何と空恐しい根性だと、お定のまわらぬ舌は、わざわざ呼んで来た親戚の者のいる前でくどかった。

うなだれていた顔をふと上げると、登勢の眼に淀の流れはゆるやかであった。するとはや登勢は自分もまた旅びとのようにこの船宿に仮やどりをしたのにすぎなかったのだと、いつもの諦めが頭をもたげて来て、彦根の雪の朝を想った。

ところが、ちょうどそこへ医者が見舞って来て、お定の脈を見ながら、ご親戚の方が集っておられるようだが、まだまだそんな重態ではござらんと笑ったあと、近頃何か面白い話はござらぬか。そう云って自分から語り出したのは、近頃京の町に見たいいい人形という珍妙なる強請(ゆすり)が流行っているそうな、人形を使って因縁をつけるのだが、あれは文楽のからくりの仕掛けで口を動かし、また見たなと人形がものを云うのは腹話術とかいうものを用いていることがだんだんに判って奉行所でも眼を光らせかけたようだ……というその話の途中で、五十吉は座を立ってしまい、やがて二、三日すると五十吉の姿はもう京伏見のどこにも見当らなかった。

そして、椙がなに思ってか寺田屋から姿を消してしまったのは、それから間もなくのことだったが、その行方をむなしく探しているうちに一年たち、ある寝苦しい夏の夜、登勢は遠くで聴える赤児の泣声が耳について、いつまでも眼が冴えた。生まれて十日目に死んだ妹のことを想い出したためだろうか。ひとつには登勢はなぜか赤児の泣声が好きだった。父親も赤児の泣声ほどまじりけのない真剣なものはない。あの火のついたような声を聴いていると、しぜんに心が澄んで来ると云い云いしていたが、そんなむずかしいことは知らず、登勢は泣声が耳にはいると、ただわけもなく惹きつけられて、ちょうどあの黙々とした無心に身体を焦がしつづけている蛍の火にじっと見入っている時と同じ気持になり、それは何か自分の指を噛んでしまいたいような自虐めいた快感であった……。

赤児の泣声はいつか消えようとせず、降るような夏の星空を火の粉のように飛んでいた。じっと聴きいっていた登勢は急にはっと起き上ると、蚊帳の外へ出た。そして表へ出ると、果して泣声は軒下の暗がりのなかにみつかった。捨てられているのかと抱いてあやすと、泣きやんで笑った。蚊に食われた跡が涙に汚れてきたない顔だったが、えくぼがあり、鼻の低いところ、おでこの飛び出ているところなど、何か伊助に似ているようであったから、その旨伊助に云い、拾って育てようとはかったところ、う、う、家(うち)のなかが、よ、よごれるやないか。伊助は唇をとがらし、登勢がまだ子をうまぬことさえ喜んでいたくらいだったのだ。

けれど、ふだんは何ひとつ自分を主張したことのない登勢が、この時ばかりは不思議なくらいわがままだった。伊助はしぶしぶ承知した。もっとも伊助は自分が承知してもお定がうんと云う筈はないと、妙なところで継母を頼りにしていたのかも知れなかった。ところが、いつもそんな嫁のわがままを通す筈のないお定が、なんの弱みがあってか強い反対もしなかった。

赤児はお光と名づけ、もう乳ばなれする頃だった故、乳母の心配もいらず、自分の手一つで育てて四つになった夏、ちょうど江戸の黒船さわぎのなかで登勢は千代を生んだ。千代が生まれるとお光は継子だ。奉公人たちはひそかに残酷めいた期待をもったが、登勢はなぜか千代よりもお光の方が可愛いらしかった。継子の夫を持てばやはり違うのかと奉公人たちはかんたんにすかされて、お定の方へ眼を配るとお定もお光にだけは邪険にするような気配はないようだった。

お定は気分のよい時など背中を起してちょぼんと坐り、退屈しのぎにお光の足袋を縫うてやったりしていたが、その年の暮からはもう臥た切りで春には医者も手をはなした。そして梅雨明けをまたずにお定は息を引き取ったが、死ぬ前の日はさすがに吐言はいわず、ただ一言お光を可愛がってやと思いがけぬしんみりした声で云って、あとグウグウ鼾をかいて眠り、翌る朝眼をさましたときはもう臨終だった。失踪した椙のことをついに一言もいわなかったのは、さすがにお定の気の強さだったろうか。

お定の臥ていた部屋は寺田屋中で一番風通しがよかった。まるで七年薬草の匂いの褐くしみこんだその部屋の畳を新しく取り替えて、蚊帳をつると、あらためて寺田屋は夫婦のものだった。登勢は風呂場で水を浴びるのだった。汗かきの登勢だったが、姑をはばかって、ついぞこれまでそんなことをしたことはなく、今は誰はばからぬ気軽さに水しぶきが白いからだに降り掛って、夢のようであった。

蚊帳へ戻ると、お光、千代の寝ている上を伊助の放った蛍が飛び、青い火が川風を染めていた。あ、蛍、蛍と登勢は十六の娘のように蚊帳中はねまわって子供の眼を覚ましたが、やがて子供を眠らせてしまうと、伊助はおずおずと、と、と、登勢、わい、じょ、じょ、浄瑠璃習うてもかめへんか。酒も煙草も飲まず、ただそこらじゅう拭きまわるよりほかに何一つ道楽のなかった伊助が、横領されやしないかとひやひやして来た寺田屋がはっきり自分のものになった今、はじめて浄瑠璃を習いたいというその気持に、登勢は胸が温まり、お習いやす、お習いやす……。

伊助の浄瑠璃は吃りの小唄ほどではなかったが、下手ではなかった。習いはじめて一年目には土地の天狗番付に針の先で書いたような字で名前が出て、間もなく登勢が女の子を生んだ時は、お、お、お光があってお染がなかったら、の、の、野崎村になれへんさかいにと、子供の名をお染にするというくらいの凝り方で、千代のことは鶴千代と千代萩(せんだいはぎ)で呼び、汚い汚いといいながらも子供を可愛がった。宇治の蛍狩も浄瑠璃の文句にあるといえば、連れて行くし、今が登勢は仕合せの絶頂かも知れなかった。

しかし、それだけにまた何か悲しいことが近い内に起るのではなかろうかと、あらかじめ諦めて置くのは、これは一体なんとしたことであろう。

果してお染が四つの歳のことである。登勢も名を知っている彦根の城主が大老になった年の秋、西北の空に突然彗星があらわれて、はじめ二三尺の長さのものがいつか空一杯に伸びて人魂の化物のようにのたうちまわったかと思うと、地上ではコロリという疫病が流行りだして、お染がとられてしまった。

ところが悪いことは続くもので、その年の冬、椙が八年振りにひょっくり戻って来るとお光を見るなり抱き寄せて、あ、この子や、この子や、ねえさんこの子はあての子どっせ、七年前に寺田屋の軒先へ捨子したのは今だからこそ白状するがあてどしたんえという椙の言葉に、登勢はおどろいてお光を引き寄せたが証拠はこの子の背中に……といわれるともう登勢は弱かった。お光は背中に伊助と同じくらいのほくろがあり、そこから二本大人のような毛が抜いても抜いても生え、嫁入りまえまで癒るかと登勢の心配はそれだったのだ。が、今はそんな心配どころかと顔を真蒼にしてきけば、五十吉のあとを追うて大阪へ下った椙は、やがて五十吉の子を産んだが、もうその頃は長町の貧乏長屋の家賃も払えなかった。致し方なく五十吉は寄席で蠟燭の芯切りをし、椙はお茶子に雇われたが、足手まといはお光だ。寺田屋の前へ捨てればねえさんのこと故拾ってくれるだろうと思ってそうしたのだが、やっぱり育ててくれて、礼を云いますと頭を下げると、椙は、さアお母ちゃんと一緒に行きまひょ。お父ちゃんも今堅気で、お光ちゃんの夢ばっかし見てはるえ。あっという間にお光を連れて、寺田屋の三十石に乗ってしまった。

細々とした暮しだとうなずけるほどの椙のやつれ方だったが、そんな風にしゃあしゃあと出て行く後姿を見ればやはりもとの寺田屋の娘めいて、登勢はそんな法はないと追いついてお光を連れ戻す気がふとおくれてしまった。頼りにした伊助も、じょ、じょ、浄瑠璃にようある話やとぼそんと云うだけで、あとぽかんと見送っていた。

おちりとあんぽんたんはどうどす……と物売りが三十石へ寄って行く声をしょんぼり聴きながら、死んだ姑はさすがに虫の知らせでお光が孫であることを薄々かんづいていたのだろうかと、血のつながりの不思議さをぶつぶつ呟きながら、登勢は暫らく肩で息をしていたが、あ、お光といきなり立ち上って浜へかけつけた時は、もう八丁艪の三十石は淀川を下っていた。暫らく佇んで戻って来ると伊助は帳場の火鉢をせっせと磨いていた。物も云わずにぺたりとそのそばに坐り、畳の一つ所をじっと見て、やがて左手で何気なく糸屑を拾いあげたその仕草はふと伊助に似たが、急に振り向くと、キンキンした声で、あ、お越しやす。駕籠かきが送って来た客へのこぼれるような愛嬌は、はやいつもの登勢の明るさで奉公人たちの眼にはむしろ蓮っ葉じみて、高い笑い声も腑に落ちぬくらい、ふといやらしかった。

間もなく登勢はお良という娘を養女にした。樽崎という京の町医者の娘だったが、樽崎の死後路頭に迷っていたのを世話をした人に連れられて風呂敷包みに五合の米入れてやった時、年はときけば、はい十二どすと答えた声がびっくりするほど美しかった。

伊助の浄瑠璃はお光が去ってから急に上達し、寺田屋の二階座敷が素義会の会場につかわれるなど、寺田屋には無事平穏な日々が流れて行ったが、やがて四、五年すると、西国方面の浪人たちがひそかにこの船宿に泊ってひそびそと、時にはあたり憚からぬ大声を出して、談合しはじめるようになった。しぜん奉行所の宿調べもきびしくなる。小心な伊助は気味わるく、もう浄瑠璃どころではなかったが、おまけにその客たちは部屋や道具をよごすことを何とも思っていず、談論風発すると畳の眼をむしりとる癖の者もいた。煙草盆はひっくりかえす、茶碗が転る、銚子は割れる、興奮のあまり刀を振りまわすこともあり、伊助の神経には堪えられぬことばかしであった。

登勢は抜身の刀などすこしも怖がらず、そんな客のさっぱりした気性もむしろ微笑ましかったが、しかし夫がいやな顔をしているのを見れば、自然いい顔も出来ず、ふと迷惑めいた表情も出た。ところが、ある年の初夏、八十人あまりの主に薩摩の士が二階と階下とに別れて勢揃いしているところへ駈けつけて来たのは同じ薩摩訛りの八人で、鎮撫に来たらしかったが、きかず、押し問答の末同士討ちで七人の士がその場で死ぬという騒ぎがあった。騒ぎがはじまったとたん、登勢はさすがに這うようにして千代とお良を連れて逃げたが、ふと聴えたおいごと刺せという言葉がなぜか耳について離れなかった。

あとで考えれば、それは薄菊石の顔に見覚えのある有馬という士の声らしく、乱暴者を壁に押えつけながら、この男さえ殺せば騒ぎは鎮まると、おいごと刺せ、自分の背中から二人を突き刺せ、と叫んだこの世の最後の声だったのだ。

精一杯に張り上げたその声は何か悲しい響きに登勢の耳にじりじりと焼きつき、ふと思えば、それは火のついたようなあの赤児の泣声の一途さに似ていたのだ。

その日から、登勢はもう彼等のためにはどんな親切もいとわぬ、三十五の若い母親だった。

同じ伏見の船宿の水六の亭主などは少し怪しい者が泊れば直ぐ訴人したが、登勢はおいごと刺せと叫んだあの声のような美しい声がありきたりの大人の口から出るものかと、泊った浪人が路銀に困っているときけば三十石の船代はとらず、何かの足しにとひそかに紙に包んで渡すこともあった。追われて逃げる者にはとくに早船を仕立てたことは勿論である。

やがてそんな登勢を見込んで、この男を匿ってくれと、薩摩屋敷から頼まれたのは坂本龍馬だった。伊助は有馬の時の騒ぎで畳といわず壁といわず、柱といわず、そこらじゅう血まみれになったあとの掃除に十日も掛った自分の手を、三月の間暇さえあれば嗅いでぶつぶつ云っていたくらい故、坂本を匿うのには気が進まなかったが、そんなら坂本さんのおいやす間、木屋町においやしたらどうどすといわれると、なんの弱みがあってか、もう強い反対もしなかった。

京の木屋町には寺田屋の寮があり、伊助は京の師匠のもとへ通う時は、そこで一晩泊って来る習わしだった。なお登勢は坂本のことを慮って口軽なおとみも暫らく木屋町の手伝いに遣った。ところがある日おとみはこっそり帰って来て云うのには、お寮はん、えらいことどっせ。木屋町にはちゃんと旦那はんの妾が……しかし登勢は顔色一つ変えず、そんなことを云いに帰ったのかと追いかえした。おとみは木屋町へ帰って何と報告したのか、それから四、五日すると、三十余りの色の黒い痩せた女がおずおずとやって来て、あの、こちらは寺田屋の御寮人様で、あ、そうでございましたかと登勢の顔を見るなり云うのには、実は手前共はもう三年前からこちらの御主人にお世話をしていただいておりましたが、一度御寮人様にそのことでお詫びやら御礼かたがた御挨拶に上らねばと思いながらもつい……。公然と出入りしようという図太い肚で来たのか、それとも本当に一言謝るつもりで来たのか、それは伊助の妾だった。

登勢はえくぼを見せて、それはそれは、わがまま者の伊助がいつもご厄介どした、よその人とちごて世話の掛る病いのある人どすさかいに、あんたはんかてたいていやおへんどしたやろ。けっして皮肉ではなく愛嬌のある云い振りをして、もてなして帰したが、妾は暫らく思案して伊助と別れてしまった。あとで思えば気の良さそうな女だった。

登勢は何かの拍子にそのことを坂本に話し、色の黒いひとは気がええのんどっしゃろかと云うと、俺も黒いぞと坂本は無邪気なもので、誰にも云うて貰っては困るが、俺は背中にでかいアザがあって毛が生えているので、誰の前でも肌を見せたことがない。登勢はその話をきいてふっとお光を想い出し、もう坂本の食事は誰にも運ばせなかった。そろそろ肥満して来た登勢は階段の登り降りがえらかったが、それでも自分の手で運び、よくよく外出しなければならぬ時は、お良の手を煩わし女中には任さなかった。

もうすっかり美しい娘になっていたお良は、女中の代りをさせるのではないが坂本さんは大切な人だからという登勢の言葉をきくまでもなく、坂本の世話はしたがり、その後西国へ下った坂本がやがてまた寺田屋へふらりと顔を見せるたび、耳の附根まで赧くして喜ぶのは、誰よりも先ずお良だった。ある夜お良は真蒼な顔で坂本の部屋から降りて来たので、どうしたのかときくと、坂本さんに怪談を聴かされたという。二十歳にもなってと登勢はわらったが、それから半年たった正月、奉行所の一行が坂本を襲うて来た気配を知ったとたん、裸かのまま浴室からぱっと脱け出して無我夢中で坂本の部屋へ急を知らせた時のお良は、もう怪談に真蒼になった娘とも思えず、そして坂本と夫婦にならねば生きておれないくらいの恥かしさをしのんでいた。それは火のついたようなあの赤児の泣き声に似て、はっと固唾をのむばかりの真剣さだったから、登勢は一途にいじらしく、難を伏見の薩摩屋敷にのがれた坂本がお良を娶って長崎へ下る時、あんたはんもしこの娘を不仕合せにおしやしたらあてが怖おっせと、ついぞない強い眼でじっと坂本を見つめた。

けれども、お良と坂本を乗せた三十石の夜船が京橋をはなれて、とまの灯が蘆の落かげを縫うて下るのを見送った時の登勢は、灯が見えなくなると、ふと視線を落して、暗がりの中をしずかに流れて行く水にはや遠い諦めをうつした。果して翌る年の暮近いある夜、登勢は坂本遭難の噂を聴いた。折柄伏見には伊勢のお札がどこからともなく舞い降って、ええじゃないか、ええじゃないか、淀川の水に流せばええじゃないかと人々の浮かれた声が戸外を白く走る風と共に聴えて、登勢は淀の水車のようにくりかえす自分の不幸を噛みしめた。

ところが、翌る日には登勢ははや女中たちと一緒に、あんさんお下りさんやおへんか、寺田屋の三十石が出ますえと、キンキンした声で客を呼び、それはやがて淀川に巡航船が通うて三十石に代るまでのはかない呼び声であったが、登勢の声は命ある限りの蛍火のように精一杯の明るさにまるで燃えていた。

# あのひと

これは日本の津々浦々にありそうな——
というよりも、寧ろあって欲しいような物語で
ある。

**一　道。**

村口一枝が自転車で来る。

**二　町の一角。**

一枝、来て自転車を止める。
『松井トラ』と標札のかかった家。
その軒に『お灸いたします』と貼札がしてある。
その下に立っているのは昭一という七つの少年だ。
路地の奥では女の子供達が遊んでいる。
昭一は踏台の上で看板にいたずらしている。
『灸』という字が人の顔になる。

一枝「昭ちゃん、何してるの？」
昭一「何もしてないよ、留守番してるだけだよ」
一枝（隣の家の方見ながら）「小父さん達まだね、淋しいんでしょう？」
昭一「淋しいなんて大人のことだって、稗田さんが言ったよ」
一枝「稗田さんが？　そう……」
昭一「白崎さんもそう言った」
一枝「まァ」

写真屋の古川、飄然と現われて
古川「お嬢さん、ええ処や、今お宅へお伺いしたんやが、見合の写真一枚撮らせておくれやす」
一枝「あたし写真嫌い！」
古川「はよ、お嫁に行かんとつまりませんぞ」
一枝「ちっともつまらないことないわ」
一枝、自転車で行ってしまう。

三　道。

昭一を乗せて一枝の自転車行く。

向うから丸井親子が来る。

丸井親子は四人連れ、父親の丸井福平は赤ン坊を背負って自転車に乗り。少し後より長男が子供用自転車で随いて行き、その後より次男が三輪車で行くのだが、父親の自転車と長男の子供用自転車と、次男の三輪車は一本の縄で珠数の玉のように結ばれてつながり、言わば大中小の自転車の一列縦隊をつくっているのである。子福者らしい微笑ましい風景。

昭一「自転車に乗っけてよ」
一枝「お友達と遊ばないの？」
昭一「男の子は女の子のすることしちゃいけないって、それから女の子は男の子のする事しちゃいけないって……」
一枝「ふうン、それどんな事？」
昭一（ナポレオンの少年時代の様な傲然たる恰好して）「自転車は男の乗るものだって……」
一枝「それも稗田さん云ったの？」
昭一「ううん、シャボン玉……」
一枝「まァ憎らしい、シャボン玉って照井さんでしょう？」
昭一「うん、いそいで喋る時、アブクが出るから……」
一枝「その癖あたしの自転車のこと言うなんて……」
昭一「僕、言わないよ照井さんだよ」
一枝「照井さんに言ってね、あんまり慌てないで、アブクは蟹にまかせて置きなさいって……」
と言いながら自転車に昭一を乗せて行こうとする。

**四　街。**

丸井親子来て、店先にいる里村千代に
丸井「オトラさんというお灸はどのへんでしょうか？」
千代「この先の路地を這入って左側ですわ」
丸井「どうも有難う」
丸井、行きかけて戻ってくる。
丸井「そのお灸、子供の寝小便に効くそうですが本当でしょうか」
千代「さあ、そりゃよく存じませんけど……」
千代、店の中へ這入って仕事にかかる。
先刻から来ていたらしい古川。
古川「どうやな里村さん、わしはええ縁談(はなし)やと思うがな、早うお嫁に行かんとつまらんぞ」
千代「…………」
古川「どうやな？　いい人ですぜ、極く大人しい、大きな声でものも言えん様な、ほんに穏かな息子さんで……どやな里村さん……ウンとかスンとか返事しんしゃい、ウンか？　スンか？」
千代（済した顔で）「スン！」
古川（呆れて）「スン？　いなげな方やなァあんたという人は……」

**五　松井トラの家。**

オトラ婆さんがお灸を据えている。手の線香から煙りが細々と上っている。灸を据えられているのは丸井親子。赤ン坊を除き親子三人が、上半身裸になって歯を喰いしばっている。
安本老人が待っている。虫眼鏡で新聞読んでいる。
玄関の開く音――
古川「こりゃ満員やな」
トラ「まァお上りなさい」
古川（這入って来る）「へえ、おおきに、全く近頃の娘さんには困ったもんだ」
トラ「相変らず御商売に熱心ですね」
古川「商売にも何んにも……私は独り身でいる娘さんを見ると気になって仕様のない性分でしてなァ、ねえ旦那、そうじゃありませんかね？」

安本「…………………」
古川「ね旦那」
安本「……………」
古川「旦那、旦那はまだおひとりですか？」
安本「…………」
　 やや離れた縁側で足の爪を切っている鶴吉。
鶴吉「写真屋さん」
　と呼びかけて、安本老人が聾であるという事を手真似で知らせる。
古川「成程ね、遠くなるのは年寄りの耳と娘の縁か……」
声「御免下さい」
　玄関から聞える。多田巡査の声である。
トラ「はい、灸でしたらどうぞお上り下さい」
　返事がない。
トラ「回覧板でしたら、そこへ置いといて下さい、今一寸手がふさがってますから」
　返事がない。
トラ「郵便屋さんかも知れないよ」
　鶴吉、振り向いて
鶴吉「郵便？　こいつァ有難い、伜の軍事郵便だ（立上って）またまずい字で寄越しやがったに違えねえ」（と玄関へ）

**六　玄関。**

　鶴吉いそいそと出て来る。多田巡査の姿を見付け
鶴吉「何んのこっちゃ」
巡査「え？」
鶴吉「いいえなァに……」
巡査「戸口調査ですが、戸主は松井トラさんですね、あなたが、トラさんですか？」
鶴吉「奥にいるあの婆さんでさァ」
巡査「ああ成程、御商売は灸ですな」
鶴吉「へえ、あんな灸は効きあしませんよ、あの婆ァ人の顔さえ見りゃ灸を据えてやろうと抜かしますがね」
巡査「辛辣ですなァ、一体あんたは、松井トラさんの何んに当られるんです、内縁の夫ですか？」

鶴吉「冗談じゃねえ、あっしゃただ此の家に間借しているだけのこってすよ、誰れがあんな婆ァの亭主になるもんですかい、婆ァとあっしとじゃ家鴨と鶴ですよ、へへへへへ、あっしゃ鶴吉と言いますんでね」
巡査（名簿を見て）「古座谷鶴吉さんですね、御商売は？」
鶴吉「もと料理人でやす、料理屋の閉鎖で、とうとうこんなざまになっちまって……」
と言ってる所へ、オトラ婆さんが手に線香を持って出て来て
トラ「あ、いらっしゃいませ」
巡査「お邪魔してます」
トラ「あの、灸は如何ですか？」
鶴吉「そら、おいでなすった」（と奥へ行く）
トラ「さァ、どうぞ上へ、一つ据えて進ぜましょう」
巡査（笑って）「いずれまた……」
古川、奥から顔を出して
古川「旦那突然ですが、旦那はまだおひとりですか？」
巡査「いや故郷（くに）に女房がおります」
古川「さよか、そりゃ残念や」
巡査「何がですか？」
古川「いや旦那がまだおひとりなら、一つええお嫁さんを……」
と言いながらポケットから写真を二枚出す。
一つは新野葉子。一つは水原芳枝の写真である。
古川、写真を見せて
古川「どうです、ええ娘さんでしょう、二人共まだひとり身です」
巡査「なかなかよく撮れてますなァ」
古川「へへへッ（と笑って）あたしが写しましたんや、婚礼の出張が専門でしてえへへへ……」
巡査「なる程……ええと……」
一寸名簿を見ながら
巡査「向いは佐々山さん……と……お隣りは、加美谷昭一、市川禮三……」
古川「へえ、市川さん始め五人ですがな、皆んな

帰還勇士で……それが旦那、五人が五人とも
まだひとり身で……もっともひとりはまだ七
つですがね」
多田「え?」
古川「いや、全く勿体ないみたいなもんでさァ」

**七　昭一の家の標札。**

標札が五つ並んでいる。

『加美谷昭一』『市川禮三』『稗田文吾』『照井栄治』『白崎光二』

**八　座敷。**

市川、稗田(足が一寸悪い、戦傷である)、照井、白崎、の四人がそれぞれ座をしめている。

稗田は寝そべっている。

四人はいずれも帰還勇士らしい逞しさで共通しているが、仔細に見れば、市川は冷徹にして班長らしい分別を持って居り、稗田は牛のようにのっそりとして狷介な処がある。皮肉を弄する癖がある。照井は軽快そのもので、言わば慌て者である。白崎は最年少者で無邪気な附和雷同性があり、常に人の言ったことを反覆して言う癖がある。

照井「兎に角交番へ届けよう」
白崎「そうだ、交番へ届けよう」
稗田「相変らず慌て者のシャボン玉だな、まだ迷児とも決らぬうちに交番へ届けてどうするんだ」
とボソンと言うと、すかさず白崎がまねて
白崎「そうだ小隊長が、まだ迷子とも何んとも決ってない」
稗田「いちいち口まねするな、おうむみたいに」
照井「迷子にきまってるじゃないか、留守番していた筈の小隊長が家にいなけりゃ迷子だ」
稗田「そうとも限らぬ場合もある」
白崎「そうだ、そうとも限らぬ場合もある」
この時、勝手口から「御免下さい」
市川「おい、お客さんだ」
白崎「お客さんだ」

市川「回覧板だろう、今日の当番は誰れだ?」
白崎「今日の当番は誰れだ?」
照井「俺だ」
　立って勝手口へ行く。

## 九　勝手口。

　新野葉子が回覧板を持って立っている。
葉子「回覧板です」
照井「あ、御苦労さん、お父さんお帰りになりましたか?」
葉子「はァ、四五日と申して居りましたから明後日(あさって)頃は……」
照井「そうですか」
葉子「はァ」
　葉子行く。照井も引返しかけて――
照井「葉子さん」
葉子(足を止めて)「はァ?」
照井「ええと、いやいいです」
　葉子行く。照井引返して来る。

## 一〇　座敷。

　照井、這入って来て
照井「まだ戻らんそうだ」
市川「そうだとは何んだ、だから心配してるんじゃないか」
照井「葉子さんのお父さん、雷先生だよ」
白崎「何んだ」
照井「君は雷先生が何しに名古屋へ行ったのか知ってるのか?」
白崎「知らん」
照井「稗田は知ってるか?」
稗田「知らん」
照井「葉子さんの縁談のことだそうだ」
稗田「それは我々と関係がない、小隊長とも関係がない」
白崎「そうだ関係はない、よし、もう一度さがして来よう」
市川「何処さがすんだ?」
白崎「ああ、そうか」(坐る)

照井「こりゃ矢張り交番へ届けた方がいいぞ」
玄関、開く音——
照井、慌てて出て行く。

一一　**玄関。**

照井、出て来て、多田巡査の姿を見つけると
照井（慌てて、うっかり）「おや、迷児が見つかりましたか？」
巡査「迷児……？」
照井「まだ見つかりませんか？」
巡査「何んのことだかさっぱり……」
照井（やっと気が付いて）「いや、どうも失敬しました、僕の錯覚です、実は今交番へ届けようと……」
巡査「何か起ったんですか？」
照井「小隊長が迷児になったんです」
巡査「小隊長？」
照井「そうです」
巡査（手帳出して）「おいくつですか？」
照井「三十二歳です、丑の六白金星です」
巡査（手帳につけて）「三十二歳……と大きな迷児ですな」
照井「そりァ僕の歳です、迷児になったのは当年七つです」
巡査「ええと、あなたが三十二歳で、小隊長が迷児になられて、迷児が七歳ですな」
照井「そうです」
巡査「してみるとですな、つまり、小隊長が当年七歳……こういう事になりますな、で迷児になられたのが小隊長……と、どうも判らん」
照井「判りませんか、困ったな」

一二　**座敷。**

稗田が寝そべったまま首を伸ばして、市川に云う。
稗田「あれじゃ判らんよ、君玄関へ行って説明してやれよ、戸口調査らしい」
市川「うん」（起って行く）
稗田（白崎に）「照井ひとり喋ってたんじゃ、い

つまで経っても埒があかん」
白崎「そうだ、埒があかん」
稗田「あんな説明の仕方ってあるもんか、僕なら
こう説明するね、一つわれわれは帰還軍人である、一つわれわれ四人の戦友は目下当所に於て共同生活を成しておる、一つ目的は故部隊長殿の遺児を育てることにある、一つ遺児は当年七歳である、が故隊長殿の御令息であるから、われわれは小隊長と呼ぶ事にしておる……どうだ、これではっきりしたろう」
白崎「はっきりした」
稗田「一つわれわれ四人は会社員である、一つ毎朝電車に乗って出勤し、夕方帰宅する、一つその間小隊長は留守番をしておる、しかるに、本日夕刻われわれが帰宅するや小隊長の姿は見当らない」
白崎「見当らない」
稗田「いちいち口真似するな、悪い癖だぞ……見当らない、待てども帰らぬ、ここに於てわれわれは小隊長は迷児になりたるものと概定して、ここに届け出るものである、一つ小隊長の服装は……」

一三　**玄関。**

照井、市川、多田巡査。
市川が多田巡査に説明している。
市川「服装は紺の半ズボンに白い半袖シャツです」
多田（手帳につけながら）「白い半袖シャツ……と、小さな戦闘帽を被ってませんでしたか」
市川「ええ、被ってます、小隊長ですから」
多田「あ、それなら、見かけましたよ」
照井「え、何処で？」
多田「川の方で、その子供が自転車のうしろに乗っていたのを」
照井「自転車には乗れない筈ですがね」
多田「だから自転車のうしろにと言ったでしょう、綺麗な娘さんの自転車でしたよ」
照井（市川に）「判った、村口一枝だ……」

市川「どうしてさ？」
照井「この近所じゃ、自転車に乗る女は一人しきゃいないじゃないか」
この時、ベルの音がする。
照井「自転車の音だ！　帰って来たぞ」
多田巡査ふりむく。丸井親子が例の如く一列縦隊を作って帰って行くのが玄関の戸のあけた向うに見える。そのベルの音。

## 一四　新野家の前。

丸井親子が行く。
標札には『新野東介』とある。

## 一五　新野家。

新野東介、旅行より帰って来る。葉子迎える。
葉子「あら、お帰りなさい」
東介「只今」（疲れている）
葉子「どうかしましたの？」
東介「なぜだ？」
葉子「あんまりお早いので……明後日（あさって）位かと思いましたわ、お疲れでしょう」
東介「汽車の中ずっと立ち通しだった、旅行なんかするもんじゃない、馬鹿を見た」（と吐き出す様に言う）
葉子、ふと悲しい表情でお茶を淹れに行く。
東介、その傍へ来て
東介「なァ葉子、儂も色々考えたが、何も慌てて嫁に行くにはあたらんぞ、儂もお前が一緒に居て呉れた方が、よっぽどいい」
葉子（顔上げて）「お父様はっきり仰言って……お話駄目だったんでしょう」
東介「なぜだい？」
葉子「御様子でわかりますわ」
東介「いかん、いかん、今時の若い者は軽薄でいかん、少し位の出世を鼻にかけくさって、猪口才な！　わしは見損なっておった、彼奴は儂の教え子の中でも見所のある奴だと思っておったが、駄目だ！　一寸地位が上って来ると増長しおって、生意気な！　あんな成り上り者に娘をくれてやる積りで、のこのこ名古屋まで頭を下げに行ったのは儂も大馬鹿じゃ、儂は恥をかいて来た、第一不用不急の旅行をして来たと思うと国家に対しても相済まん」

独言のように怒鳴っているが、ふと娘の方を見て調子を変えて、鞄の中から玩具を出して
東介「なァ葉子、これはどうだ？　汽車の中で古い友達に会ったら呉れおったんじゃが、面白いだろう」

葉子、見ているうちに悲しくなってわっと泣き出す。

東介「なにが悲しい、泣く奴があるか、わしは見損なっておった、あんな成り上り者に娘をくれてやるものか……葉子、すすめた儂が言うのはおかしいがあんな奴は諦めろ！」

葉子（顔上げて）「いいえ、お父様そうじゃないんです、そんなことじゃないんです」

東介「なんだ？」

葉子「お父様、あたしの事そんなにまでやさしくして下さるのが……」

夕暮である。兵隊さんの行軍する軍歌が聞えて来る。

**一六　水原芳枝の家。**

物干——軍歌聞えている。
芳枝の弟、晋（中学生）出て来て、その方を見る。首に白い布を掛けて、頭は半分刈りかけてある。
芳枝「晋ちゃん、駄目よ、途中で……」
芳枝と晋、引込む。

**一七　座敷。**

晋の頭をバリカンで刈り始める。
芳枝「名前を呼ばれたら、ハイッと大きな声で返辞するのよ」
晋「解ってるよ」
芳枝「水原晋！」
晋「ハイッ、あ痛ッ、痛ッ」
芳枝「御免、御免」
バリカンの刃先を手に当てて見ながら

芳枝「本当に試験自信あるの？」

晋「大丈夫だよ、雷もお前は大丈夫、練習生になれるって言ったよ」

芳枝「雷って誰れの事なの？」

晋「隣りの漢文の教師」

芳枝「あ、新野先生？」

晋「僕が試験うかったら、姉さん一人ぼっちになるね」

芳枝「そんなこと心配しなくてもいいわよ」

晋「姉ちゃんも淋しいだろうが、僕も淋しいよ」

芳枝「淋しいなんて大人の言う言葉よ」

晋「聞いた様だな」

この時、玄関で声がする。

声「御免下さい」

続いて別の声がする。

別の声「御免下さい」

晋「お客さん誰れだろう？」

芳枝「屹度あの嫌な写真屋さんじゃないか知ら」

声「御免下さい」

別の声「御免下さい」

晋「一人じゃないらしいよ」

芳枝「そうかしら？」

**一八　玄関。**

照井と白崎が突っ立っている。

照井「御免下さい、お留守ですか？」

白崎（相変らず口真似して）「お留守ですか？」

照井「お宅のお嬢さん、まだ帰られませんか、実はお宅のお嬢さんが、うちの小隊長を自転車に乗せて……」

と言っている所へ、芳枝が現われる。

照井「あ、こりゃ家違いだ、失敬しました」（と慌てて出る）

芳枝、あっけにとられる。

白崎「失敬しました」

と後を追うて飛び出す。

**一九　村口一枝の家の前。**

照井と白崎が『村口悳三』とある標札を見上げて

照井「ここだ、ここだ」
白崎「ここだ、ここだ」
　と這入る。

二〇　**玄関。**

　広い庭のある玄関へ両人這入って来て
照井「御免下さい」
声「はい」
　と奥から声がする。
照井「おい、もう帰ってるぞ」
　と白崎に言っている所へ一枝が出て来る。
照井「早速ですが、うちの小隊長は……?」
一枝「今さっきお届けしましたわ」
照井（うっかりと）「交番へですか?」
一枝「いいえお宅へ」
照井「あ、もう帰ってますか、失敬します」
白崎「失敬します」
　と両人出て行くが、照井だけ戻って来る。
照井「…………」
　無言の儘立っている。
一枝「あの、何か……?」
照井「あんたはけしからんです」
一枝（驚く）「どうしてですの?」
照井「ええと……」（言葉が見つからぬ）
白崎「そうだ、とに角けしからん」
　といつの間にか戻って来ている。
一枝「理由をおっしゃって戴きますわ」
照井「ええと……」
白崎「君、落着いて言った方がいいよ、あぶく大丈夫か?」
照井（白崎に）「大丈夫だ……ええと、あんたは……」
一枝「私が代って申しますわ、女の癖に自転車に乗るのがいけないっておっしゃるんでしょう」
照井「そうだ、おまけに、小隊長を乗せて行ったりして、どれだけ心配したかしれやしない」
白崎「心配したかしれやしない」
一枝「どうして女が自転車に乗っちゃいけませんの、男のすること女がしちゃいけないんですか、男に代って働いている女もありますわ、それがいけないいんですか」
照井「然し、あんたは働いていない」
白崎「然し、あんたは働いていない」
一枝「御忠告どうも有難う、あたくしも昭ちゃんにお伝えして置きましたわ」
照井「小隊長に？　あ、そうですか、何んですか？」
一枝「小隊長にお聞き下さい」
両人、出てゆく。

二一　**昭一の家の前。**

二人帰って来る。内に這入りかけて
照井「然し一枝さんのことづけって何んだろうな？」
白崎「何んだろうな？」
照井「僕少し言い過ぎたかな……」

二二　**昭一の家の座敷。**

照井と白崎、帰って来る。
照井（小隊長を見付けて）「やっぱり帰ってる！　小隊長、自転車に乗ってどこまで行って来たんだ、心配したぞ」
昭一「鯨を見に川へ行って来た」
鶴吉「へえ！　川で鯨？」
照井「嘘つけ！」
白崎「小隊長は部隊長殿の子だろう、嘘を……」
市川「今言ったとこだ、真似は止せ」
昭一（手で一寸位の寸法を見せて）「この位の鯨だったよ」
鶴吉「小さな鯨もあるもんだね」
昭一「鯨は鯨だけど、ナメクジラだよ」
鶴吉「コン畜生！　一杯かつぎやがった」
一同笑う。
照井「小隊長、一寸と……」
小隊長を廊下に呼ぶ。
照井「村口のお姉ちゃん、何んて言ってたの？」
昭一「あ、そうだ僕忘れた、照井さんにそう言ってくれって……」
照井「なんて？」

昭一「あんまり慌てないで……アブクは蟹にまかせて置けって……」
照井ダアとなる。二人また元の座敷へ——
白崎、照井の傍へ来て
白崎「おい、何んだった？」
照井（白ばくれて）「何が？」
白崎「一枝さんの言伝けだよ」
照井（勿体振って）「うん、今まだ発表の時期じゃない」
白崎「そうか！　そんなに重大な事か」
照井「うん、相当重大だ」
稗田「おい当番照井、早いとこ飯をつくってくれ」
照井「あ、そうか、僕か」
と台所へ行こうとするのを鶴吉が
鶴吉「飯なら、あっしが作りやしょう」
照井「そいつは済まんな」
鶴吉「なァに、どうせ遊んでいる身体だ、賄なら昔とった庖丁でさァね」
将棋の駒を捨てて台所へ行く。
稗田「形勢不利と見て、逃げ出しやがった」
裏口から廻って来たらしい古川、のっそり縁側の方へ顔を出す。
古川「皆さん、今晩は」
稗田「おいどこから這入って来たんだい」
古川「表からじゃ会うて戴けないんで……へへへ……」
稗田「俺達の写真を一枚宛くれってんだろう？　写真なんか無いぞ！」
照井「なけりゃ撮らせてくれ……だろう？　だめだ！　だめだ！」
白崎「だめだ！　だめだ！」
稗田「うっかり撮らせてみろ、あちこち娘のある家へ持ち廻られるぜ、生意気な所といっては耳掻ですくう程もない、極く大人しい、大きな声でものも言えないような、ほんに穏かな男で……と来るからね、帰った、帰った、帰った」
照井「妻君なんか欲しい様な顔……ここには一つもないぜ、帰った帰った！　帰らんかァ！」

と怒鳴ると、古川吃驚して去る。

稗田「形勢不利と見て逃げ出しやがった」

市川（昭一に）「小隊長は毎日留守番して寂しくないかい？」

昭一（渋々）「うん」

稗田「そんなことき く奴があるか、淋しいにきまってるさ」

白崎「そりゃきまってるさ」

照井「それに今日の様な事もあるしね、やっぱり俺達の留守中、誰か小隊長を見てくれる人がなくちゃね」

白崎「見てくれる人がね」

この時、鶴吉が台所からのこのこ出て来て

鶴吉「ついてはあっしに考えが……どうです、一つあっしをここへ置いてくれませんか、小隊長の子守娘兼賄婆ァとしてね」

照井「そいつはいい、第一鶴さんなら炊事はお手のもんだ」

鶴吉「なァに大した事は出来ませんがね、置いて下さるんなら今夜のうちにもあの婆ァの所引き揚げて来ますよ、あっしゃもうあんな所に間借して、ぶらぶらしてるのがつくづく……」

市川「嫌になった？」

鶴吉「へえ」

市川「じゃ、こっちへ移って貰うか、皆んなどうだ？」

一同「異議なし」

市川（起き上って大声で）「朗らかに！　明るく！」

一同「朗らかに！　明るく！」

市川「芽を出せ！　伸びろ！」

一同「芽を出せ！　伸びろ！」

昭一の周囲をとり巻いて合言葉を唱和する。

（F・O）

二三　**（F・I）新野家の二階。**

葉子、お茶を持って二階の廊下を歩いている。

音吐朗々たる『太平記』の朗読が聞えている。

**二四　書斎。**

朗読しているのは新野先生。
聞いているのは市川、稗田、照井、白崎と昭一である。
葉子が静かにお茶を置いて、静かに出て行く。

**二五　階下の部屋。**

七八人の女達が集って紙の小函を作っている。
千代、一枝、芳枝も混っている。隣組の女子勤労奉仕である。
葉子、這入って来てさっき迄やっていた仕事を続ける。
（F・O）

**二六　（F・I）街の一角。**

朝——昭一の家の前で、古川が写真機を据えて頑張っていると、出勤姿の市川、稗田、照井、白崎の四人が出て来る。
四人、一列に横に列んだ時——

古川「あ、どうぞその儘……」
シャッターを切る。
四人「あ、こいつ奴」
「馬鹿！」（怒鳴る）
古川、写真機をかついで逃げ出す。
四人並んで歩いて行く。後から葉子が駈け出して来て
葉子（ためらいながら）「ご免なさい」
と言いながら四人の傍を擦り抜けて行こうとする。
照井「新野さん」
葉子「あら」
照井「どこへ行くんです？　そんなに慌てて……」
葉子「父がお弁当忘れましたので……」
照井「じゃ僕が渡してあげましょう……どうせお父さんとは同じ汽車ですから」

**二七　別の道。**

四人と新野東介、歩いている。

**二八　駅の改札口。**

芳枝が改札している。

晋、這入って行く。晋の切符に鋏を入れながら

芳枝「しっかりやって来てね」

晋「うん」（去る）

間もなく、五人が駈けつけて来る。

白崎「弟さん試験今日ですね、もう来てますね」

芳枝「はァ」

**二九　プラットホーム。**

白崎、鉛筆を出して照井に

白崎「晋君にこの鉛筆あげたいんだけど、君渡してくれよ」

照井「何んだ、自分で渡してやったらいいじゃないか」

白崎「そうだ自分で渡してやったらいい……だけど頼むよ」

照井、晋に鉛筆を渡す。

晋、鉛筆を持って駈け出す。

**三〇　改札口。**

芳枝の所へ来て

晋「お姉さん、これ照井さんに戴いちゃった」

芳枝「あら、照井さんに……よかったわね」

照井の方を見ておじぎする。

**三一　プラットホーム。**

照井、おじぎを返して

照井「おい白崎、僕におじぎしてるぞ、いいのかい？」

白崎「ああ、いいさ」

**三二　働いている稗田。**

**三三　働いている照井。**

**三四　ある会社の廊下。**

千代、歩いて来る。白崎とばったり出会う。

白崎「珍しいですねこんな所で……」

千代「ええ、書類を届けに××課迄来ましたの」

白崎「そうですか、市川もここで働いているんですよ」
千代「ええあたくし存じて居りましたわ」
白崎「へえ……」
千代「市川さんお仕事中にもあの癖やってられますの？」
白崎「ええ、あいつには他の事は出来ませんからね」
二人笑う。

**三五　働いている市川。**

**三六　昭一の家の座敷。**

夕方――鶴吉が箒で掃除している。
昭一も同じく小さな箒を持って鶴吉と並んで掃除している。
オトラ婆さん、裏口から廻って縁側へ顔を出す。
トラ「鶴さん」
鶴吉「あ、又来やがった」
トラ「うちだって部屋代は貰わないよ」
鶴吉「くどいな、何遍言わすんだい、おらな、何も間借賃がロハだからってこっちへ移ったんじゃねえ、小隊長が不憫さに来たんだ、ここの旦那方の気性が嬉しいから来たんだ、戦死された部隊長殿の一人息子を俺が育てる、いや俺に育てさせてくれって、小隊長を取合いだ、そこでおめえ、じゃ公平に四人で育てようっと評議が一決して、ここでこやって男やもめの世帯を張ってるんだ」
トラ「男やもめは自慢にならないよ」
鶴吉「婆ァは黙っとれ、いいか、ここの旦那方はな、みんなちゃんといい内儀さんを貰って世帯の張れる方ばかしだ、それをおめえ、こやってやもめでおるのはな、もしもお内儀さんを貰ってみろ、この家を出て行かなくちゃならねえ、それじゃ戦友の義理が立たねえ、部隊長殿に申訳がねえっていうんでみんな……」
トラ「小隊長さんに灸を据えてあげようか？　寝

小便しなくなるよ」

昭一「寝小便なんかするもんか」

鶴吉「それ見ろ、帰れ！　ここは女禁制だぞ」

トラ「また来るよ」

出て行く。入れ替りに

市川「降り出しそうで、慌てて帰って来たよ」

と言いながら這入って来る。

鶴吉「お帰りなさい、御飯の支度出来てますよ」

稗田「そうか、そりゃ有難いな」

市川、二階へ上る。

**三七　二階。**

鞄からハガキを出してみて考え込んでいたが、気を変えて胸のポケットへ入れて下へ降りて行く。入れ替り稗田が上って来る。昭一後から随いて来て

昭一「稗田さん、何ァに？」

稗田「小隊長、俺、暫らく遠いとこへ行きたいんだが、小隊長許してくれるか？」

昭一「何処？」

稗田「飛行機造りに行くんだ」

昭一「飛行機？　いいなァ」

稗田「休みがあればそのたんび帰って来る、淋しいだろうけど、まだ三人もいるし、あんちゃんもいる、どうだ我慢して呉れるか？」

昭一「僕、淋しいなんて言わないよ」

稗田「よし！　小隊長が許してくれるなら、皆んなに相談してみる（外を見て）随分降って来たな」（と言って二人下へ降りてゆく）

**三八　階下の座敷。**

後から帰って来ていた照井、白崎が市川と一緒にラジオを聴いている。一億総奮起を促すような凄壮苛烈な戦況を伝える報道である。

**三九　村口家。**

悳三と一枝が聴いている。

**四〇　新野家の居間。**
東介と葉子が聴いている。

**四一　水原家の座敷。**
芳枝と晋が聴いている。

**四二　昭一の家の座敷。**
放送続いている。皆んなの緊張した顔。
我慢出来ないように照井、立上って次の部屋でごろんと横になる。
皆んなその方を一寸眼で追うが、意志の通じるものがあるように何んにも言わない。
照井、突然立上ってズカズカとラジオの傍へ行き、手荒くパチンと消す。途端に――
「何をするんだ」市川である。
「何をするんだ！　止めなくてもいいじゃないか」白崎である。
照井「我慢が出来ないんだ！　じっとしていられないんだ！」
市川「照井！　それやお前だけじゃないぞ」
白崎「そうだ！　照井だけじゃないぞ」
照井「知ってるよ、分ってるんだ、然し俺には我慢が出来ないんだ」
皆んなシーンとなる。外は嵐のような雨。
照井「飛行機だ！　飛行機だ！　飛行機が欲しいんだ！」
白崎「そうだ！　飛行機だ！」
市川「飛行機さえあれば、部隊長殿もあんな御最期を……」
稗田「そうだ、飛行機さえあれば吾々の部隊があんな苦戦をしなくってもよかったんだ」
市川「五月二十日」
白崎「五月二十日」
市川「未明三時半」
白崎「未明三時半」
市川「わが部隊は……」
白崎「わが部隊は、×××の東方十七キロの……」
黙っていた照井、怒鳴る。

照井「やめろ！　やめてくれ！　止してくれ！」
皆、気を呑まれたようにシーンとなる。
雨。風。稲妻。
照井「俺ァ今の会社やめる」
白崎「やめてどうするんだ」
照井「俺達は今呑気に会社勤めをして、あの時の
苦しい気持を忘れているんだ。だから……」
稗田「よし判った！　つまり俺達が血の出る程ほ
しかったものを、今内地で俺達の手で作ろう
というんだろう」
照井「作ろうじゃない、作らなくちゃいけないんだ」
白崎「そうだ、作らなくちゃいけないんだ」
市川「……で工場へはいるというんだな」
照井「そうだ、俺は慌て者のシャボン玉だけに、
もうじっとしていられないんだ、明日大阪へ
出掛ける」
市川「じゃ、この家を出てしまうのか？」
照井（はっとする）「えッ？」
市川「小隊長を見捨てて行くのか？」
照井「……………」
市川「俺達の仲間の共同生活なんかどうなっても
いいのか？　俺達は四人で小隊長を育てるつ
もりだったな？」
照井「……………」
市川「貴様一人で勝手な行動をするのか？」
照井「……………」
市川「俺達は戦友だぞ！」
照井「撲ってくれ！　俺を撲ってくれ！」
稗田「照井、まァ待て！」
照井「いやまたん！」
稗田「俺に一言、言わせろ！」
照井「いやいいんだ、何んでもいいから撲ってくれ」
市川「よし！」（照井を撲る）
鶴吉（ハラハラして）「何んて事しなさるんだ！」
照井「いや放っといてくれ、あんちゃん……白崎、
君も撲れ！」
白崎「えッ？」
照井「市川の真似をして、撲らんのか？」

白崎「よし！」（撲る）
　昭一、泣き出す。
照井「稗田も撲れ！」
稗田「俺は撲らん！」
　昭一、益々泣いている。
照井「小隊長、泣くな、泣くな」
　なだめながら昭一を連れて廊下へ出る。
　一同、沈黙――
鶴吉「皆さん、飯は……？」
市川「俺は喰いたくない」
白崎「俺も喰いたくない」
鶴吉「稗田さんは……？」
稗田「俺はどっちでもいいよ、喰ってもよし、喰わなくてもよし」
　昭一が一人で這入って来る。
市川「照井は……？」
昭一「照井さんはお正月に帰って来るって……」
市川「えッ？　正月に帰るって……？」
白崎「正月に帰るって……？」
昭一「うん」
市川「他に何か言ってた？」
昭一「小隊長は皆んなに可愛がって貰えって……」
稗田「奴さん、明日といってたが、到頭今夜のうちに行ってしまいやがった」
白崎（起き上って）「僕、引き戻して来る、今なら間に合う」（出て行く）
　やがてかなり時間が経つ――
市川「白崎の奴遅いな？」
稗田「なァに帰って来るもんか、奴さん人の真似ばかしする奴だ、照井を引き戻しに行って、結局一緒に行っちまいやがったんだろう」
鶴吉「ミイラ取りがミイラになったっていう訳ですね」
市川「そうか、白崎も行ったか」
　唸っている。
市川（しみじみと言う）「淋しくなったなァ」
鶴吉「淋しくなりましたな」

稗田「なんだ、あんちゃん……白崎みたいじゃないか、おうむみたいに口真似して……」
鶴吉「だって淋しいものは淋しいというより仕様がありませんよ」
稗田「もっと淋しくなるかも知れんよ」
市川「えッ？」
稗田「実は俺も石油工場へ行きたくなった、止めるか？」
市川（淋しく）「止めん」
稗田「そうか、よし！（昭一に）大晦日には帰って来てやるぞ、小隊長！」
そして出て行く。
誰も見送る元気もない。
鶴吉「到頭市川さん一人になりましたなァ」
市川「うん、然しあんちゃんが居るからな」
と言って、眼を光らせて
市川「あんちゃん、君、一人で小隊長の面倒を見てくれるか？」
鶴吉「あんたも行くんですかい？」
市川、黙ってハガキを出す。
鶴吉「採用通知ですね、×××航空会社……」
市川「俺が言い出せないでいるうち、皆んな行ってしまった」
鶴吉「市川さん！　行きなさい、出掛けなさい、後はあっしが引き受けますよ」
市川「そうか鶴さん、やってくれるか」
鶴吉「ええ、いいですとも……さァ、まあ早く飯にして……」
市川「俺は明日の朝だ、皆んなの代り、今晩ゆっくり小隊長と一緒に寝て、明日の朝にしよう」
窓から――嵐の止んだ後の空に月が見える。

**四三　二階の部屋。**

市川と小隊長、枕を並べて寝ている。
市川「朗かに！　明るく！」
昭一「朗かに！　明るく！」
市川「芽を出せ！　伸びろ！」
昭一「芽を出せ！　伸びろ！」

言い終って昭一の方を見ると布団かぶっている。
困って見ていた市川。
市川「小隊長どうした」
と言いながら布団をのけて見る。
昭一は両手で顔を押えている。
市川「どうしたの？　淋しいの？」
と言いながら、優しく手をのける様にしてやる。
昭一、無理に笑って――
昭一「淋しくなんかないよ、淋しいなんて大人の
言う事だもん」
演習の帰りらしい兵隊の軍歌が遠くから聞えて
来る。
――吉野を出でて打向う。飯盛山の松風に、な
びくは雲か白旗か。響くは敵の鬨の声――
（F・O）

**四四　（F・I）同じ座敷。**

昭一と鶴吉がちょぼんと縁側に居る。
鶴吉「芽を出せ、伸びろ！」
昭一「芽を出せ、伸びろ！」
鶴吉「終り！」
昭一「終り！　ああ淋しいなァ」
古川が裏口より縁側へやって来る。
古川「皆さん、お留守ですか？」
鶴吉「誰も居ないよ、皆んな行っちまったよ、遠
い所へ……」
古川「えっ？　そいつは残念や、写真持って来た
んやがね」
鶴吉「かしてみな」
と取る。市川以下四人が家を出たとたんに撮ら
れたユーモア味のある写真である。
その写真を見て、照井にことづかった『あの
人』のこと思い出す。
鶴吉「この写真、貰っとくよ」
写真を抽斗にしまって飛び出す。
あっけにとられている古川。

## 四五　松井トラの家。

鶴吉、トラと話している。

トラ「そうだってね、隣組の人達もみんな感心してたよ、さすがに帰還勇士は偉いもんだって……」

鶴吉「処で一つ困った事があるんだよ」

トラ「何が？」

鶴吉「出掛ける時、照井さんがあの人に宜敷く言って呉れって言って行ったんだが、そのあの人がさっぱり目当がつかないんでね」

トラ「成程、照井さんがね、あの人と……まさかあたしじゃないだろうし」

鶴吉「チェッ、馬鹿々々しい、帰るよ」

トラ（慌てる）「鶴さんお待ちよ、いまお茶淹れるから……心当りない事もないけど……」

鶴吉「そうか、あるか」

トラ「村口のお嬢さん、清月堂のふみちゃん、芳枝さん……」

鶴吉「そう大勢言われたって困っちゃうよ」

トラ「まァ、こりあいちいち当ってみるより他に仕様がないよ」

鶴吉「厄介なことになりやがった」

## 四六　町の一角。

そこへ鶴吉、出て来る。芳枝をつかまえて

鶴吉「ね、芳枝さん、出掛ける時、照井さん宜敷くって言ってたよ」

芳枝「えっ？　あたしに……？　あたし、駅でお会いしたわ」

鶴吉「あ、そうか」（とがっかりする）

## 四七　千代の仕事場。

鶴吉、来て、千代に

鶴吉「里村さん、宜敷くって出掛けましたよ」

千代「あら、そう、どなた？」

鶴吉「照井さん！」

千代（失望したように）「照井さん？」

鶴吉「違ったかな」

千代「え？」
鶴吉「いや、なァに……」
千代「あの人もお元気でしたかしら？」
鶴吉（あわてる）「あの人って？」
千代「わからなければいいですわ」

**四八　昭一の家。**

鶴吉、帰ってくる。
昭一「おじさん、何考えてるの？」
鶴吉「う？　うん……」
昭一「手紙来てるよ」
鶴吉（受取って）「ありがてえ、軍事郵便だ、伜の奴、また拙い字で寄越しやがったんだろう」
と言いながら読む。そこへオトラ這入って来る。
鶴吉、眼をこすって涙を拭く。
昭一「おじさん、何泣いてるんだい？」
トラ「戦死したんじゃないの？」
鶴吉「莫迦野郎、戦死した奴が手紙を寄越すか」
と言ったが、急に表情を改めると
鶴吉「婆さん、ものは相談だが……おめえここへ来て住む気は無えか」

**四九　松井トラの家の前。**

『貸家』の札が貼ってある。

**五〇　昭一の家の前。**

『やいと致します』の貼札が貼ってある。

**五一　座敷。**

例の写真が飾ってある。

この家へ移り住んだオトラ婆さんが、安本老人に灸を据えている。

安本老人は例によって虫眼鏡で新聞を読んでいる。

トラ「あたしゃ本当に口惜しかった、こんな口惜しいことは生れてはじめてですよ……つまり、いえばあたしゃ一杯かつがれたんですよ……こっちィ移って住めというから、あたしゃとびつく思いで隣りの家をたたんでここへやって来た、すると鶴さんはどうしたとお爺さんは思います？」

老人「…………」（全く聞えない）

トラ「あんちゃんはね、小隊長をあたしに預けて……」

トラ、小隊長の居ないのに気が付いてさがす。どこにも居ない。

階段の下から二階へ声をかける「小隊長さん」

返事がない。

灸を続ける。

トラ（続ける）「小隊長をあたしに預けて、ぷいと出て行ったまんま帰って来ないんですよ、炭坑へ石炭掘りに行ったんですよ、息子の手紙を読んで、ふいとそんな気になったらしいが、ありゃてっきり魔がさしたんでしょうね、よくまァ炭坑なんかへ働きに行く気になったもんだ、あたしゃ口惜しくってね。あたしを毛嫌いするのは、そりゃいいよ、だけど何も欺さなくてもいいと思うよ」

モグサをモリモリと盛る。熱い。

老人「あチ、チ、チ、チ……」

トラ「実際こんなこと恥かしくて、耳の聞える人には話も出来ません、正月には帰って来るよ、なんて言ってたが誰れが帰って来るもんか、鶴さんは一生帰って来ないつもりですよ」

そこへ、近所の女の子、二三人駈け込んで来る。

女の子一「お婆さん、大変よ！　昭ちゃんが……」

女の子二「ポンポン痛いんですって」

トラ、慌てて表へ――

**五二　町の一角。**

トラ、飛び出して来る。

唸っている昭一を抱いて来る。

来合せた千代も一緒に昭一の家へ――

**五三　道。**

千代、医者を呼びに走っている。

そこへ自転車に乗った一枝来る。一枝は郵便配達夫になっている。
一枝「里村さん、どこへ?」(と呼びかける)
千代「昭ちゃん、大変よ、お医者さん迎えに行く処なの」
一枝「まァ、じゃ私が行きますわ」
千代(自転車を見て)「お願いします」
一枝、自転車で走る。

**五四　別の道。**

一枝と医者が自転車で走っている。

**五五　昭一の家の座敷。**

昭一、臥っている。医者が診察している。

オトラ婆さんの他に、千代、一枝、芳枝がいる。

トラ(医者に)「灸を据えたんですが、ちっとも痛みが……」

医者「止らんのは当然だ、こりゃ盲腸だよ、冷さなくちゃ駄目なのに、灸で温める奴があるか、もう少しで手おくれだった、盲腸って奴は早いからね(立上り、一同に)冷すこと、食べさせぬこと、灸は禁物……じゃ」

玄関へ行く。

トラ、すごすごと見送って行く。

千代「本当に無茶だわ」

芳枝「灸って効くかしら?」

一枝「昭ちゃん、あの婆さんに任せて置くの可哀相ね」

トラ、すごすごと帰って来て、三人の前に手をついて
トラ「皆さん本当に有難うございました、おかげ様で小隊長さんが助かりました、皆さんにお医者様を迎えに行っていただけなかったら、手遅れになる処でした、あたしゃ、預った人に会す顔が……本当に有難う御座いました」

と長々と丁寧な挨拶を述べて、氷を割りに台所へ去る。

千代、一枝「いいえ、どう致しまして」

芳枝「私、お礼言われると困るわ、何の役にも立ってませんもの、その代り私ずっとここに泊り込んで、昭ちゃんの看病するわ、弟が予科練合格して入隊したんですもの、もう私、身軽にここへ移れるわ」

一枝「あら私だって身軽よ、お父様は農場の管理旁々北海道に疎開なさったし、私は鞄さげて自転車で飛び出せばいいんですもの、どこだっていいわ、私もここへ泊り込むわ」

千代「私も押掛女房みたいだけど、ここへ移らせて戴こうか知ら」

トラ「皆さん、本当にそうして戴くと喜びなさるわ、ほら、あそこの写真の方が……」

三人、一斉に写真を見る。

市川以下、四人並んでいる写真である。

千代「誰れが写したのか知らないけど、下手な写真ね」

一枝「あ、こんな事していられない、氷切れないうちに買って来なくちゃ」

と立上り出て行く。

千代「そうだ、私もお薬貰いに行って来なくちゃ」

と一枝の後を追う。

芳枝、立ち遅れていたが台所へ――

トラ、氷を割っている。

芳枝「お婆さん、私が割りますわ」

トラ「いいえ、いいんですよ」

芳枝「いいえ、私にさせて頂戴、ね、お願いだから」

トラに代って芳枝、氷を割る。

## 五六　新野家の座敷。

夜。――

東介が漢籍や和書類を箱につめている。

一見して移転乃至旅行の準備の感じ。

葉子が這入って来て手伝う。

東介「わしのことは本当に気にせんでいいぞ、心配せんでいいぞ、今までわしの世話にかまけて居ったから、外に働いている娘さんを見ると肩身がせまかったろう、働きなさい、大いにやりなさい」
葉子「はい」
東介「しかし、この家で一人ぽっちで暮すのは淋しいだろう」
葉子「いいえ……」
東介「どうだ、村口さんのお嬢さんに頼んで、あの仲間に入れて貰いなさい、あたしにも看病させて下さい、と言ってなァ……」
葉子「でも……」
東介「何ァに遠慮はいらんぞ、看病しながらとめて貰うんじゃ、どうだ?」
葉子（嬉しそうに）「はい」
東介「それからな……」
と言いながら立ち上って、手函の中から扇子を出し
東介「あの四人の一人が、わしの下手な字を欲しいと言っとったから、書いて置いた、いつの事か知らんが、その男が帰って来たら、これを渡してくれ」
葉子「はい（受取る）でも、四人のうちの……?」
東介「いや、何にしろあの四人は四人とも、いずれも立派な男なんで、わしもはっきりは憶えて居らんのじゃ」
葉子「はい……でも、お父様本当に大丈夫でしょうか?」
東介「何が?」
葉子「そんな遠い所へ、おひとりで……」
東介「大丈夫、大丈夫、心配せんでいい、わしもこの歳になって漸く、しんから働く道を見付けたんだ、最後の御奉公だ、働くぞ、うんと頑張るぞ、お前もお父さんに負けんで頑張れ、死んだお母さんもきっと喜んでくれる」
と言いながら、新野先生は意気軒昂として愛誦する『太平記』の一節を高唱する。
葉子、それを聞いていながら泣けてくる。

## 五七　昭一の家の庭。

一同体操している。

**五八　座敷。**

お正月までの日数を書いた表が貼ってある。大分消されてある。

昭一、消す。

**五九　写真。**

みんな、それぞれ「お早う御座います」「お早う御座います」と言って食卓につく。

一枝「昭ちゃん、お正月までもういくつか知ってる？」

昭一「知ってるさ、三十八！」

一枝「そうよ、三十八……もう直ぐよ」

トラ「毎朝毎晩、あの写真見て、挨拶なさるが、一体どの方見ていなさるんです？」

皆顔見合せて笑って

芳枝「まァ失礼！」

千代「口惜しいわね！」

トラ「ね、一枝さん、あなたは四人の中のどの方です？」

一枝「そんな御質問は御遠慮願います」

**六〇　家の前。**

千代、一枝、芳枝、葉子が出勤姿で出て来る。

四人「行って来まァす」

葉子「あ、一寸……」

と言って家の中へ引返す。

**六一　座敷。**

葉子、写真の前へ立って、報告する様に

葉子「この家へ御厄介になる事になりました、昭ちゃんを可愛がります、働く処決りました、国民学校の代用教員です、今日から働きます」

トラ「どの人にもの言ってなさる？」

葉子「…………」

トラ（写真の一人、一人を指して）「この人？」

葉子、首を振る。

トラ「この人？」

葉子、首を振る。

トラ「じゃ、この人?」
葉子、首を振る。
トラ「じゃ、わかった、この人でしょう?」
葉子、首を振る。
葉子「誰れだか解らないんですの」
そして写真に向って
葉子「行って来ます」
あわてて出て行く。

**六二 国民学校の教室。**
葉子が児童に唱歌を教えている。
歌は『年の始めの目出度さよ』というお正月の歌。

**六三 昭一の家、座敷。**
日数表をトラが一人で嬉しそうに消している。
笑いながら出て行く。
入れ違いに昭一、入って来て、日数表の消してあるのを見て
昭一「あれッ」(とガッカリする)
と一枝、千代、芳枝、葉子が入って来る。
昭一「誰だろう」(と皆の方へ)
一枝「そうね、せっかく昭ちゃん毎日消すのを楽しみにしてたのにね」
千代「でもね、大晦日来るの待ってんの、昭ちゃんだけじゃないのよ」
昭一「じゃ、消したの千代姉ちゃん……?」
千代「ウウン、私、消さないわ」
昭一「じゃ、芳枝姉ちゃん」
芳枝「いいえ」
昭一「じゃ、おばさんかい」
トラ(一寸てれた様に)「いいえ、私、知らないけど……でもね、許してあげなさいね、皆、毎日々々大晦日を待ってるんだから……」
とシンミリする。

**六四 炭坑。**
安全灯をつけた鶴さんが坑口からトロを押して出て来る。

泥まみれの顔が汗に輝いている。

六五　油田。

大空に高くそびえる石油採掘の櫓。
その下にドッシリと石油タンクが並んでいる。
美しい山間の風景の中で人々が忙しく逞しく働いている。
その中に稗田も元気一パイに活躍している。

六六　造船所。

細かく組立てられた足場に囲まれた巨大な船体、蟻の様に見える大勢の人達が取ついて必死になって、船の完成を急いでいる。
時々例の癖を出して、市川も真剣に働いている。

六七　航空機工場。

工場のそこここに戦闘機の組立が進められている。
物凄い騒音。発動機の取付けに夢中の白崎。

六八　別の航空機工場。

巨大な爆撃機。大勢が完成した爆撃機を外に引き出している。
大きな翼の下に照井が嬉しそうに微笑しながら手伝っている。
――ダブル――

六九　日数表。

十二月十日まで消してある。ダブッて――
三十日も消えて、今日は大晦日。

七〇　道。

昭一が歌いながら歩いて行く。
昭一「年の始めの目出度さを……」

七一　駅の改札口。

昭一、やって来る。
芳枝「あら、昭ちゃんどうしたの？」
昭一「今日は大晦日だろう？」

芳枝「あの人達を迎えに来たの？」
昭一「うん」
芳枝「まだ早いわよ、だってまだ夜になってないでしょう？　お帰りなさい、こんなとこィ立ってたら風邪ひくわよ」
昭一「姉ちゃんはいいいな」
芳枝「どうして……？」
昭一「皆なの顔が一番先に見られるじゃないか」
芳枝「そうよ、丁度私が番のときなら……それが私の特権だわ」

**七二　座敷。**

オトラ婆さんが安本老人に灸を据えている。
トラ「……お爺さんは今夜、誰が一番先に帰って来るか知ってる？」
安本「…………」
トラ「きまってるじゃないの、あの人ですよ」
急にうふふと笑って
トラ「皆んなね、あたしが誰の帰りを待ってるのか知らないんですよ、お爺さんだけに教えたげよか、実はね、あたしの待ってるのは、あの写真の中にはいない人なんですよ、あんただけよ、こんな事言うのは」
安本「じゃ、誰にも黙っていよう」
と突然口を利く。
トラ（驚いて）「まァ、嫌だ、聴える時もあるのね」
と言ったが、急に起ち上り
トラ「あ、こんな事してられない、お爺さん、そろそろ帰って頂戴！　今日は忙しいんですから」
とそこらを掃除し始めた所へ、葉子が帰って来て
葉子「あの、私が致しますわ」

**七三　町の一角。**

千代が昭一と手をつないで帰って来る。

**七四　座敷。**

葉子が食卓に布をかけている。千代と昭一が帰って来て

千代「皆さん、まだ？」
葉子「ええ」
千代「いい匂い」
　と台所の方へ行って
千代「お婆さん、もうお雑煮炊いてるの？」
トラ「今から、いい味をつけとかなくっちゃ、料理にかけちゃうるさいのが一人帰って来ますからね」
千代（笑いながら）「私もお手伝いするわ」
トラ「だから、ここはあたしに任せてよ？」
千代「そうね……今日はおばあさんの腕の見せ所ね」
トラ「うふふ……」（嬉しそうに笑う）
千代「おばさん、あたし、帰り途でお花買って来ようと思ったんだけど、まあだ……」
トラ「あ、そう、そう」
千代「じゃ、行って来ますわ」

**七五　町の一角。**

　千代が歩いている。市川が遠くから

市川「里村さーん！」
千代「あ、市川さん！」
　と駈けよって
千代「お久し振り……」
市川「小隊長、元気ですか？」
千代「ええ、とても」
市川「そりゃよかった、あなたも元気ですね」

**七六　座敷。**

　市川、昭一の両肩を抱いて
市川「どうだ、嘘じゃなかったろう、約束通り帰って来たぞ……大きくなったな、照井や白崎や、稗田は、まだ？」
昭一「うん」
市川「遅いな、何をしてやがるんだろう……あんちゃんはどこへ行った？　いないね」
トラ「炭坑へ働きに行きましたので」
市川「え、あんちゃんも……そうでしたか、じゃ小隊長はあなた方が……」

と気づいて、オトラ婆さん、葉子、後から這入って来た千代に頭を下げる。
市川「小隊長がお世話になりまして……」
千代「あら、いいえ」
葉子「こちらこそ御厄介に……」
トラ「子供の世話は、あなた女の務めですよ」
（勝手の方へ行く）
葉子、行きかける。玄関から照井が這入って来る。声をかけようとすると、照井、一同に黙ってという仕科（しぐさ）——
昭一のうしろに廻って目隠しをする。
市川（笑って）「誰れだか分るか？」
昭一「……分った」
市川「誰れだ？」
昭一「照井さん」
照井「どうして分った？」
昭一「シャボン臭いから……」
一同笑う。
市川「君は俺を撲り返す権利があるぞ！」
照井「白崎もそんな事を言っとったが、白崎は偶然同じ電車でね」
市川「成程、で、どうした白崎は？」
照井「改札口迄は一緒だったが、奴さん改札口でぐずぐずしてやがるんで、僕は先に帰って来たんだ」

**七七　改札口。**

白崎と芳枝、話している。

**七八　台所。**

トラ、千代、葉子が雑煮を炊いたり、箸紙に箸を入れたりしている。
千代「新野さん、箸紙に名前を書かなくっちゃ」
葉子「あ、そうだったわ、硯、私とって参りますわ」

**七九　二階の部屋。**

彼女達の部屋。葉子、襖をあける。
葉子「あッ！」

部屋の隅で稗田が居眠っているのである。
稗田（むっくり起きて）「ああ、よく眠った、みんな揃ってますか？」
葉子「はァ」
稗田「じゃ、顔を出すかな、あんまり早く帰り過ぎて、オトラ婆さんしかいなかったようだから、こっそり上って一眠りしてたんですよ」
葉子（改って）「お帰りなさいませ」
稗田「やァ！　先生どうしました」
葉子「新京へ参りました、あちらの大学に招聘されまして……」
稗田「そうですか、あなたはどうしていますか？」
葉子「はい、代用教員をしていますの」
稗田「そうですか、そりゃよかったですね、後でお父さんの住所、教えて下さい」
葉子「はい」
二人、下へ降りて行こうとするが、葉子思い切った様に呼びかける。
葉子「稗田さん」
稗田「はァ」
手函の中から扇子を出して来て
葉子「稗田さん、あなたは父に字をお頼みになった事がありますでしょうか？」
稗田「ええ、書いて置いて下すったんですか」
葉子「はい、これお渡しする様にって……」
稗田（受取って）「有難う」
葉子（感動して）「やっぱりそうでしたわ」（涙ぐむ）
稗田「どうしたんです？」
葉子「あたくし、屹度稗田さんに違いないと思ってましたし……稗田さんであって下さればいいと念じて居りましたの」

## 八〇　座敷。

お盆の上に名前を書いた箸紙が十一人分並んでいる。
それをトラがお膳の上に並べている。
お勝手から千代、出て来る。
トラ「ね、千代さん、あなたは誰方の前？」

千代「知らない（箸をとって）おばさんは鶴さんの前……」
と箸を鶴吉の前に置く。トラ、てれる。
トラ「あなたのですよ……」
千代「知らない」（行ってしまう）
トラもその儘にして行ってしまう。
そこへ芳枝、這入って来て箸をそれぞれ並べて去る。
また来て一枝、残っている箸を並べる。
市川の前に千代。
稗田の前に葉子。
照井の前に一枝。
白崎の前に芳枝。
市川、白崎、這入って来てそれを見る。
市川「あ、支度出来てるな（箸紙を見て）なんだこんな並べかた……」
白崎「誰れが並べたんだ？」
そこへ這入って来たオトラ婆さん。
トラ「いけませんか？」
市川「いや、よろしい」
白崎「いや、よろしい」
照井「あんちゃん、遅いなァ」
白崎「あんちゃん、遅いなァ」
稗田「心配するな、元旦までまだ三分ある、婆さん、やきもきしてるぜ」

## 八一　台所。

トラ「あんちゃんはきっと帰って来ないわ」

千代（這入ってくる）「そんなことないわよ、江戸ッ子だもん、約束は守ると思うわ」

トラ「あたしの顔を見るくらいなら、約束ぐらい破ってもいいと思ってますよきっと」

葉子「きっと帰って来ますわ」

時計鳴りはじめる。オトラ、ハッとする。

トラ（がっかりして）「あんちゃんに賞められようと思って、いい味をつけたのに……」

雑煮のことである。

**八二　座敷。**

時計鳴っている。

稗田「腹が空った、雑煮にするか」

この時、玄関で声がする。

声「御免下さい、電報ですよ」

市川「当番は誰だ？」

照井「俺だ！」

玄関へ行く。

**八三　玄関。**

照井、出て来る。一枝が立っている。

一枝「あらッ！」

照井「やあ」

一枝「電報です」

照井「有難う」

受取って、はいりかけるが再び出て来て

照井「いつか、自転車のこと言いましたが、取り消します」

一枝、外へ出て引きかえし

一枝「一廻りしてすぐ帰りますわ」

**八四　町の一角。**

一枝、自転車に乗って行く。

**八五　座敷。**

照井（電報を読み上げる）「ゾウサンノタメ、ショウガツノヤスミヘンジョウ、カエラヌ、アンチャン！」（増産の為正月の休み返上、帰らぬあんちゃん）

一同、はっとする。

稗田「宛名は誰だ」

照井「松井トラ」

白崎「松井トラ」

オトラ出て来る。

トラ「えっ？　あんちゃんがあたしに……？」

電報を受取る、そして部屋を出て行く。

稗田「こっそり一人で読みたいんだろう？」

照井（呟くように）「正月の休み返上、帰らぬ」

白崎「正月の休み返上帰らぬ……か」
市川「…………」（考え込んでいる）
千代と葉子、芳枝、雑煮を運んで来て、食卓に並べている。
声「ただいま！」
と、一枝入って来る。一同顔を上げて又考え込む。
照井「一枝さんも、こんな遅くまで働いている」
一枝「遅くなってすいません、お待ちになってたの？」
白崎「ええ、まあ」（と周囲を見る）
一枝「みなさんどうなさったんですの？」
三人まだ考えている。白崎も考え込む。

**八六　オトラの部屋。**

旅立の姿でオトラが出て来る。

**八七　座敷。**

オトラ婆さんが入って来て
稗田「婆さん、どうしたんだい」
昭一「どっかへいくの？」
トラ「うん、あんちゃんとこへ、あんちゃんは、ちゃんとあたし宛に電報くれた、あたしゃ毛嫌いされてるわけじゃないんだよ」
稗田「え、じゃ押掛けるのかい？」
トラ「あんちゃんは炭坑で正月も休まずに働いている、あたしもあんちゃんと一緒に働くよ、選炭婦ってのあるらしい……善は急げだ、皆さん小隊長さんを頼みましたよ」
一枝「ええ、御心配なく」
芳枝「大丈夫、ね、葉子さん、四人でしっかり見てますわ」
トラ「さ、これで安心した」
出て行きかけるのを、市川呼びとめて
市川「婆さん、一寸待ってくれ、俺も行く」
一同、驚く。
市川「おい皆、俺達直ぐ職場へ帰ろうじゃないか、あんちゃんでさえちゃんと電報一本でことを済ましてるんだ、それを俺達帰還軍人が無理に休暇をとって帰っているなんて法はないよ、職場じゃ元旦でも仕事してるんだ、あんちゃんもやってるんだ」
照井「そうだ、帰ろう」
白崎「そうだ、帰ろう」
稗田「そうと決まれば、雑煮という事にしたらどうだ」
市川「よし！」
　碗を千代に差出す。
千代「はいッ！」
葉子「あの、お婆さんもお坐りになったら……？」
トラ（坐って）「皆さん、お目出度う」
一同（小隊長に）「お目出度う！」

八八　駅へ行く道。

　小隊長を中心に市川千代、照井一枝、白崎芳枝、稗田葉子が、仲よく元気に前進する。
　オトラが追いついてフウフウ云っている。
　明るく、朗かな行進だ。
　後から大声で――
声「なァ！　御婚礼の写真は、是非わしになァ！　頼みまっせ」
　一同、振り向くと古川が手を振っている。
古川「待ってまっせ！　お近い内に……」
　一同、笑いながら手を振る。
　元気な一団が、だんだん遠くなる。

（終り）

# 表彰



夫の伊三郎がもう七年も前から鳥取に妾を囲っていて、二人の子供さえ出来ている由、筋向いの古着屋の御寮ンさんから聴かされた時、お島は顔色を変えて駭いた。

はじめは嘘かと思ってもみたが、しかし伊三郎は二十年ばかり前の新婚当座にも一度妾を置いたことがある。

お島は十八で嫁に来た。色白の少し愁いの効く顔立ちだが、ちょっと真似手がないくらい愛相がよいので、かえって派手な愛嬌が浮き立って、近所の評判娘だったのを、伊三郎が見染めたのである。料理屋の娘だということも伊三郎の好みにかなっていた。おまけにお島の両親は阿呆なくらいお人善しである。ことに父親の春吉は仏とよばれて、しかしそのため年中貧乏していた。

高津表門筋の浜春といえば、富田林の田舎まで知られた老舗で、料理も気の毒なほど安く、自然誰の眼にも随分と繁昌していたから、高利貸が毎日来ているらしいのが不思議であった。しかし、奉公人どもは主人の春吉が読み書きの出来ぬのをいいことに、売上げの金はごまかさねば損のように思っていたのである。それほど春吉は人がよかったのだ。だから他人の証文に印をかして、借金を背負わされることなど、一向に珍らしくなかった。おまけに春吉は、それほど貧乏しておれば少しは意地汚なく金儲けに掛っても良さそうなものだのに口銭よりは客の来てくれる方が大事らしく、安くすればこそ客も来てくれるのだと、五円に仕入れたものを五円に売るのであった。

自然はやればはやるだけ損をしていく勘定になったのだが、それでも商売きちがいの春吉は三百六十五日一日も店を休まず、よほど忙しい時は娘のお島に学校を休ませて、店の用事を手伝わせた。

お島は長女だったから、学校に上らぬ前から妹や弟の守をさせられて、小学校へ通うのに一番下の妹を背負って行ったこともあったが、三年生になると、もう殆ど学校へは顔を見せずに料理場で働いていた。そんなお島を春吉は眼に入れても痛くないらしく、だからそんなに休ませてはと学校から注意が来たりすると、痩せぎすのノッポの体が急に縮まっておろおろするのだったが、しかし冠婚葬祭の注文料理で人手の尠い家中がキリキリ舞いすれば、もう仏が鬼になって、お島をこき使った。それほどお島は役に立ったのである。お島は生れつき左ぎっちょで、料理をさせてみても器用だし、小柄ゆえ廻りも早く、右の肩を下げてチョコチョコ働いた。

愛相もよい。お島は父親似の痩せぎすであったが、左の腕や手首など、十四五の時にはもう大人のようにむっちり太かった。

それだけに、春吉はお島を手離すのが惜しく、伊三郎から縁話のあった時にも、親の口からほめるのはおかしいが、お島は孝行な奴で、学校は欠席ばかししていたのに校長先生から模範生だとほめられたこともある。また、忙しい時は跣足になってかけずり廻って巡査に注意を受けたことは何度もあったが、警察では孝行だというので表彰してくれたくらい、親にとってはこんなに役に立つ娘もめずらしい、だから、もう暫く手元に置かせてくれと頼んだのだったが、けれど、当の伊三郎より伊三郎の長兄で伊三郎には親代りの直助夫婦の方が、お島に惚れこんでしまっていた。鉄物屋の直助は自分一代でたたき上げて来たという苦労人で、まァ春さん、一杯いこうと注ぎながら、大きく笑うその赤い笑い方を春吉は頼もしく思った。

それに仲人の木村は春吉の店には大事な客だったから、何よりも客が大切の春吉はころりと脆かった。が、何はともあれ春吉の肚をきめさせたのは、伊三郎がもと魚問屋の息子で今も板場（料理人）をしており、春吉の婿となれば忙しい時に来てお島と二人で手伝ってもよいという条件だった。

しかし、伊三郎が浜春の店を手伝ったのは二年足らずであった。伊三郎は間もなく、直助の手引きで、ささやかな鉄物屋をはじめたのだ。

一ぺんに二人の働き手をとられてしまった春吉は、さすがにがっかりしたが、けれど伊三郎はんはえらい堅い商売をはじめたそうやないかと客にいわれると、なんし旦さん太い兄はんがついてくれてまっさかいなアとニコニコして、婿の出世をソワソワ夢みた。お島は毎朝御蔵跡の家を出ると、源聖寺坂を登って北山町の直助の店へ行き、倉庫の中で古電球の口金を割ったり、電灯線の看貫を手伝ったり、銅線の被覆を焼く手伝いをしたり、日がな一日真黒になって働いた。子供の頃から働くこととペコペコ人に頭を下げることよりほかに何一つ教えられなかったお島は、年中よいとまけの女のような身なりをして、白粉もつけず、折角の器量を台なしにしていた。伊三郎は時々お島に言って丸髷を結わせたが、昼間の疲れで寝像のわるくなるお島は翌る朝にはもう髪をつぶしていた。歯軋りもきつかった。

伊三郎はだんだんに家を明けだした。二日も三日も帰って来ないので、お島は一晩中表の跫音に耳を澄ませていると、朝になって突然伊三郎から使いが来て、松島の廓へ金を持って迎えに来いというのである。お島は大急ぎで自分のものを一反風呂敷に包んで質屋へ走り、やっと金をつくって持って行くと、伊三郎は来ようが遅いといって、妓のいる前でお島を撲ったりした。伊三郎は人はよかったが、気が短かく、見栄を張る癖も少しはあった。

春吉は黒門市場へ買出しに行くついでに時々御蔵跡まで足を伸ばして、お島の家を覗きに来た。紺の股引をはいたノッポの体を曲げながらはいって来る春吉の顔は、いつみてもニコニコしていたが、それだけに、お島は伊三郎に撲られた跡を青くにじませている顔を父親に見せるのが辛く、二階から落ちたのだと言ったり、また伊三郎の留守を商用で旅をしているのだと言いつくろったりした。春吉はそうか、兄も旅するくらいの商人になってくれたのかと、うれしそうに帰って行くのだった。

ある冬の朝、そんな父親のうしろ姿がめっきり老い込んでいるのに気づくと、お島は急に伊三郎を呼び戻しに行く決心がついて、家を出た。伊三郎はもう四日も帰っていなかったのである。松島、新町、飛田と、心当りのお茶屋をお島はたずねまわったが、どこにも見当らずに日が暮れた。探しあぐんで千日前へ行き、易者にみてもらうと、探し人は死んではいない、きっと大阪にいる、西を探せ、と二円もとられた。

お島は築港行の電車が通っている暗い夜道を、西へ西へとトボトボ川風に吹かれて歩いて行った。桜川二丁目の交叉点まで来ると、南の方から提灯をつけた荷車が来た。ふと見ると、見覚えのある蒲団が水屋の上に積んである。三月ほど前知らぬ間になくなっていて、大さわぎした蒲団だ。お島ははっと思って、大正橋の方へ折れて行くその荷車のあとをつけた。荷車は大正橋を渡り、境川まで来ると、南へ折れてやがて市岡の新開地のごみごみした横丁のはいり小口の家の前で停った。

お島はひきつった顔をして、何度もその前を往ったり来たりしていると、家の中から聴き覚えのある伊三郎の疳高い声と女の笑い声が聴えて来た。伊三郎は昔寿司屋に奉公していた時、注文の電話を聴き違えるので商売の邪魔だと暇を出されたこともあったくらい耳が遠く、そのせいか声は人の何倍も大きかったのである。

女の笑い声は伊三郎が馴染んでいた廓の妓(おんな)らしかった。それを伊三郎は大分前からうけ出してどこかの二階にでも囲って置いたのであろう。そしてこんど市岡に新しく家を借りて、そこへ妓の母親かなんど(ママ)と一緒に住まわせることにした。今日は丁度その引越しの日にちがいないと、お島は咄嗟の想像をめぐらしたが、しかしお島はその家の中へ飛びこんで行くには余りに弱い気性を、父親から享けていた。

お島はすごすごと引きかえして、北山町の直助の家の表戸を、そっと敲いた。

翌る日、直助は伊三郎を呼びつけて、貴様は俺の顔にドロをぬる気か、俺は春さんに会わす顔がなくなった。そう言って伊三郎もあたっていた瀬戸火鉢を摑むと、いきなり伊三郎に投げつけた。

伊三郎は兄(に)やん、堪忍(かに)してくれと真っ蒼になって叫びながら飛び出し、その足で妾と別れに市岡へかけつけた。春吉はその話をきいて、お島を連れ戻そうとしたが、しかし、さすがにそうも出来なかったのは、出戻り娘がいては浜春の暖簾に疵がつくと思ったのと、もともと気が弱かったからであろう。

その時お島は二十(はたち)、伊三郎は二十九であった。

間もなく正月が来ると、伊三郎は「三十歳から禁酒する」と書初めして、その紙を天井に貼りつけ、毎晩その下で寝た。伊三郎は楷書の字が巧かった。ところが、そんな決心は半年もつづかず、やがてまた道楽をはじめた。春吉は心配して、お島に子供が出来れば伊三郎の道楽もやむだろうと思ったのが、ちょうど店へ出る客から、親戚の阿呆息子が女中にうませて困っている子があるんだが、どこぞで貰ってくれないかと頼まれていたのを倖い、まるで猫の子を貰うようにその子を貰って伊三郎の家へ連れて来た。

伊三郎は駭いたが、しかしもともと伊三郎も人は善かったから、頼まれればいやと言えず、貰うことにした。男の子で松太郎といった。ところがその子は月足らずの弱い子で、一日中糞を垂れつづけたり、夜泣きをしたり、ひきつけたり、お島の手に余った。それに、その子の世話にかまけていると、伊三郎の商売が手伝えない。それ故お島の母親がもうかなり弱っている体をむりに使って、松太郎の世話をしたが、松太郎がハシカに罹って死にかけた時など一睡もしないほど孫を可愛がったので、その疲れが出たのであろう。水の引くようにみるみる痩せ衰えて、やがて死んだ。すると春吉も女房に死なれてがっくりしたのか、急に弱りだして、二年のちにはもう女房のあとを追うた。

死ぬ三日前、春吉はさすがに虫が知らせたのか、親戚まわりをしたそうである。ついぞ顔を見せたこともない直助の家へも、自分で料理した肴を持って、ニコニコやって来ると、何となく直助を相手にいつまでも飲んでいた。忙しい直助も春さん老けたなアと言いながら相手になってやった。

春吉は持って来た料理はくわず、お新香(しんこ)を一切(きれ)もらって、それを砂糖きびをしゃぶるようにベチャクチャとしゃぶりながら、松太郎の奴は死んだ婆さんが身代りに立って命を助けたったようなもんや、それだけにわいは松の奴が可愛うてならん、兄(にい)はん、伊三はんは道楽したしお島の奴も冷えこみで、めったに子供は出来そうにないが、万が一出来ることがあっても、松の奴を跡取りにしたっとくなはれと、くどくど千度(せんど)頼むように言って、そしてヨロヨロと帰って行くと、そのまま臥ついてしまったということである。

　お島はこの話を直助のつれあいから聴いたので、その後一寸した病気で掛った医者から、あんたは手術をすれば子供が出来るぜと言われた時も、べつに自分の子はほしいと思わなかった。もっとも手術も怖かった。そして、四十歳の今日までお島は石女(うまずめ)で通して来たのだったが、それだけに夫の伊三郎が二人も隠し子をこしらえているという古着屋の御寮ンさんの話は、お島を後悔させた。おまけにそれほど思って来た松太郎は、十八の今日では手のつけられぬ不良になってしまっているのである。

　わずかに夫の隠し子が二人とも女だということでお島は自分を慰めたが、しかし間もなく伊三郎が寝物語に白状したのによると、近々にまた一人生れるらしく、こんどはどうやら男の子と思うから、せめてその子の籍を入れることだけはお前も承知してくれと伊三郎は言うのである。伊三郎はもう四十九の厄年であった。お島はそれでは松太郎がかわいそうだと、思わず枕から顔をはなしたが、しかし伊三郎から俺も松太郎があんな風でなかったら、何も妾の子まで入籍しようと思わぬのだがと言われるともうお島は弱い女だった。それというのも、松太郎が不良に育ったのはお島の罪だと言われてもかえす言葉のない弱みが、お島にあったからであろう。

松太郎がぐれだしたのは、勿論自分が貰い子だと判ったひがみからであった。ひがみは九つの時からはじまったが、丁度その頃一家は御蔵跡より河原町の方へ移って、千日前や道頓堀の盛り場が近くなった。河原町の店は電話が二階と階下(した)にあり、伊三郎ももう一かどの鉄物商であった。金廻りもよかった。

貧乏な家に生れて買いぐいの味すら知らなかったお島は、松太郎にはどんな贅沢も許した。ひがますまいという気持もあったし、また貰い子だからけちにするのだろうと、近所の人に言われたくない気持もいくらかあった。けれどそんなに甘やかしてはかえっていけないと、やっとお島が気がついた時は、もう松太郎は貰い子の自分の要求がどこまで通るか試してみるような子供になっていた。伊三郎は小学校の成績のわるかった松太郎が私立の商業学校を受けて何の間違いか合格した時など、こいつは度胸がええから通りくさったのやと上機嫌で、家庭教師をつけたりするくらいだったが、しかし翌年松太郎が進級試験に落第すると、にわかに冷淡な父親だった。しかし、そうは言っても、さすがに松太郎を工業学校へ転校させる時には、この父親は随分人に頭を下げて廻った。が、転校して三月目にはもう学校から無断欠席が多すぎるという注意が来た。口頭ではなく郵便で、校長の印が押してあったから、かねがね印のついた書類というものに畏敬の念を抱いている伊三郎は「書いたもん」が来るようになったらもうあかんと言って大騒ぎし、お島に八つ当った。そして、松太郎にもう口も利かなかった。近所の体裁もわるいと伊三郎は無邪気なくらい見栄坊であった。しかしお島は昔伊三郎が闘犬に凝って土佐犬を飼うたが、その犬が負けるともう犬のイの字も言わなくなったことなど想い出して、松太郎が不憫らしかった。ことに松太郎のことで夫婦いさかいのあった時など、可哀想でたまらぬという風であったが、しかしまた、お前のおかげでわてはお父さんに撲られるのやと、いきなり松太郎を突き飛ばして伊三郎の方でかえって停めることもあった。かと思うと、すぐ可哀想になって、一緒に泣きながら、悪いことに使いなやと金をやったり、夜食をはこんでやったり、はこびながらよその子は夜食みたいな贅沢なもん食べてへんぜと叱ったり、時と場合でぐるぐる変るお島の行き当りばったりの愛情はさすがに永年つれそうて来た伊三郎の気性がふと乗り移ったかのようであった。松太郎は自分のことで叱られている母親を見ると、ふと後悔する前にまず母親から金をせびるのには、家の物を持ち出しそうな素振りを見せるのが一番かしこい方法だと悟るのであった。果してお島はそんなことをされて伊三郎にわめかれるのが怖さに、泣く泣くせびられてしまった。そして、そのつどお島はこれではかえって松太郎を悪くするようなものだと思わぬこともなかったが、やはり気弱く負けてしまい、いわば一時押えの気休め薬で、かえって病をこじらしているようなものであった。一つには商売が忙しいのと、伊三郎の客好きのために年中キリキリ舞いしているお島には、じっくり松太郎にかまけている余裕などなく、結局その場かぎりのごまかしで捌くより外に仕方がなかったのかも知れない。だから松太郎の借金の尻ぬぐいのためには、あわてて質屋へもかけ出した。そんな時お島はいっそ松太郎が憎くて憎くて、ぼうっとしてしまうくらいだった。

ところが、伊三郎の妾に男の子が生れそうだと聴いてからのお島は、たとえ一刻(とき)でも松太郎を憎く思ったことがにわかに済まなくなるのだった。家におれば伊三郎に呶鳴り散らされるのが怖くて、日がな一日飛び歩いている松太郎がただもう不憫でたまらず、あんなに遊び廻っているのもかえって辛かろう、だいいち朝早くから飛び出して遊ぶ所があるのだろうか、天王寺公園のベンチの上でルンペンのように居眠りしながら盛り場の開くのを待っているのではなかろうかなどと思い、腹を減らした松太郎が夜おそくコソコソと帰って来る時など、ひたすら松太郎をかばうのだった。松太郎はそんなお島を女中のように叱り飛ばしたが、お島はそれでも松太郎が可愛かった。

その可愛がり方ははた眼にもふといやらしいくらいで、女中など伊三郎に同情した。江州の彦根から来ている欲深い女中は、はじめのうちはお島がいろんなものを買ってやるのでお島についていたが、やがてお島が松太郎に絞り取られてしまって、もう自分には大したものも買うてくれないと判ると、こんどは伊三郎に取り入り、あることないことを告げた。見栄坊で気前の良い伊三郎は鳥取の妾へ出す手紙の代筆もしてくれるその女中に、鏡台やタンスを買うてやった。女中はお嬢さんのような身なりをして、パーマネントウェーヴを掛け、毎晩按摩を取り、伊三郎がいない時はお島が呼んでも返辞もしなかった。けれどもお島は伊三郎に内緒で松太郎に金をやったり借金の尻拭いをしていることを告げ口されるのが怖さに、きつい言葉も言えなかった。女中は公然と近所遊びをして、松太郎が不良になったのは奥さんのせいだ、その証拠に昨日も……と、チャラチャラ触れ歩くのであった。

するとと、世間はいつか女中の眼でお島を見るようになったが、見ればうなずけぬ節もないではない。お島は娘の頃は表彰されるくらい親孝行だし、嫁に来てからも伊三郎の今日あるはお島の内助のせいだと誰の眼にも判ったし、愛相はよく腰は低く、悲しいほど気もつき、お島あっての伊三郎だったから、伊三郎ですら酔えば、日本一の女房やと言っていたくらい、お島のことを悪く言う者はこれまで一人もなかったのである。それだけにお島はそんな世間の眼を感ずると一層体が縮まったが、けれどそうなればもうお島にとっては、以前にもまして松太郎をかばうことが自分をかばうことであった。いわばお島は松太郎を悪くしたのは自分だと、わざわざ言いふらしているようなものであった。そして自分でも何か諦めてしまった。行き当りばったりの愛情が松太郎の良心を眼覚ましてくれるだろうというはかない望みも、もう手おくれかも知れなかった。

伊三郎は鳥取にも店があるので、時々そこへ出張していたが、鳥取へ行けば妾の家に泊っているのだとお島は思いながらも、北山町の直助へ訴えに行けなかったのは、やはり松太郎のことの弱みがあるからだった。直助の長男は松太郎と同い歳だったが、ちゃんと上級学校へはいり成績もよかった。お島は伊三郎の留守中ごはんも喉へ通らず、何思ったのかしょんぼりと写真をうつしに行って、出来て来た引伸し写真を二人の妹たちへ一枚ずつ送った。九州の大分へ嫁いでいた一番上の妹は、写真を見ると、あ、姉さんは死ぬかも知れないと、びっくりして大阪へ飛んで来た。そして写真よりももっと険しくやつれているお島を見ると、もうこの姉は夫婦別れをするよりほかに仕方がないと思って、ひそかにお島を引き取る肚を決めるのだったが、ちょうどそこへ伊三郎が鳥取から戻って来ると、お島は妹が照れくさくなるくらい夫婦の甘い所を見せた。妹は、あんたも心を鬼にして少しは松太郎にきつく当る方がいいのではないかと、忠告するよりほかに言いようがなかった。

しかし、お島はその言葉をきくと、あんたまでが松太郎の悪いのをわてのせいにするのかと、喰って掛り、半日も口を利かなかった。お島は妹に金を借りて、松太郎の借金の尻拭いをしようと考えていたのである。が、それを言い出しかねてモジモジしていた姉の姿は、呆れて帰る船の中で、しきりに妹の瞼に浮んだ。

だから、妹は間もなく鳥取に大地震が起って沢山の死人が出たことを知ると、伊三郎がお島に隠れてこっそり夕刊の地震の記事を読んでいる姿や、伊三郎に頼まれた鳥取への電話が通じないのでヤキモキしている女中の姿といっしょに、お島の顔を想い浮べた。ところが、あとできけば、妾の家はたすかったらしく、その代りやがて生れた子供は女の子であった。それで妾の子の入籍問題も当分沙汰やみになったが、しかしその年の暮れにお島から手紙が来て、伊三郎は一番上の五つになる娘を鳥取から大阪へ連れて来た。正月を一緒に過すつもりらしい。古着屋の御寮ンさんは亭主が保険の代理店をしているので、図々しくその娘の保険を頼みに来たが、今になって考えてみると、親切に妾のことを知らせてくれたのも、あれは伊三郎とぐるになって、否応なしにお島を納得させるつもりだったのかも知れない。その証拠に伊三郎はその店から鳥取の妾の着物や赤ん坊の産衣を送らせていたらしい……などとあった。妹はその手紙を読むと、お島がその御寮ンさんはじめ近所の手前でも、一生懸命に妾の子の面倒を見ているのだろうと想像したが、果してその通りであった。

お島はその子の欲しがるものは何でも買ってやり、風呂にも入れてやり、料理屋でも食べられぬような美味いものを作って食べさせた。料理店の娘だけあってお島の料理の腕は口喧しい伊三郎さえ買っているくらいだったから、お島はその子が鳥取へ帰って大阪の家で食えぬような美味いものを食った報告して貰いたさに、その五つの子供相手に懸命の庖丁をふるったのだ。ところがその子はませているのか、鳥取では毎日ドーナツを食べているという。

お島にはドーナツなどというハイカラな菓子は作れない。お島は女学校へ行っている近所の娘に頼んで、ドーナツの作り方を習い、夜おそくまで掛って作り、寝ている子を起して十個も食べさせた。子供は食べすぎて病気になった。

伊三郎はお島を叱り飛ばし、お前のような育て方ではこの子が悪くなると、鳥取へ連れて帰った。

松太郎のように不良に育てられると困るからという伊三郎の言い方は、お島にはつんと応えて、もう自分は松太郎と一緒にこの家を出て、のたれ死にするよりほかに道がないと思った。

その妾の子が来てから松太郎の行状は、さすがのお島もどきんとするくらいであり、伊三郎は松太郎の籍を抜くためにひそかに弁護士に相談しているらしいのだ。それだのにお前はまだ改心してくれぬのかと、お島は伊三郎の留守中、毎夜松太郎をかい口説いて大声あげて泣いた。女中はその声が喧しくて眠れぬと、朝は十時まで起きなかった。しかし、間もなく徴用制度が出来たので、お島は松太郎が徴用にとられれば、品行も収まるだろうとそれをあてにした。ところが、松太郎は徴用のがれに警防団にはいり、おまけに団の方は怠けて、毎夜近所の喫茶店で、とぐろを巻いた。

ある夜、松太郎の行きつけの喫茶バー「南一番」の向いのカズラ屋が炬燵の火から火事を起こした。

折柄「南一番」で新調のロイド眼鏡を女共に見せびらかせていた松太郎は、直ぐ駈けつけてバケツの水をかけた。消防や警防団員が来た時には、もう火は収まっていた。松太郎は一番乗りの団員として消火に努めたのは、日頃から団員の本分を忘れなかった所以であるという意味の感謝状を貰った。伊三郎は伊三郎にとってのその所謂「書いたもん」を何度も手にとっては眺めて、はじめて松太郎に優しい言葉を掛けると、松太郎はもともと心の寂しい子供だった。伊三郎は松太郎が消火に夢中になってロイド眼鏡を飛ばしてしまったときくと、近眼のお前が眼鏡なしでよう火が消せたなと笑いながら、お島、松太郎に眼鏡買ってやれといった。松太郎はハラハラと涙をこぼした。

いつもの松太郎は伊三郎に意見をされると、限鏡の隙間からポロポロと芝居掛った涙をこぼすので、かねがね伊三郎はにがにがしかったが、この時は眼鏡を掛けていないだけに見ていて悪い感じはしなかったらしい。

警防団にはいってもしかし松太郎は徴用のがれにならず、感謝状を貰って半月目に徴用された。

その歓送式の日、伊三郎は生れてはじめてこの国民服を着たが、案外似合うとほめられると、ひやかしなはんなと笑いながら、やがて一日中団服を着る警防団員になった。

団服を着た写真はおかしいほど若く写ったので、伊三郎は見せまわり、松太郎のいる名古屋へも送った。

お島はその写真を女中に見せて、片岡千恵蔵に似ているとうっとりした。女中は何かすかされた気持だった。

伊三郎のはいった警防団は土地柄千日前や阪町の一流二流の料理店の主人もはいっていて、伊三郎の所謂「旦那衆」が多く、伊三郎はそんな人たちとの交際につきあいの良いところを見せるためにも、せっせと警防団をつとめた。伊三郎は消防部の平団員だったが、辞令を大事にし、出席簿に印がふえて行くのを子供のように喜んだ。

もともと凝り性だったし、負けず嫌いでもあったので、出席簿に欠の印を押されるのをいやがるという理由もあった。自然旅行もせず、鳥取へも足が遠のいている。お島はそんな伊三郎を見てほっとし、耳の遠い伊三郎に代って警報を聴き取るために夜どおしまんじりと出来ぬ夜もあったが、しかし苦にならなかった。

伊三郎は警報が出るたび警防団本部へ一番乗りをして消防ポンプを引き出さぬと気色が悪いというので、お島は警報は五秒も聴かずに伊三郎を敲き起して、ゲートルを巻く手伝いをした。

ある夜伊三郎が懐中電灯を持って出るのを忘れたので、お島はあとを追って渡しに行くと、伊三郎はその夜も本部の国民学校へ一番乗りらしく、暗がりの倉庫から一人でポンプを引き出そうとして苦心していた。お島は懐中電灯を点して、阿呆、灯りつけたらあかんと伊三郎に叱られながら、ポンプを出す手伝いをして、そして伊三郎がそのポンプを千日前の大阪劇場の前まで引張って行く後押しをしたが、それが習慣になって、お島はそれから毎夜警報が出るたびにポンプの後押しをした。

伊三郎はお島がノロノロしていると暗がりの中で夢中になって、はよせんか、阿呆、はよせんか、お多福、はよせんか、どすべたと怒鳴り続けた。

伊三郎が消防部の副班長に任命された頃お島は警防団から表彰された。表彰式の日お島は名前を呼ばれると、居並ぶ団員の一人一人にペコペコ頭を下げながら団長の前へ出て行ったが、その時列の中で赧くなってかしこまっていた五十歳の伊三郎は、いきなりお島に頭を下げられると、はっと手を挙げて下手糞な敬礼をした。

ところが、その表彰状はそれから十日目に伊三郎の家と一緒に焼けてしまった。焼け出された二人は、鳥取行の汽車に乗った。妾の家に頼って行こうと伊三郎が言いだしたのである。

お島は汽車の中で、東条が阿呆な戦争したばっかしにわてぱ妾の厄介にならんならんと、口走っていたが、やがて疲れ切ってコクリコクリ眠ってしまったお島のやつれ果てた顔を見ると、伊三郎は鳥取まで行く気が変ってしまった。

伊三郎は松太郎の生みの母親の兄が石川県で百姓をしていることを想い出し、どこの駅で乗り換えれば石川へ行けるのかと隣りの座席の人を摑えて、くどくどと遠い耳を傾けた。お島はよだれを流して、かすかな鼾を立てていた。

# 女の橋

## 一

「もしもし、伊吹屋はんのお店だっか」

「へえ……。伊吹屋です。毎度ごひいきに……」

「わて、宗右衛門町の大和屋のお安だ……。毎度おおけに……あのウ……番頭はん、おいでだっしゃろか」

「番頭はんだっか。いやはります」

「えらい済んまへんが、一寸……」

「へえ……。大和屋はんのお安はんだんな」

「へえ、そうだす」

女中は受話機を置くと、キンキンした声で、

「——番頭はん！　大和屋はんのお安はんからえらいええ電話掛ってまっせ！」

わざと冷やかすように呼ぶと、

「阿呆（あほ）いいなはんな。そんなジャラジャラした用事と違うわい。お安さんやったら坊ン坊ンのことで掛って来たんや。よう覚えときなはれ」

寄って来た番頭の藤吉（とうきち）は、そう叱（しか）りつけながら、女中の手から受話機を受け取ると、

「——お待っ遠はん……わて藤吉だす毎度坊ン坊ンが……」

「滅相（めっそう）もない。こっちゃこそ毎度……あの、もしもし……」

「へえ……」

「只今、坊ン坊ンがお越しになりはりましたさかい、一寸……」

「そら、おおけに……。毎度ごきんとうに知らしとくなはって、ご苦労はん……」

電話口でぺこんと律儀（りちぎ）な若はげの頭を下げて、

「——いつもと同じように、お酒は三本までにして、二時間ぐらい遊ばせて帰したげとくなはれ」

「へえ。そないさして貰いま。わてがちゃんと飲みこんでまっさかい、めったなことはして貰えしめへんよって、安心しとくれやす」

「へえ。そらもうあんたに頼んだるさかい、なんぼ坊ン坊ンが遊びに行きはっても、大和屋は

んなら、安心だす。御寮はんも喜んだはりま。大和屋はんは義理固いお茶屋やさかい、安心して遊びに行かせられる、めったなことに身イ持ちくずす気づかいはおまへんいうてナ……。だいいちお安さんみたいなええ仲居はんが眼エ光らしてくれたはるさかい……」

「うまいこと……」

「いや、ほんまだっせ」

「さよか。ほな、わても三本出すとこは二本にして、坊ン坊ンに間違いのないように、鬼婆になって監督しま」

「あはは……。ところで、坊ン坊ン今日は誰呼んだはりまンねン……？」

すると、相手の声は一寸狼狽気味に
「小鈴はんだす」

「何？　小鈴……？」

と、藤吉は眉をひそめて、

「――この頃、小鈴ばっかしだんな。もうちょっとほかの芸者おまへんのンか」

はたで聴いていると、まるで藤吉が遊びに行っているような言い方だった。

「へえ、そら芸子衆はたんといたはりまっけど、どない言うても小鈴はんを呼んでくれと……」

「……坊ン坊ンが言うたはりまンのンか」

「へえ……」

「へえやおまへんぜ。――お安さん！」

と、口調が改まって、

「――わていつも頼んでまっしゃろ。坊ン坊ンが遊びに行きはったら、酒は三本、芸子は同じ芸子を三べんも続けて呼ばんように、よう気イつけとくなはれと」

「へえ、そらよう判ってま。坊ン坊ンに悪い虫がついたらどんならんさかい、お安が藤沢の樟脳の虫よけになってくれて、よう胸に畳んどりまンねン」

「ほな、なんぜ小鈴たらいう芸子呼んだんや」

「わてが呼んだんと違いま。坊ン坊ンがなんぼ言うても、きいてやおまへんねン」

「難儀やなア。――まあ、仕様ない。今日はもう仕様ないさかい、こんどめからよう気イつけとくなはれや」

「へえ。よう気イつけま。――ほな、じゃ帰んで貰いまっさかい……」

「間違いないように、帰しとくなはれや。――おおけに御苦労はんだした」

電話を切ると、藤吉は、

「どうも小鈴たらいう芸者を呼び過ぎる」

と、ひとりごとを呟いた。

## 二

東横堀は船場の内である。

横堀川に斜めに架った筋違橋の東詰を、南へ二丁、川に添うて行くと、伊吹屋という瀬戸物問屋がある。

伊吹屋は瀬戸物町の問屋の中でも最も船場らしい丁稚奉公のきびしい店だったが、藤吉は十二の歳にこの店に奉公して、紺の木綿の厚司に紺の紐の前掛をつけてから、若はげの頭の薄くなった四十三の今日まで、ざっと数えて三十年の間、伊吹屋の丁稚、中番頭、大番頭として暮して来て、いわば船場の古い奉公人気質が皮膚にしみついた男であった。

彼にとって最も大切なものは「お店」であり、いいかえれば伊吹屋の暖簾であった。彼は三十年の半生をこの暖簾に捧げて来たのだが、残る半生もまたこの暖簾に捧げることを少しも悔いないばかりか、むしろそれを自分の使命だと心得、そのために自分の幸福を犠牲にしてもいいと思っていた。いや、それが幸福だと思っているのかも知れない。

殊に永年仕えて来た主人の恭太郎が先年亡くなると、藤吉はもう妻帯の望みも暖簾をわけて貰う望みも捨ててしまって、ひたすら伊吹屋の暖簾を守ることに余生を捧げようと覚悟しているのだった。

それというのも、恭太郎に代って伊吹屋の当主となった若旦那の恭助が、いわゆる総領の甚六でたよりない。お人善しで、世間知らずで、気が弱く、いわば「船場の坊ンち」の見本のような男である。下手に一人歩きさせると伊吹屋の暖簾をつぶしてしまうかも知れない。

そこで、藤吉は恭助には商売に手を出させず、ぼんやり「坊ンチ」風に遊んでもらうのが何より無難だと考えた。――もっとも藤吉にいわれるまでもなく、恭助は当年二十五歳といういわば遊びまわりたい年頃だし、誘惑にも脆(もろ)い道楽息子の素質も少しはあった。

その素質を余り発揮されては暖簾に傷がつくと、藤吉は考えた。そこで藤吉はある日恭助を宗右衛門町の大和屋へ連れて行って、

「坊ン坊ンを頼みます」

恭助はその日から、公然と大和屋で遊べる身分になったが、その代り大和屋以外の茶屋では遊べなくなった。

藤吉の肚(はら)では、どうせ放って置いても放蕩(ほうとう)するだろうし、ことに中年を過ぎてから放蕩の味を覚えられたりしては手がつけられない、だから今のうちに先代の恭太郎の代から出入りしている大和屋へ頼んで、自分の監視の眼の届いたところで遊ばせて置けば、間違いの生ずる率が少くなるだろう、ハシカは子供のうちに罹(かか)って置くものだ――というのであった。で、藤吉は大和屋の女将や、仲居のお安に頼んで、恭助の大和屋での行動の一切を、その都度(つど)電話で報告してもらうことにした。

「坊ン坊ン今お越しになりはりました」

「坊ン坊ンそろそろ帰にはります」

「坊ン坊ンもう一本飲ませてくれ言うてはりまっけど、おつけしても大事おまへんか」

「坊ン坊ン今俥に乗らはりました」

この真綿でしめるような、監督づきの遊ばせ方は、しかし藤吉の創意ではない。実はこれが船場のしきたりの一つなのである。

だから、藤吉は「大船に乗ったような気」になっていたのだ。

ところが、近頃彼は、恭助が小鈴という芸者を呼び過ぎていることに気がついた。おまけに、恭助の大和屋通いも以前にくらべると、目立ってひんぱんになって来ている。

「これはどんならん」

と、藤吉は狼狽した。

一人の芸者に夢中になることは、一番危い遊び方なのだ——と、藤吉もさすがに正当に判断を下した。

何よりもいけないのは、恭助がまだ独身だという点である。

藤吉はまず大和屋のお安に小鈴を遠ざけるように頼む一方、恭助の嫁探しにかけずり廻った。

一番頭としては差出たふるまいといえばいえたが、しかし藤吉は大旦那が亡くなった今日、それが番頭の勤めだとかたく信じて疑わなかった。藤吉のような男にとっては、自分の行動について疑いというようなものは、耳かきですくう程もないのである。何故なら彼は船場のしきたり通り行動しているからだ。

靭のある乾物問屋の長女が内々恭助の嫁にえらばれた。器量はわるいが家柄がしっかりしている。

## 三

話があるといって電話で呼び出して置きながら、小鈴は法善寺の「夫婦善哉」では、

「この頃ちょっとも呼んでくれしめへんな」

と、言ったきり、あとは無口に氷ぜんざいをすすっていた。

が、そこを出て、道頓堀を横切って太左衛門橋まで来ると、小鈴は、

「ちょっと……」

涼んで行きまひょと、恭助の袖を引いて、欄干に凭れた。

青楼の灯を泛べて流れる道頓堀川を暫らく眺めていたが、やがて小鈴はそのままの姿勢で、

「わて、赤子が出来まんねん」

いきなりだが、ぼそんとした声で言った。

「えっ……」

驚いた恭助の咄嗟の頭に、笠屋町の「吹き寄せ」の一室で、はじめて小鈴を抱いた時の小鈴の肢体が生生しく悔恨となって泛んだ。

「――ほんまか」

「うん」

と、恭助の顔を見上げて、恥しそうにうなずいた、耳の附根まで赧い。

それを見ると、単純でお人善しの恭助は、もう頓狂な声で、

「ほな、はよ結婚せないかん。わい、お母ンや番頭に言うて、お前を貰てもらう」

「でも、わて芸者やさかい……。うん言やはるやろか」

「言うも言わんもあるもんか、赤子が出来たら、一緒になるのンあたりまえや」

「ほな、ほんまにわてを貰てくれはる……？」

思わず恭助の手を握り、小鈴は朋輩からきいた秘密の医者へ行かなくてよかったと思った。

「うん」

と、握りかえした。じっとり汗がにじんだ。

「ほな、……」

と、小鈴は恥しそうに、

「わて、今日から手習いしまっさ」

「手習い……？」

「字イ読み書き出来んかったら、あんたのお嫁はんになって恥かかんはんわ」

その日から、小鈴は手習いをはじめた。

小鈴は貧しい家に育ったので、義務教育も殆んど受けぬうちから、オチョボ（芸妓の下地ッ子）に売られ、稽古本の変体仮名はやっと読めたが、新聞一つ読めず、手紙一つ自分では書けなかったのだ。

「七つ八つからいろはを覚え、はの字忘れていろばかり……、わてはその反対や」

彼女の手習いをわらう朋輩に、小鈴はそう言って一緒にわらった。

一月ばかりたつと、小鈴はやっと平仮名だけは書けるようになった。

お腹の子はもう四月だ。目立つので小鈴はお座敷を休んで、畳屋町の路地の中にある屋形に、母親と二人ひっこもって、亀のように無口な母親からお針をならったり、手習いしたり、たまに外出しても高津神社の境内にある安井稲荷へ詣ったりするだけだった。安井稲荷は安井さん（安い産）といい、お産の神であった。

こんな風にして、伊吹屋から良い使の来るのを待っていると、ある日番頭の藤吉がやって来た。

「さアさア、よう来とくなはった。まアお楽にしとくれやす。今一本おつけしまっさかい……」

目出度い話だからと、おかしい程そんなにしてもてなそうとするのを、しかし藤吉はいかにも迷惑らしく、実は縁切りの話を持って来たのだった。

「そらあんまりだす……」

あと続かず、泣き伏してしまうのを情事の経験のない、四十三の独身者の藤吉は、顔の筋肉一つ動かさず見ていた。

「えらい野暮なことおたずねしまっけど、坊ン坊ンはこの別れ話ご承諾のことでっか」

日頃無口な母親が娘に代って、これだけ言った。

「へえ、そらもう……」

恭助は藤吉や母親から、まず小鈴と別れること、靭の乾物問屋の娘を貰うこと、小鈴のお腹の子は引き取って、一応里子にやり、時機を見てから伊吹屋へ連れかえること――という条件を押しつけられると、一応小鈴と相談してからともいえぬくらい気の弱い男だったのだ。靭の乾物問屋の娘の器量の愚さも口の中でブツブツ言うだけで、はっきりいやとはいえなかった。それほど煮え切らぬ男なのだ。

――と、藤吉の話から察すると、もう小鈴の母親はさすがに苦労人で、小鈴を諦めさせるよりほかはないと思った。

「あんな頼りない男はやめときなはれ」

とは、さすがに藤吉の前をはばかって口に出さなかったが、藤吉が、

「では、一つ一筆しるしに書いて貰えまへんやろか」

と、手切金の受取りをかねた証文を書かそうとすると、黙って硯箱を取りに立ったのは、この苦労人の母親だった。

証文を書く時、藤吉には予期せぬ愁嘆場があった。

「せっかく伊吹屋の御寮はんになろう思い手習したのに……。読み書き覚えたのは、こんな証文書かされるためやったンか」

そう言って小鈴は再び泣きくずれたのだ。これは藤吉の勘定にはいっていなかった。

さすがの藤吉も自分の役割のむごさに思い当った。しかし藤吉にとっては暖簾より強いものはない。小鈴の涙もいわば暖簾に腕押しであった。

藤吉は証文をふところに入れると、畳屋町を出た足で、すぐ靭へ廻った。

そして靭の乾物問屋で、

「伊吹屋はなんちゅうても、番頭はんがしっかりしたはりまっさかいな」

と言われ、藤吉は、

「阿呆らしい。わてらまだひよこであきまへんわ」

そう言いながら、世にも幸福な顔をした。

## 四

二十年近くの歳月が流れて、大正十一年の夏が来た。

ある日の午すぎ、大和屋の玄関へ、

「お勝姐ちゃんいやはりまっか」

と、しょんぼりはいって来た四十前後の女があった。

よれよれの単衣に、チビた下駄、髪は油気がなくカサカサと乾いて、顔色も蒼白くすぐれず、全体薄汚れているが、顔の造作はこぢんまりまとまってどこか垢抜けして、昔はさぞやという面影も残っていた。

もう五十近い仲居のお安は、一眼見るなり、

「まア、あんた、小鈴はんやおまへんか」

と、判った。

お安の知らせで、すぐ中から出て来た年増芸者の勝子は、昔の朋輩の小鈴の変り果てた姿を見るなり、もう涙ぐんで、暫く口も利けなかったが、やがて近くの氷屋へ誘って、

「あれからどないしたはってん……？」

と、訊くと、

「あれからテ、赤子うんでから……？」

「うん。わて宮詣りの祝持って行ったわ、もう畳屋町の露地にいてはらへんかったさかい、びっくりした……」

「あんたにだけ知らして行こう思たんやけど……」

その時のことを想いだすように、ふっと遠い視線になって、

「——赤子は取られてしまうし、坊ン坊ンは……」

「坊ン坊ンて、……ああ、あの……」

恭助のことかと勝子は想いだして微笑した。小鈴も寂しく微笑(ほほえ)んで、

「……坊ン坊ンは靱(うつぼ)からお嫁はん貰いおるし、みっとものうて大阪におられへんさかい、到頭夜逃げみたいに畳屋町の露路引っ越して、名古屋イ行きましてん」

「ふーん、名古屋でもやっぱし……」

芸者に出たのかときくと、うなずいて、

「出たことは出たけど、ひかされたり旦那が死んだり、やけを起して逃げたり、……まアいろいろなことがおました。三味線、師匠したり。寄席(よせ)の下座引いたり、到頭おちぶれて、大阪イ戻ってきましてん」

「ふーん。で、今は……」

「鰻谷(うなぎや)の路地で二階借りしてまんねん」

「おばちゃんは……」

母親のことだ。

「死にました。この十月で七年だす」

しょんぼり氷白玉をつついていた。

「ほな、今は一人……？」

「いや……」

と首を振って、ふと赧(あか)くなった。

「ふーん、これは……？」

親指を出して、亭主は何をする男かと、きいてみた。

「………」

すぐには答えなかったが、やがて、

「まア、ぼちぼちやってま」

そうとしか答えられぬ亭主の職業なんだろうと、勝子はみすぼらしい小鈴の身なりを眺めた。

小鈴はしばらく氷白玉をつついていたが、やがて、

「中座(なか)の『娘道成寺』はもう直きでんな」

ぼそんと言った。

勝子ははっとして、

「ああ、あれ……」

外(そ)らそうとした。

中座の「娘道成寺」というのは、花柳流の踊の一門が、月末の中座の一日を借りて、舞踊会を催す、その中にこの春女学校を卒業するのと同時に名取を貰った伊吹屋の長女の雪子の名取

りの披露（ひろう）をかねた「娘道成寺」の踊りもはいっていた。それをさすがに小鈴はどこかで聴いて来たのであろう。雪子は小鈴が恭助にうまされた子である。生まれるなりすぐ手離したというものの、やはり血のつながる子と思えば、小鈴はひとごとではなかったのであろう。

外らしたが、小鈴は執拗（しつこ）く、

「あの『娘道成寺』の長唄は宗右衛門の芸子衆が出やはるということでっしゃろ?」

「うん。そんなこっちゃ」

「お勝姐（ねえ）ちゃんも弾きはりまんの?」

三味線のことだ。

「…………」

うなずくと、小鈴はいきなり勝子の手をつかんで、

「お勝姐ちゃん、わての一生の願いです。その三味線わてに弾かして貰えまへんやろか」

「えっ……?」

なんぜ……?　と訊きかけたが、さすがに勝子はきかずとも小鈴の気持はわかった。――うんでから今日まで二十年の間、一度も会わなかった。いや、会おうとしても会わせてもらえなかった娘の晴れの舞台に、ひそかに昔の朋輩の替玉となって三味線を弾きたいという気持は、自身芸者だけに勝子にはかえって人一倍わかった。親子の名乗りはあげられなくとも、娘の踊りの三味線を弾くことが、娘を身近かに引き寄せることになるわけだ――と思うともう勝子は

眼をうるませた。

「――小鈴はん、弾きなはれ、弾きなはれ。わての替玉になって……。けど小鈴はん、あんた身体は……」

一眼見て病気と判る顔色だった。息使いも荒い。

「大丈夫です。昔取った杵柄（きねづか）、娘道成寺ぐらい弾きこなしてみせますわいな」

科白（せりふ）の調子でそう言いながら、小鈴はまだ涙を流して、舞台に着る衣裳のことを、おずおず頼むのだった。

「心配無用、万事わてがのみこんでま」

勝子は半泣きの顔で、ポンと胸を敲（たた）いて、

「――おばちゃん、氷スイトウ二つ！」

## 五

痩（や）せおとろえている小鈴は、勝子から借着すると、身幅（みはば）が余った。が、それでも巧く着こなした。ひと知れず他の芸者にまじって赤い毛氈（もうせん）を敷いた床の上に坐った時、この世で一番幸福な瞬間であった。

しかし、小鈴よりももっと幸福な気持を抱いているかも知れない人間が、その時桟敷にちょこんと坐っていた。藤吉であった。

その桟敷の中には、藤吉のほかに恭助と、それから招待した北浜の井村株店の次男坊の君男が、「娘道成寺」の幕のあくのを、待っていた。

藤吉が君男を招待したのは、勿論理由がある。

よせばよいのに、恭助が株に手を出したのだ。恭助はもう四十五歳、藤吉が、

「船場の商人、新規なことに手エ出したらあきまへん。投機ほど船場に合わんもんはおまへん」

と、とめても、もう昔のように、何から何まで藤吉の言いなりになるのには良い加減飽き飽きしていたから、

「ほな、やめとこか」

とは言わず、北浜の井村を通じて買の一手でやっているうちに、大穴をあけてしまった。

この穴を埋めるには、伊吹屋の暖簾を投げ出してしまうより道はない――と判った時、藤吉の頭に浮んだのは、美しい雪子を井村の次男坊と縁組させることだった。

それにはまず、当の次男坊の君男から攻め落すに若かずと、内々写真を見せると、もう君男はころりと参った。

この上は、今日の雪子の舞台姿を見せれば、君男はもう誰がどんな女を見せても振り向きもしないだろうと、わざわざ招待したのである。

井村と縁組みして置けば、まず伊吹屋の暖簾は大丈夫だと、今日の中座は藤吉の一生一代の大芝居だが、その芝居はもう半成功したのも同然だと、藤吉は何もかも申し分のない気持で幕のあくのを待っていた。

ところが、幕があいて床の上の長唄連中の顔を見たとたん、藤吉は毛虫を噛んだような顔になった。そして恭助の方を見ると、恭助も気づいたのか真青になっていた。

小鈴がなぜこんなところへ出て来たのかと、考える余裕もなく、狐につままれた気持で、不吉な想いが重く頭をしめつけた。

拍手の音がして、美しい雪子が舞台へ出て来たが、藤吉も恭助もぼうっとしてまるで遠い眺めであった。君男はソワソワしていた。

やがて、踊りが終る頃、三味線を弾いていた小鈴はいきなり撥を落すと、前のめりに倒れてしまった。

あわてて幕を引いている間に、藤吉はソワソワと君男と恭助を表に連れだした。芝居茶屋へ上った。恭助は小鈴のことが気になりながら、

「知らん顔、知らん顔、何も知らん顔……」

と言っているような藤吉の眼にうながされた、芝居茶屋の一室に坐ると、

「まア一杯」

と、二十も年の違う君男に盃を差し出し、

「――あんたはいける口だっしゃろ」

情けないお世辞を言っていた。

幕をひき、楽屋へ連れ込まれた小鈴は、昔の朋輩にみとられながら、次第に虫の息になって行った。

楽屋へ来ていた勝子は、舞台姿のままの雪子が小鈴を見舞うと、もうたまり切れず、

「嬢はん……」

と、廊下に連れ出して、何もかも打ち明けた。

「え……？　ほんなら、あの女の人うちの……」

母親だときくなり、雪子は転げるように小鈴の枕元ににじり寄ったが、もうその時は小鈴の息は切れていた。

道頓堀の夜更け、戸板にのせられて中座の楽屋を出た小鈴の亡骸は、雪子や勝子に附きそわれて、太左衛門橋を渡って行った。

太左衛門橋を渡り、畳屋町を真っ直ぐ、鰻谷の露地裏へ送って行く道々、雪子は、

「うちは阿呆やった。うちは阿呆やった……」

と、呟きながら、自分はもう船場とは何の縁もない人間だという想いが、ふっと頭をかすめた。

# 船場の娘

「……ウインター　イズ　ゴーン　スプリング　ハズ　カム。……」

講義録のリーダーを読んでいる秀吉の耳に、ふと何処からかハモニカの音が聴えて来た。うらぶれた物哀しいメロデーはこの頃流行している「枯れすすき」の曲だと、すぐ判った。

「……冬は去った。春が来た」

……そして春が去り、夏が来て、今日は七月の二十五日、横堀の瀬戸物町では軒並みに並んだ瀬戸物問屋が、幔幕を張り、提灯をつるし、一斉に商売を休む天神祭である。

瀬戸物町では年に一度の陶器祭があり、天神祭はいわば貰い祭だが、大阪の氷の相場がこの日を境にして上下するという天神祭である。いわば大阪一の夏祭だ。奉公人達は何れもいそいそとして、紺色の紐の前掛け（これが瀬戸物町の丁稚のしきたりである）を脱ぎ捨てて、夜をまたずにそわそわとお渡御見物に出掛けるのだったが、彼等が出掛けたあとは、この界隈は急にひっそりと静まりかえって、まるで祭の夜とは思えない。

それだけに「枯れすすき」のメロデーは一層物哀しく聴こえるのだろうか、恐らく、どこかの店の丁稚がお渡御見物にも出掛けずに、ひそかに丁稚部屋に閉じこもって、ひとり吹くハモニカの音にあえかな郷愁を温めながら、寂しく祭の夜を過しているのであろうと思うと、ますます哀調が加わるようだった。

聴いている秀吉もまた、じつは一人ひそかに閉じこもって、講義録を読んでいるのだ。いや、閉じこめられていると言ってもいいかも知れない。何れにしても、ハモニカを吹いている見知らぬ男の気持が、しみじみと判るようだった。

秀吉は十三の年に福井県武生町の尋常小学校を出た足で、すぐ大阪へ出て瀬戸物町の伊吹屋へ奉公し、木綿の厚司に紺の紐の前掛けをさせられたその日から今日までざっと十年の間、五時より遅く起きた朝はなく、十一時より早く寝た夜はなく、日がな一日こきつかわれて、古綿を千切って捨てたようにクタクタに疲れ、おまけに食事は朝は漬物だけ、昼も梅干だけ、晩にやっと野菜の煮付けがつくだけで、それも飯の量を食べ過ぎないようにわざと不味い味をつけてあるので、年中腹が空いたが、たまに夜店の一個五厘の野菜天婦羅や一串一銭五厘のドラ焼を食べて栄養をとろうにも、盆と正月に四十銭宛貰う小遣いの外には一銭も給料は貰えないという状態では手が出ず、頭の禿げる年まで勤めてやっと暖簾をわけて貰うのが、たった一つのたのしみというわびしい丁稚奉公である。

僅かにそんな秀吉を慰めてくれるのは、いつかは東京へ出て弁護士になろうという希望と、伊吹屋の一人娘の雪子との淡い恋であった。が、その雪子もこの春、梅花女学校を卒業して、来年の春には北浜の株屋へ嫁に行くという話である。

今夜、秀吉が雪子と一緒にお渡御見物に行く約束をしながら、それをすっぽかして、ひとり丁稚部屋に閉じこもっているのも、或はその雪子の縁談を耳にしたからであろうか。それとも、最近二人の仲をかんづいたらしい中番頭の藤吉（とうきち）の眼が怖くて、外出が憚かられるのであろうか。それともまた、一刻の暇も惜んで講義録にかじりついていたいという焦躁に、ふと背を焼かれたのであろうか。

何れにしても「枯れすすき」のメロデーは秀吉の耳に何かやるせなく、思わず胸が温まったが、やがて、嬢さんのことを諦めるとすれば、もう東京へ出て弁護士になる勉強をすることだけが自分に残されたただ一つの道だと、気を取り直して、

「……ウインター　イズ　ゴーン。スプリング……」

春（スプリング）が来れば、嬢さんはお嫁に行くのだと、読み出した時、

「秀吉ッとん、秀吉ッとん！」

女の声が聴えた。聴き覚えのある甲高い声は、あ、嬢さんだと狼狽した途端、もう雪子は金（きん）鶴（つる）香水の匂いと一緒にバタバタとはいって来て、

「秀吉ッとんの阿呆！　嘘つき！」

息を弾ませているので、柔い胸のふくらみが若く波打っていた。秀吉はちらとそれを見て、

「………」

鉛のように黙っていた。

「うち一時間から待ったしイ」

と、雪子は青み勝ちに澄んだ眼で秀吉をにらみつけて、

「――あんたと一緒に天神さんのお渡御見よおもて、阿呆の細工に、筋違橋の上で待ってたのに、あんたというたら、一体どないしてたの？　ちょっとも来えへんやないの。永いことあんな所で立ってたら、人がジロジロ見やはるし、何ぞ立ちん坊か、横堀イ身投げする女子みたいで、みっともないさかい、諦めて戻って来たら、なんや、こんな所でまだぐずぐずしていんやなア。意地悪！　うちもう知らん」

「済んまへん」

「あんた、ここで何したはってん？」

「英語勉強してましてん」

「ふーん」

と、鼻の先を上に向けて、

「――あんたえらい勉強家やねんなア。瀬戸物屋イ奉公してて、英語勉強するテ、今に横堀に瀬戸物のあんたの銅像立つよう。末は博士か大臣や」

雪子がわざと蓮葉（はっさい）（お転婆の意）じみて言うと、

「嬢さん、それ皮肉だっか。嬢さん！　僕は何も博士や大臣になりたくて勉強してるのと違います」

と、案の定秀吉は顔を赧くして、唇を尖らせた。

冷やかされたり、冗談を言われたりすると、すぐむっとなる性質だった。十年奉公して来ても、すっかり奉公人気質にはなり切れず、腹の底にはやはり北陸生れらしい頑（かたく）な生真面目さが、依怙地（いこじ）なまでに根を張っているのだ。

それが雪子には、秀吉の美しい顔立ちにもまさる魅力だった。

「判っとる。弁護士になろうおもて、勉強してるねンやろ？」

と、はや秀吉は坐り直すと、せきを切ったように喋り出した。

「そうです。僕は弁護士になりたいんです」

「――いえ、きっと成ってみせます。僕の親父は高利貸に欺されて、到頭監獄イ行きました。裁判の時、弁護士つけたら、監獄まで行かんでも済んだのに、弁護士は金のない者には弁護してくれません。金のある者は弁護士をたのんだり、検事に渡りをつけたりして、無罪や執行猶予になったりしてるのに、僕の親父みたいな貧乏人は耳かきですくうような軽い罪でも懲役に行かんなりまへん。僕弁護士になったら、無料で貧乏人の弁護をして、助けたります」

一息に喋ると、もう秀吉の眼は弁護士になりたさの情熱にギラギラと燃えて、いきなり講義

録の開かれた頁を指すと、

「——嬢さん、これ何ちゅう意味です。メニイスターズ　ブライト　オン　ザ……」

「ブライト　オン　ザ　スカイ……。空に輝いている。メニイ　スターズ。沢山の星。……空には沢山の星が輝いていますやないの」

と、雪子は秀吉に寄り添えるのがうれしさに、講義録を覗き込んで、そう教えたが、急に顔をあげると、

「——あんた弁護士になるのはええけど、うちに待ち呆けくわしてまで、何も英語勉強せんでもええやないの。なんぜうちとお祭見にいて呉れへんねん」

「嬢さんと一緒に歩いたら、人に見られますさかい」

「見られたかテかめへん。知らん男の人と一緒に歩くのと違う。あんた、うちの家の人やないの」

「でも……」

するど、雪子はいきなり秀吉の手を握って、

「うち、こないして、あんたと手エつないで……」

「あ、嬢さん、人に見られたら……」

「いかんのンか。あんた、うちの子供の時、いつも手エ引っ張って、学校イ連れていて呉れたやないの？」

そして雪子は、さア、物干へ上ってお渡御見ようと、秀吉の手を引っぱるようにして、物干へ上った。

「秀吉ッとん、もっとこっちイ来とうみ、来とうみ。お渡御見える」

「へえ」

しかし、離れていると、

「なんぜそんなに離れて見るのン？　あんた、もううちが嫌いになったンか？」

「嬢さん、僕は奉公人です。身分が……」

と終いまで言わせず、雪子は、いきなり秀吉の傍へすり寄って、

「身分がちごたら、好きになっても夫婦になられへんのンか。いや、うちそんな旧弊きらいや」

「嬢さんは来年の春、北浜イ……」

「行けへん。お嫁になんか行けへん。うちそんなお家の犠牲になるのンいやや、お家というもんは、そら大事なもんやけど、自分の倖せかテ大事や。秀吉ッとん、あんたそう思へんか。うちとあんたと夫婦になる」

「嬢さん、何言やはります。僕は前科者の息子です」

そう言うと、雪子はいきなり、

「うちかテ妾の子や」

と、けろりとした顔だった。秀吉は、雪子が嘘を言っているのかと、思わずむっとなるところだったが、

「今日まで誰にも言えへんかったけど、今のお母はんうちのほんまのお母はんと違うねン。うちのほんまのお母はんは南の宗右衛門町で芸者したはって、お父はんのお妾にならはってん。うちそのお妾の子や。生れたらすぐこの家へ連れて来られて、嬢さん、嬢さんいうて大きな顔して育って来たけど、ほんまは小そうなって暮してんならん人間や。……なア、秀吉ッとん、あんたは前科者の子供やいうて小そうなったはるけど、うちかテ日蔭者の子供や。夫婦になったかテ、かめへん」

と、雪子の話を聴くと、思わず眼が濡れた。

「…………」

「秀吉ッとん、あんたなんぜ黙ったはんのん？」

「…………」

「返辞し度う！」

「…………」

「なんぜ涙こぼしたはんのん？」

「嬢さん！」

「秀吉ッとん！」

思わず両方から抱きしめた。

「逃げよう、うちと一緒に逃げ度う！」

「え？」

と、秀吉は雪子の頬から口を離した。

「うち北浜イお嫁入りせえへん。あんたと一緒やなかったら、幸せになれへん」

「嬢さん、そりゃいけまへん」

と、秀吉は驚いて雪子の身体を離して、

「――嬢さん北浜イ行って下さい。僕は一人で東京へ行って勉強します」

「いやいや、一緒に逃げよう」

二十四の男より十八の娘の方が大胆だった。

「でも……」

渋っていると、

「雪子！　雪子！」

階下の方から声が来た。

「あッ、御寮はんが呼んだはります」

「逃げよう、秀吉ッとん！　逃げ度う！」

「雪子、雪子！」

「御寮はんが……」

「逃げ度う！」

「雪子、雪子！」

「御寮はんが……」

「逃げ度う！」

お渡御はもう見えず、ハモニカの曲は「籠の鳥」に変っていた。

それから四五日たった夜、秀吉は梅田の駅のプラットホームで、しょんぼり終列車を待っていた。

東京へ出て勉強するという希望に燃えている筈だのに、雪子に無断でこっそり逃げるように出て来たことを想えば、さすがに淋しかった。

雪子との恋になぜもっと強く生きなかったという後悔もふと頭をかすめたが、やはり奉公人の弱さがあった。

汽車がはいって来た。

大阪もこれで見納めかと、ふと振り向いた途端、

「あッ！」

思わず声が出た。階段を駈け登って来る女の姿が眼にはいったのだ。

「嬢さん！」

雪子であった。

「ああ、間に合うて良かった」

と、雪子は嬉しそうだったが、すぐ例の青み勝ちに澄んだ眼でにらみつけると、

「――秀吉ッとん！　あんたなぜうちに黙って、一人で東京へ行くのン？」

うちも一緒に行くと言いながら、雪子はさっさと汽車に乗ってしまった。

「嬢さん！　そらいけません」

秀吉はあわてて随いて行きながら、

「――そんなことしたら、僕、旦那はんや御寮はんに申訳あれしまへん」

「ほな、あんた、うちの倖せなんか、どないなってもかめへんのやな。もううちが嫌いになったのンか」

「いえ、そんなこと……」

「ほな、一緒に行こう。うちちゃんと覚悟して出て来てん」

と、旅行鞄を網棚の上に乗せようとする手を、秀吉は摑んで離さず、

「嬢さん、そんなこと言わんと、僕に一人で東京へ行かしとくなはれ」

「いや」

「どうぞ家へ帰っとくなはれ」

「いや」

雪子はくるりと背中を向けた。首筋の生毛が柔かそうで、肩のなだらかな線も、秀吉の眼にふとなやましかった。仕方がない、一緒に東京へ逃げよう——そう思った時、

「秀吉ッとん！」

と、鋭く呼ばれた。

「あッ。番頭はん！」

中番頭の藤吉があわただしくはいって来たのだった。

「秀吉ッとん！　お前大それたことをする気イか」

「いえ、僕は何も……」

藤吉はしかし、もう秀吉には取り合わず、

「さア、嬢さん、降りまひょ。間に合うてよろしおました。こんな奴と一緒に行ったら、えらいめに会いまっせ」

「いや。うち秀吉ッとんと一緒に行く」

雪子は冷やかに言った。秀吉はそんな雪子を見ると、ああ俺は嬢さんに惚れていると思った。しかし、藤吉は、

「嬢さん、そんな無理言わんと、今夜のところはわてに免じて、大人しく戻っとくなはれ。この通りだす」

拝むようにして言うと、いやがる雪子の手を引っ張って、降りてしまった。もう汽車が動きだしていた。

「秀吉ッとん！」

「嬢さん！」

汽車の中と外と、二つの声はしかしすぐ聴えなくなった。

一と月がたった。

暦の上では秋だが、まだむし暑い。ことに今日の日中の暑さと来ては、まるで土用より暑いくらいである。

じっとしていても、汗がツルリツルリと肌の上を流れる。気が変になるような、いやな暑さである。

女中が昼の食事を知らせに来たが、雪子は食べたくなかった。しかし、食慾がないのは暑さのせいばかりではなかった。

「ごはん抜いてばっかししたはりましたら、毒だっせ。ほんに嬢さんはこの頃とんと痩せはりましたぜ」

女中が言うと、雪子は、

「痩せたかテかめへん。糸みたいに痩せてしもたら、お嫁に行かんでもええやろ」

そんな心の底には、やはり秀吉のことがあった。

「あっちイ行っ度う！」

一人で秀吉のことを考えたかった。

「へえ。」

女中は出て行きながら、

籠の鳥でも智慧ある鳥は
人眼しのんで会いに来る

と、歌っていた。

「そんな歌やめ度う！」

出て行った女中は、しかし直ぐ戻って来た。

「嬢さん、東京からお電話だっせ」

「東京から……？」

思わず胸が騒いだ。

「へえ？　東京の新聞社アたらいう所から掛ってます」

女中の言葉を皆まで聴かず、電話口へ飛んで行った。

「もしもし、うち雪子だす」

「あ、嬢さんですか」

電話の声は遠かったが、秀吉だとすぐ判りなつかしさに気が遠くなるほど、雪子は甘くしびれて、

「秀吉ッとん！」

「お達者ですか」

「ううん」

と、電話口で甘えるように首を振って、

「――うち、あれから寂しゅうて悲しゅうて、ごはんもろくろく咽へ通れへんねン。――あんたあれからどないしとったはン？」

「僕東京へ来てから、新聞社へはいって、給仕をしながら、夜学へ通っています」

新聞社の電話を借りて掛けているらしかった。

「夜学イはいって勉強……」

と言い掛けた時、藤吉がぬっと顔を出したので、あわてて、

「――あ、そう？　秋子さんも来やはるのン？　ほな、うちも同窓会イ行こうかなア」

「もしもし秋子さんテ何のことです」

秀吉は狼狽していた。

藤吉はすぐ顔をひっ込めたので、

「いま、藤吉がうちの電話の話聴きに来たさかい、ごまかしてン。——夜学イはいって英語勉強してるのン。ウインター　イズ　ゴーンを……」

「ええ。もう大丈夫ですか。番頭はんいなくなりましたか」

「うん」

と、微笑したが、ふと悲しそうになって、

「——もう、うち英語教えてあげられへんなア」

涙がこぼれた。

「いいえ、嬢さんにその気があったら、僕いつでも教えていただきます」

「いつでも言うたカテ、そんな……」

すると、電話の声は急に改まって、

「嬢さん、東京へ来て、英語教えて下さいますか」

「えッ？」

と、驚いて、

「——ほなら、うち東京イ行ってもええ？」

「ぜひ、僕東京へ来て、いろいろ考えましたが、やっぱり嬢さんのことが忘れられません。嬢さんと二人で暮す方が本当の倖せや、考えました」

「そんで、電話してくれたの」

「ええ」

「うち、今晩たつ。電報打つさかい、迎えに来度う！」

「行きます、行きます」

電話の声も弾んでいた。

「電報どこイ打ったらええのン？」

「東京市……」

と言いかけた時、ぼつりと電話が切れたので、

「あ、もしもし……」

と、言おうとすると、ゴオッーという音と共にはげしく揺れ出した。

「あ、地震！」

雪子はぱったり受話機を落して柱にしがみついた。柱から時計が落ちて来た。時計の針は十一時五十三分を指したまま、停っていた。


……五年がたった。

もう春が近いのか、川風も何か生暖く、ふと艶めいた道頓堀の宵である。

しかし、先刻から太左衛門橋の上にしょんぼりとたたずんで、カフェや青楼の灯を泛べて流れる水を、ぼんやり覗きこんでいる男の顔は、みるからに寒寒とうらぶれていた。

男は鉛のようにじっと動かず、川風に吹かれていたが、やがて、虚ろな顔をあげてふと振り向いた途端、通り掛った女の顔見て、

「あッ」

向うでも気づいて、

「あ」

と、かすかに声をあげた。

「——秀……吉ッとんやおまへんか」

「ああ、やっぱし嬢さん……でしたか……」

姿は変っているが、青み勝ちに澄んだ眼は忘れもしない、雪子だった。

雪子は暫らく物も言わずに突っ立っていたが、やがて秀吉の肩に触れるくらいすり寄って来て、

「あんた、生きたはったの?」

嬉しいとも悲しいとも判らぬような声だった。

「えッ?」

「うち、あんたもう死んだはるものやおもてたワ。――あれ、五年前だしたなア。あんたが東京の新聞社から電話掛けてくれはったのンは」

「ええ。電話を掛けている最中に、あの大地震で電話が切れてしもて……」

「あとで聴いたら、東京は大震災で、うち東京イ行くにも行かれへんし、だいいちあんたの居所探すいうても、それ訊こうおもてるうちに、切れたもんやさかい、とんと見当はつかへんし……。そのうちに、あんたがあの地震で死なはったいう噂をきいたもんやさかい、うちその噂ほんまやおもて、到頭あんたのことは諦めて……」

「北浜イ……？」

すかさず言った。

雪子はうなずいて、

「お嫁にいてしまいましてん。あの地震で東京や横浜のお店はつぶれてしもたのが切っかけで、家の商売もあかんようになって、うちが行かなんだら、二進も三進も行かんいうことになって……」

と、うなだれると、髪油の匂いがふと鼻をついた。

「聴きました。聴きました。僕も嬢さんが北浜イ行かはったことは、風のたよりに聴きました」

するとと、雪子はうふふふと、寂しく笑って、

「嬢さんやなんテ……。うち、もう嬢さんでも奥さんでもあれしめへん。――秀吉ッとんうち何に見える？」

「…………」

判っているが、さすがに答えられなかった。

「この服装見たら判りまっしゃろ。芸者だす――秀吉ッとん、芸者の子はやっぱし芸者になりました」

「そりゃまた……」

どうしてと、ちいさな声だった。

「嫁入り先きで、うちが芸者の子や、妾の子やいうことが判ってしもて、そんな素性の子は置いとけんと……。追いだされたその足で、宗右衛門町へ来て、到頭こんな姿になってしまいましてん」

「…………」

「今日もお友達と一緒に中座へ芝居見にいた帰りだす。お友達はめおとぜんざいイ寄ろ言わはったんやけど、うちお座敷があるさかい、一足先に帰るいうて、別れてこの橋の上通ったさかい、あんたに会えたんやけど、めおとぜんざいイ寄っとったら、会われへんかったかも判れしめへんなア。――秀吉ッとん、あんた弁護士になってくれはりましたか」

「いや」

秀吉はさびしく首を振って、

「――前科者の息子はやっぱし……。あの地震で命だけは助かりましたが、それからというものは、散散苦労した挙句、ごらんの通りのルンペンになって、大阪イ舞い戻って来ました。今日も一日中働き口を探してぶらぶら歩きまわった足で、道頓堀へ来てこの橋の上でしょんぼり明日のごはんのことを思案していたところです」

「秀吉ッとん、こんな所で立話もでけへん。一緒にどこぞへお伴しまひょ」

芸者らしい口調に、ふと悲しくなりながら、

「どこへ……？」

「どこへなりと……。あんたの来いと言うところへ」

言いながら、じっと秀吉の顔を見つめた。燃えるような眼だった。五年前、一緒に逃げようと迫った時のあの眼と同じだ。

秀吉はふと胸が熱くなったが、しかし、

「いや僕は……。またこんどお眼に掛った時にでも……」

と、気弱く断った。そんな自分がわれながら情けなかった。が、今は二人でうどん屋へ行く金もない状態なのだ。

「そう……？」

雪子は一寸考えこんでいたが、やがて何思ったのか、早口に、

「――あんた、まだお一人……？」

秀吉は黙って首を振った。

「あ。そう。やっぱり……」

思わず下を向いた。長い睫毛がふと濡れているようだった。

「――で、奥さんはお達者……？」

「ありがとう。身体だけはまア」

暫く二人とも黙っていた。

「暖くなったワ。もうじき春でんなア」

「ウインター　イズ　ゴーン」

秀吉はしみじみと一人ごとのようにつぶやくと、雪子も、

「スプリング　ハズ　カム」

眼と眼で微笑み合った。

「――うちもう行きまっさ。ご縁があったらまたお眼に……。さいなら」

「さいなら」

雪子は行きかけたが、ふと振り向いて、

「奥さんによろしく」

「ありがとう。嬢さんもお達者で……」

「おおけに。さいなら……」

そして、雪子は太左衛門橋を渡って行った。

もうそこは宗右衛門町だ。

すれ違う芸者が、

「雪子姐ちゃん、今晩は……」

「今晩は、小花ちゃん」

そして、また、

「雪子姐ちゃん、今晩は……」

「今晩は、玉子ちゃん」

「雪子姐ちゃん、今晩は……」

「今晩は、小桃ちゃん」

道頓堀のカフェからは「テナモンヤナイカナイカ道頓堀よウ！」という道頓堀行進曲が聴えていた。

雪子は何ごともなかったような表情で、大和屋の玄関へはいって行った。

# 大阪の女

## 一

「……いらっしゃいませ」

　と、言い掛けて、雪子はあっと息を飲むと、

「――まア、島村はん！」

　と、キンキンした声をあげた。もう四十を幾つも過ぎているが、若い娘のように明るく疳高い声は、三年前と少しも変らず弾んでいた。

　前より少しやつれているところは、さすがに罹災者（りさいしゃ）らしかったが、しかし声を聴けば、やはりもとの「千草」の陽気なおばさんのままだった。ああ、この声を、島村はなつかしさにしび

れると同時に、何か安心して、

「やっぱし、おばさんの店だった」

「小そうなってしまいましたやろ」

と、雪子は笑いながら、

「――これでも、あんた、えらい苦労して建てましてんぜ。こんなマッチ箱か鰻の寝間か判らんようなバラックでも、三月掛りましてん。苦労しました」

「そうだろうなあ。いや、しかし、よく建ったね。僕はね、まさか『千草』が復活してるとは思わなかったから、まア焼跡の匂いでも嗅いで、昔の『千草』を想い出すかな――ぐらいの気持でブラブラやって来たんだよ。そしたら、看板が出てるだろう。おやっと思ってはいってみると……」

「みっともないおばはんが、相変らずけったいな顔をして、阿呆みたいに立ってたいうわけでっか」

もう白粉気は殆んどないが、しかし、どこか垢抜けている美しい雪子が、わざと自分のことをそんな風に言っているのを聴くと、島村は大阪へ帰って来たという想いが強かった。大阪のほかでは聴けない言葉なのだ。

島村は応召前、東京の学校に籍を置いていたが、大阪の船場――道修町の薬屋の息子として育ち、大阪の感覚というものが皮膚にしみこんでいるせいか、東京の空気には妙に親しめなかった。だから帰省して大阪の空気に触れると、ほっとするのだったが、しかし、例えば大阪の喫茶店も「東京茶房」だとか「銀座茶房」だとか「コロンバン」だとか、東京風の店が多く、ああ大阪の喫茶店だと思えるのは、「千草」くらいのものであった。自然、島村は帰省するたびに「千草」へ足を運び、応召する時も「千草」にだけはあわただしい時間を割いて挨拶に行ったくらいである。戦地でも大阪なつかしい気持の中には「千草」のこともあった。

一昨日、復員して帰って来たばかしの島村が、どこよりも先に「千草」の焼跡を見に来たのも、してみれば学生時代のささやかな青春の回顧であったわけだが、しかし四十を過ぎた「千草」のおばさんの雪子に、いくら何でも青春の想いが傾いていたわけではない。雪子の一人娘でその頃十八歳であった葉子の初初しい姿の方に、淡い想いが傾いていたのではなかろうか。

「……ところで、葉子ちゃんは……?」

その葉子の姿が見当らないので、やはり島村はそう訊ねてみた。

「葉子死にました」

雪子の答えは簡単であった。

「えっ?」

島村は思わず飛び上って、青くなった。

そんな島村を見て、雪子は笑いながら、

「あはは……。嘘だす、嘘だす。ほんまは死にかけましてん」

「なアんだ。一杯かつがれた」

島村はしかしもう嬉しそうに笑って、

「――死にかけたって、病気で……？　空襲で……？」

雪子はうなずいて、

「ほんまに、もう一寸いうとこだしたぜ。あの晩わてら太左衛門橋を渡って逃げましたんやが……」

「あの晩って、三月の……？」

「そうだす。十三日だした。大阪の南がすっかり焼けてしもた日イだす。龍巻に追われて、道頓堀まで来ましたら、もう道頓堀も火の海でっしゃろ。というて、引き返すに引き返されしめへんし、火の中をくぐって太左衛門橋を葉子と二人で渡って北へ逃げましてん。そうしたら、あんた丁度二人が橋を渡り切ったと思った途端に、橋がばさんと二つになって焼け落ちましてな。もう一寸おそかったら、橋と一緒に葉子もわても川へ落ちてたとこだした。今から思たら、わてらが渡りかけた時は、もう橋が燃えてましたような」

「ふーん。どうしてまたそんな危い橋を……」

渡る気になったのかと、島村はきいたが、

「うふふ……」

雪子はちょっと鼻の先で笑っただけで、答えなかった。

雪子自身にも、なぜ燃えている太左衛門橋を渡って逃げる気になったのか、不思議であった。

ただ何となく、もうこの橋もこれが渡り収めや、二度と再びこの橋を渡ることは出来んやろ。――そう思うと、危険も怖さも忘れて、危い、危いと停める葉子の手を引っ張って、無我夢中で橋の上を走っていたのだ。そして、渡り切って宗右衛門町を抜け、畳屋町の方へ逃げながら、ひょいと振りかえると、丁度橋は二つに割れて燃え落ちようとする所で……。

「ああ、あの橋を最後に渡ったのは、自分達親娘やった！」

と、その時そう呟くと、思わず涙がこみ上げて来たが、しかし、なぜ涙が出たか、その理由は娘の葉子にも島村にも言えなかった。……

雪子はふとその時のことを思い出して、遠い想いに胸を熱くしていたが、

「……で、今、葉子ちゃんは……？」

という島村の声にはっとわれにかえって、

「ああ、葉子だっか。今、そこらの闇市イ晩のお菜の肉買いに行ってまんねん」

「へえ、そいつは豪勢だな」

「何が豪勢だすかいな。このバラックかてあんた、借金して建てましてん。しかしまア、あの時死んでたら、昔のお客さんの顔も見られへんし、インフレや食糧や何やかや言うても、生きてるほどありがたいことはおまへんなア」

そう言っているところへ、葉子が只今と帰って来て、島村を見つけると、

「あら」

と、立ちすくんだ。みるみる赧くなり、耳の附根まで燃えていた。

色が白いだけに、その赧さは可哀相なくらい目立って、母親の雪子の方が照れてしまいながら、ふと島村の方を見ると、島村も、

「今日は……」

と、ぎこちなく頭を下げただけで、あと何かそわそわと赧くなって、発火石のすくなくなったらしいライターをしきりにパチパチさせて、煙草に火をつけようと焦っている図が雪子にはおかしかった。

雪子はそんな二人の容子を見ると、

「おや、ひょっとしたら好き同士と違うやろか」

と、さすがに敏感で、ふと微笑した。何かしらほのぼのとした想いが湧いて来るようだった。が、雪子はふと島村の横顔を見て、すっきりした鼻筋や美しい眉に、良家の息子らしい上品さを感ずると、なぜか急に狼狽して、眉をくもらせた。

## 二

島村はそれから殆んど毎日のように「千草」へやって来た。

島村の実家は代々道修町の有名な薬問屋で、工場も自宅も巧く焼け残ったし、毎日ブラブラと遊んでいても何不自由のない身分とはいえ、しかしさすがに島村も毎日勤めもせず「千草」へやって来る無為徒食の自分に照れたのか、

「――親父は僕を自分の会社の常務にしたがっているんだが、僕は成りたくないんだ。だいいち、僕は商売のことは何にも知らぬし、うちで作っている薬の名前の半分も知らぬくらいだから、重役になったって仕方がないんだ。それにそんな僕が、ただ島村の息子だというそれだけの理由で、重役になるなんて、凡そ民主主義じゃないからね。親父は島村の一族だけを重役にするといういわば大家族主義で行きたいらしいが、僕はそんなのは封建的だと思うよ。重役になりたくないものを無理矢理重役にしたって仕方がないと言ってやったら、じゃ勝手にしろと、親父めカンカンになって口も利かないんだ。うちに居ると、面白くないから、毎日飛び出して働く所を探してるんだが……」

と、いいわけのように言っていた。

そして、葉子を映画やレヴューに誘ったりしていた。

雪子は娘を束縛したりするのがきらいで、いわばひらけた母親であったから、若い時は二度ないのやからという気持で、葉子を出してやっていたが、島村が何の仕事も持たずにうかうか日を過しているのは、葉子のせいではなかろうかと、二人の後ろ姿を見ながら、ふと心が翳(かげ)ることもあった。

ところが、葉子はともかく、島村自身も映画やレヴューが心から面白いというわけでもなかったらしい。

ある日、千日前の大阪劇場へ「春の踊」を見に行った二人が帰って来たので、

「面白かった?」

と、雪子がきくと、

「うん、よかったわ」

葉子は「林檎の唄」がどうだとか、蘆原千鶴子と秋月恵美子のルンバがどうだとか、勝浦千浪の男装がどうだとか、若い娘らしく言っていたが、島村は、

「見ていると、何だかチグハグでたまらなかったよ。そりゃ、『春の踊』が復活したのはうれしいがね、熱狂している女の子を見ていると敗戦のことも忘れてしまうが、だけど、舞台では今あんなに華やかに踊ったり歌ったりして、昔と一寸も変らないのに、劇場の外では、千万人の日本人が餓死しかけているのかと思うと、何だか変な気持だったよ」

そう言いながら、島村は無為徒食の自分をふと責めているようであった。

果して、島村はそれから四五日たつと何かにせき立てられるように、

「大学時代の先生に会うて来る」

と、言って、上京した。

そして、一週間ばかりして大阪へ帰って来た島村は、見ちがえるように生き生きとした声で、

「おばさん、到頭仕事が見つかったよ」

「へえ、そらよろしおましたな。で、どんな仕事……？」

雪子がきくと、島村は、

「それがね、物凄い仕事なんだよ」

と、せきこんで、半分は葉子に聴かせる積りで、

「——僕はね、はじめ北海道へ行こうと思ったんだよ。北海道は月に四日分の食糧の給配しかないというだろう。僕は農科を出たんだから、ほかの人よりは開墾のことは自信があるからね。だから、まず先生に相談に行ったんだよ。そしたらね、先生は、君なんかが一人行って、こそこそ開墾したって、君一人食うだけが関の山だ、それよりも俺の研究を手伝わないかというんだね。ところが、聴いてみると、その研究たるや、大変なんだ。うまく行くと、食糧難が一ぺんに解決する——というのは大袈裟（げさ）だが、とにかく大したもんなんだね。で、どういう研究かというと……」

「まアまア、珈琲でも飲んでから……」

「ああ、ありがとう……」

葉子が運んだ珈琲を一口すると、島村はもう夢中になって、

「——その研究というのは、酵素（こうそ）肥料の研究なんだ。酵素というと、さア何というかな、バイキンみたいなものだね。バイキンといっても今はやってる発疹チブスのバイキンとかそんなも

んじゃない。餅にカビが出来るだろう。あれもバイキンでね、つまり醱酵させて出来たバイキン、これが酵素なんだ。この酵素を肥料にすると、凄いんだ。植木鉢でも何でも、ちょっとした土さえあれば、どんな食糧でも素人にたやすく作れるんだ。で、この酵素肥料をどうしてこしらえるかというと、芋をふかしてね、それに人参――この人参という奴は莫迦によく醱酵するんだ。人参を入れて、そこへ砂糖を一つかみ、――もっとも砂糖は今ないから入れられないが、入れると一層効果があるんだ。そうやって放って置いて、醱酵させるんだね。すると、酵素肥料が出来るんだ。これさえあればもう素人にも食糧が出来るんだよ。もうこれさえあれば自給自足は完全だよ。もう心配いらんよ。僕は断然この研究を手伝うことにしたよ」

島村は昂奮していた。

雪子は聴いていると、ふと戦争中よく聴かされた新型兵器の話を想いだした。「これさえあればもう大丈夫だ、もう既に完成していて、やがて、この秘密の兵器が素晴らしい戦果を……」云々。

島村の話もそれと同じ夢物語ではないかという気がした。しかし、島村が青年らしく夢中になっているのを見れば、ひやかしては済まない気もしたので、

「そら、ありがたいことでんな。島村さんのおかげで、餓死が免れたら、こんな嬉しいことおまへんな」

「いや、僕はただ手伝うだけだよ。研究は先生がやってくれる。僕はただ試験管洗いだ。しか

し試験管洗いでも、これで食糧の危機が救われると思うと、張り切ってやるよ」

島村は眼を輝して、

「――おばさん、僕は東京は好かんが、いよいよ東京へ行きますよ」

と、言った。

葉子は黙っていた。

ふと雪子が見ると、脣を嚙んでいる。島村が東京へ行ってしまうときいて、やはり悲しいのだろうか。

三

島村は東京へ行くと言いながら、しかしそれから一月も大阪に愚図々々（ぐずぐず）していた。そして、毎日のように「千草」へ顔を出すのだ。

春が過ぎて、やがて梅雨だった。雨の中をやって来る島村のレインコートを見ると、雪子はなにかがっかりした。何かそのレインコートが軽薄なような気がして、

「ああ、やっぱし若い人はあかんなア」

と、雪子は歯がゆかった。

「島村はんが東京行きを愚図ついたはるのんは、あんたが引き停めてるのと違うか」

ある夜、雪子は思い切って葉子に言ってみた。ほかに、一寸気になることもあったのだ。葉子はびっくりしたような眼で、雪子の顔を見上げて、

「ううん、そんなことあれへん。うち、何にも言えへん」

と、言ったが、急に眼を伏せたかと思うと、ポロリと涙を落した。

「葉子、あんた、なぜ泣いてるんねん」

「…………」

「かまへん、なんでも思たこと言い。恥しいことでもなんでも、わてには遠慮いらんさかい……」

しかし、葉子は黙っていた。日頃無口な娘だったが、それよりも、やはり恥しさが先に立つのであろうか。

「あんた、島村さんと何ぞあったんか」

ズバリと雪子は言った。

「えっ？」

葉子は畳の目をむしっていたが、急に
「――お母ちゃん、かんにんして！」

わっと泣き伏した。

襟首の生毛(うぶげ)は娘らしかったが、しかしこの娘がもう男を知っているのかと、雪子はさすがに

「あ。——」

と、軽い叫びが出たが、しかし、不思議に落ちついていた。娘を責める前に、自分を責めたい気持だった。

「謝らんでもええ。泣かんでもええ。泣いてたら、何にも判れへん。言うてごらん。お母ちゃんは一寸も怒ってへんさかい。——で、島村はんはどない言うたはんのん？」

「島村はん……？」

と、わざときいたのは、すぐに答えるのが恥しいのであろう。

「うん」

「島村はん、うちと結婚する言うたはるねん」

「で、あんたはどない言うたの？」

「うちか……？」

と、また口籠っていた。

「うん」

「うちな、何もかも本真のこと言うてん」

「何もかも……？」

「うん」

うなずいて、言いにくそうに、

「──お母ちゃんが芸者してたことや、うちが妾の子やいうこと、皆言うてん……」

「ふーん。言うたら、島村はんは……？」

「そんなこと構(かめ)へん。はじめから、薄々判ってた……」

「そう言やはったんか」

「うん」

島村の言うのには──

「──芸者や妾の子を軽蔑するのは、古い考えだ。娘を芸者や娼妓に売ったのは、無智な庶民階級だが、僕はそういう親達を憐みこそすれ、憎みたいとは思わん。それにくらべて僕はブルジョワの息子に生れたけれど、ブルジョワやプチブルは大嫌いだ。彼等は娘を売らなかったけれど、自己保存の本能から、家と家との結婚の代表的見本みたいな見合結婚などという愚劣なものを、娘に押しつけて、娘を芸者や娼妓に売った親達以上に、娘を苦しめたりして来た。僕はこういう親達を、憐む前にまず憎みたいくらいだ。僕は庶民が好きなんだ。好きだったら一緒にしてやれというのは、いつも庶民階級の親だからね」

と言ったそうである。

「ふーン、そんなこと言ったはるのんか。好きやったら、一緒にしてやれ──か。島村はんはええこと言やはるなア」

雪子は娘の口からきいて、思わず唸（うな）ったが、しかし、

「お母ちゃん、島村はん、本真（ほんま）にうちと結婚してくれはるやろなア」

と、葉子が言うと、もうこの母親はそれに答えようとせず、ふと戸外の雨の音を聴いていた。

その顔は寂しかった。

## 四

それから二日後——

「……おばさんは僕が気に入らないんですね」

と、島村はしょげていた。

「そんなことおますかいな」

と、雪子はいつもの顔でいつもの声で笑っていた。

「だって、おばさんは葉子ちゃんに、僕のことは諦めろと、言ったんだろう？」

「そら、言いました」

「それ見なさい、やっぱしおばさんは……」

この結婚に反対なんだろうと、島村はますますしょげかえった。

「何も反対したいことはおまへん。しかし、やっぱし身分が……」

「身分がどうとかこうとか、おばさんも旧弊だなア。今はそんな時代と違うがなア」

「そら、そうかも知れまへん。しかし、あんたのお父さんが、あんたと同じ考えでいてくれはりまっしゃろか」

「だから、親父は僕が説き伏せると言ってるじゃないか」

「………」

雪子は暫らく黙っていた。

果して島村が口説いても、島村の父はうんと言うだろうか。いくら、民主主義だ、自由の世の中だといっても、芸者がうんだ――しかも妾の子を、島村の父が息子の嫁にするだろうか。よしんば、承知してくれても、古い因習が根強く尾を引いている船場の旧家へ飛び込んで行った妾の子が、果してのびのびとした日を送れるかどうか。

そう考えると、雪子はやはり葉子に諦めさせるほかはないと思うのだった。

「おばさんは取り越し苦労をしているんだ」

「そんならね、島村はん……」

と、雪子はじっと島村の顔を見つめて、

「お父さんがうんと言うてくれはりましたら、わてはもう何にも言わんことにします。喜んで葉子を貰ていただきます。嫁づいてからのことは、もう取り越し苦労しても仕様おまへんさかい。その代り、お父さんがうんと言うてくれはれしめへんでしたら、あんたが何と言やはっても、諦めて貰いまっせ。あんたにも諦めて貰いますし、葉子にも諦めさせます」

そう言った。

この言い方には、やはり雪子の四十何歳という大人が含まれていたが、島村はその言葉をきくと、喜んで帰って行った。

ところが、島村はそれきり「千草」へ顔を見せなかった。

しかし、葉子は手紙か何かで呼び出されて、ひそかに島村と会うているらしかった。そして、帰って来た時の葉子の顔の表情で、雪子は島村の父が二人の結婚に反対しているらしいことは読み取れた。いや、葉子のそんな顔色を見るまでもなく、島村の父が賛成だったら、当の島村が鬼の首でも取ったようにいそいそと「千草」へ顔を出す筈だ。

葉子は毎日傍で見ているのも可哀相なくらい、鬱々と沈んでいたが、ある夜、何かソワソワと落ち着かぬようだった。

夜中に雪子が眼を覚すと、葉子はまだ寝もやらず、何か書き物をしている。その枕元には身の廻りのものを入れたのであろう、リュックサックが置いてあった。

雪子はどきんとして、声を掛けた。

「葉子、あんた、島村はんと一しょに東京へ行く積りと違うか」

葉子ははっとペンを停めた。そして、そのまま化石したように身動きもせず、前方を見つめ

ていたが、やがて、

「お母ちゃん、かんにんして……」

島村が明日の朝早く大阪駅で待っているのだと、葉子はもう隠し切れなかった。そして、枕の上へポトポトと涙を落した。痩せた背中がふるえている。

雪子はそんな娘の背中を見ると、ふと島村が憎くなった。

自分からたった一人の娘を奪って行くことが、憎いのではない。島村の父が反対だったら、もうすっぱりと葉子のことを諦めて貰いますと雪子が言ったのは、こんな時のことを予想して言ったのだが、しかし、島村はそんな雪子の言葉を無視して、駈落ちしようとする。それほど激しい情熱は判るし、また、これが今世間で言われている「自由」というものかも知れないが、しかし、いくら島村が金に不自由のない家の息子だからといって、今はその金が自由にならぬ世の中だ。米一合手に入れるのさえどんなわずらわしい苦労をしなければならぬか判っている筈だ、そんな時にいきなり若い二人が東京へ行って、無事に暮して行けるかどうか……。

いや、戦争前の世の中だって、若い二人の駈落ちが成功しただろうか。げんにこの自分だって……。

「――この自分だって……」

と、呟いて、ふと娘の涙に濡れた横顔を見ると、若い頃の自分にそっくりだった。

「葉子！」

と、雪子は名を呼んで、暫らくためらっていたが、やがて、思い切ったように、

「――お母ちゃんは今まで誰にも言わなかったし、また一生言わん積りやったけど……」

と、語り出した。

# 五

その雪子の話――。

雪子は東横堀の伊吹屋という大きな瀬戸物問屋に、いわゆる「船場の嬢はん」として育った。が、雪子は本当は芸者の子だったのだ。そのことが判ったのは、女学校を卒業して間もなく、雪子が花柳流の名取りとなった披露の舞踊会を、道頓堀の中座で催した時だった。

その日、雪子は宗右衛門町の芸者達の長唄で「娘道成寺」を踊ったのだが、踊が終りかけた頃、三味線を弾いていた一人の芸者が撥を落して、ぱったりと床の上に倒れた。そして、間もなく楽屋で息を引き取った。

その芸者は本当は寄席の三味線弾きだったのだが、その日出演する昔の朋輩に頼んで、その替玉となって舞台へ出ていたのである。病身だった。病身を押して雪子の三味線をわざわざ弾いたのは、――実はその女は雪子の生みの親だったのだ。宗右衛門町の芸者をしていた頃、雪

子の父と馴染(なじ)んで、雪子を生むと同時に、お家大事の伊吹屋の番頭に引きはなされて、雪子を伊吹屋へ渡してから二十年間、「船場」というものの垣にへだてられて一度も雪子に会うことは出来なかった。彼女はその後転々として倫落の道を辿っていたが、ある日ふと雪子が中座で「娘道成寺」を踊り、その三味線を宗右衛門町の芸者達が弾くことを聴いた。彼女は胸を患っていたが、昔の朋輩を宗右衛門町に訪ねて、替玉となってせめて娘の晴れの踊の三味線を弾かせてくれと頼んだのであった。

雪子はこの話を、その女が息を引き取る直前に聴いたのだ。

その女の死体は夜が更けてからそっと楽屋口から運び出された。雪子はその傍について行ったが、太左衛門橋の上を渡る時、雪子はもはや自分は船場とは何のゆかりもない人間だとふと思った。生みの母親を苦しめた船場の古い因習というものへの強い反感だった。

その頃、雪子に縁談が持ち上っていた。が、雪子は秀吉という丁稚(でっち)を愛していた。秀吉は前科者の息子だった。秀吉は父親が前科者になったのは、高利貸に欺(だま)されたが、貧しくて弁護士を雇えなかったためであったから、自分は勉強して弁護士になり貧乏人の味方をすると言っていた。

雪子は秀吉に英語を教えてやったりしていた。やがて、雪子は秀吉と東京へ駈落ちしようとした。秀吉は東京へ行って弁護士になる勉強をする積りだったのだ。

しかし、雪子は大阪駅で見つかって、引き戻された。秀吉は一人で東京へ行ったが、間もなく関東大震災だった。雪子は秀吉が死んだという噂をきいて、北浜へ嫁いだ。

ところが雪子が芸者の子だということが嫁ぎ先で知れてしまった。雪子は離縁になったその足で、宗右衛門町に行き、芸者になった。芸者の子はやはり芸者になったのだ。

そして五年がたったある夜、道頓堀で芝居を見た帰り、雪子は太左衛門橋の上にしょんぼり佇んでいるみすぼらしい男の顔を見て、驚いた。秀吉だったのだ。

死んだという噂は嘘だったが、しかし秀吉は弁護士にはなれず、ルンペン同様のくらしだったのだ。前科者の息子はどこへ行っても相手にされなかったのだろうか。

五年前の恋情がふと甦った。――もう一度秀吉と二人で――と、思った。が、秀吉にはもう妻があった。

短かい立ち話の末、雪子は秀吉と別れて、宗右衛門町の大和屋へ帰って行った。はかない再会であった。

雪子は間もなく旦那をとった。そして旦那との間に葉子が生れた。雪子は旦那から手切れ金を貰うと、その金で喫茶店をひらいて、女の手一つで葉子を育てて来た。

空襲の夜、雪子が太左衛門橋を渡って逃げる気になったのは、その橋が生みの母の死骸を送って行った橋であり、初恋の男と再会した橋であったからだ。

太左衛門橋は道頓堀と宗右衛門町をつなぐ橋であり、さまざまな人のさまざまな想い出がこもっている橋だったが、誰よりも雪子の想い出は強かった。

……………………………………

「一生誰にも言うまいと、思っていたこの話を、今あんたにするお母ちゃんの気持、判ってるか。皆、あんたにお母ちゃんの若い時分の失敗をもう一度あんたにさせとうないからやぜ」

夜が更(ふ)けていた。

黙って母の話を聴いていた葉子は、母にそんな青春があったのかと驚く前に、「世間」というものに驚いていた。「世間」――船場(せんば)の古い因習といってもいいかも知れない。

母の青春を踏みにじったのは船場だ。そして、母を芸者にしたのも船場だ。しかも、今自分はそんな母の子と生れて、船場の息子と一しょに駈落ちしようとする。

葉子は母娘二代に亙って押し掛っている「船場」の重さを、背中に感じながら、母の言葉を聴いていた。

「――お母ちゃんは無理に停めへん。お母ちゃんの話を聴いて、それでもあんたが島村はんと一しょに行きたいと思うのんやったら、行ってもええ。まア、朝までゆっくり考えたらええ」

そして、雪子は寝がえりを打って、蒲団の中へ顔を埋めた。しかし、眠れぬらしく重い溜息が時々葉子の耳に聴えて来た。

勿論葉子も眠れなかったのだ。まんじりともせず、腹這いになって、枕を胸に当てていた。

夜が白みだして来た。

葉子ははっと枕から胸を離した。――道修町の家をぬけ出して、大阪駅への夜明けの道を歩いて行く島村の姿が泛んだのだ。自分がきっと来てくれると信じながら歩いている島村の姿が……。

葉子は、いきなり背中の重みを振り捨てるように、掛蒲団をはね返して、

「お母ちゃん、かんにんして！」

「やっぱし行くのんか」

と雪子も眼覚めていた。

「うん。行きたい。行かせて！　お母ちゃんを一人大阪へ残して行くのは辛いけど、……」

葉子はポロポロと涙を落して、

「——うちお母ちゃんみたいに、船場の因習の犠牲になるのんいやや。うち一所懸命やるさかい、行かせて！　島村はんと一しょに行かせて！」

恋が強くするのであろうか、「春の踊」のレヴュー役者にうつつを抜かしていた娘とも思えない真剣さだった。

「行き！　行き！　お母ちゃん、もう停めへん。お母ちゃんみたいに成らんと、倖せに暮して……」

雪子は地下鉄で大阪駅まで送って行った。駈落ちする娘を送って行く母親がどこの世界にあるだろうかと、皮肉な想いよりも悲しい想いが強かった。

ラッシュアワーの物凄い雑閙に揉まれながら、葉子の手をしっかり握っていると、雪子は古

い船場の因習をたたきこわして見せるという葉子の覚悟は、酵素肥料で食糧難を解決するといった島村の理想と同じく、結局はかない夢に終ってしまうかも知れないと思った。が、いきなり足を踏みつけられた拍子に、ひょいと車内にぶら下った横文字の広告を見ると、雪子は初恋の秀吉のことを想い出した。あの頃、雪子は弁護士になりたいと言って講義録を読んでいた秀吉に、女学校仕込みの英語の発音を教えてやっていたのだった。

あれから、もう二十年以上もたっている。随分世の中も変った。

そう思った咄嗟に、雪子はふと葉子の覚悟や島村の理想がたとえ夢であるにしても、今はこの夢のほかに何を信じていいのだろうか、そうだ、自分はこの夢を信じようと、呟いた。

リュックサックを背負った葉子の顔は、夜通し眠れなかったとは思えぬくらい、生き生きと明るかった。その顔を見ているうちにいつか雪子の顔も晴れ晴れとして来た。

# 妖　婦

神田の司町は震災前は新銀町といった。

新銀町は大工、屋根職、左官、畳職など職人が多く、掘割の荷揚場のほかにすぐ鼻の先に青物市場があり、同じ下町でも日本橋や浅草と一風違い、いかにも神田らしい土地であった。

喧嘩早く、物見高く、町中見栄を張りたがり、裏店の破れ障子の中にくすぶっても、三月の雛の節句には商売道具を質においても雛段を飾り、娘には年中派手な衣裳を着せて、三味線を習わせ、踊を仕込むという町であった。そのために随分無理をする親もあったが、もっとも無理が重なって、借金で首が廻らなくなる時分には、もう娘は垢ぬけた体に一通りの芸をつけており、すぐに芸者になれた。

安子はそんな町の相模屋という畳屋に生れた。相模屋は江戸時代から四代も続いた古い暖簾(のれん)で五六人の職人を使っていたが、末娘の安子が生れた頃は、そろそろひっそくしかけていた。

総領の新太郎は放蕩者で、家の職は手伝わず、十五の歳から遊び廻ったが、二十一の時兵隊にとられて二年後に帰って来ると、すぐ家の金を持ち出して、浅草の十二階下の矢場の女で古い馴染みだったのと横浜へ逃げ、世帯を持った翌月にはもう実家へ無心に来た。父親は律義な職人肌で、酒も飲まず、口数も尠なかったが、真面目一方の男だけに、そんな新太郎への小言はきびしかった。しかし家附きの娘の母親がかばうと、この父も養子の弱身があってか存外脆かった。母親は派手好きで、情に脆く、行き当りばったりの愛情で子供に向い、口数の多い女であった。

安子はそんな母親に育てられた。安子は智慧も体も人なみより早かったが、何故か口が遅く、はじめは啞ではないかと思われたくらいで、四つになっても片言しか喋れなかった。しかし安子は口よりも顎で人を使い、人使いの滅法荒い子供だったが、母親は人使いの荒いのは気位の高いせいだとむしろ喜び、安子にはどんな我儘も許し贅沢もさせた。

たしかに安子は気位が高く、男の子からいじめられたり撲られたりしても、逃げも泣きもせず涙を一杯溜めた白い眼で、いつまでも相手を睨みつけていた。かと思うと、些細なことで気にいらないことがあると、キンキンした疳高い声で泣き、しまいには外行きの着物のまま泥んこの道端へ寝転ぶのだった。欲しいと思ったものは誰が何と言おうと、手に入れなければ承知せず、五つの時近所の、お仙という娘に、茶ダンスの上の犬の置物を無心して断られると、ある日わざとお仙の留守中遊びに行って盗んで帰った。

早生れの安子は七つで小学校に入ったが、安子は色が白く鼻筋がツンと通り口許は下唇が少し突き出たまま緊り、眼許のいくらか上り気味なのも難にならないくらいの器量よしだったから、三年生になると、もう男の子が眼をつけた。その学校は土地柄風紀がみだれて、早熟な生徒は二年生の頃から艶文をやりとりをし、三年生になれば組の半分は「今夜は不動様の縁日だから一緒に行こうよ」とか、「この絵本貸してあげるから、ほかの子に見せないでお読みよ」とか、「お前さんの昨日着て来た着物はよく似合った、明日もあれを着て来てくれ」とか、「文公は昨日お前さんをいじめたそうだが、あいつは今日おれがやっつけてやるから安心しな」などという艶文を、それぞれの相手に贈るのだった。艶文を贈って返事が来ると、二人の仲は公然と認められ、男の子は相手を「おれの娘」とよび女の子は「あたいの好い人」とよび、友達に冷やかされてぽうっと赧くなってうつむくのが嬉しいのだった。

安子が毎朝教室へ行って机を開けると何通もの艶文がはいっていた。が、安子は健坊という一人を「あたいの好い人」にしていた。健坊は安子の家とは道一つへだてた向側の雑貨屋の伜で、体が大きく腕力が強く、近所の餓鬼大将であった。

ところが四年生になって間もなくのある日、安子は仕立屋の伜の春ちゃんの所へ鉛筆と雑記帳を持って行き、「これ上げるから、あたいの好い人になってね」そう言って春ちゃんの顔をじっと媚を含んだ眼で見つめた。

春ちゃんは無口な大人しい子供で、成績もよく級長であったから、やはり女の方の級長をしている雪子という蒼白い顔の大人しい娘を「おれの娘」にしていたが、思わず、「うん」とうなずいて、その日から安子の「好い人」になってしまった。

その日学校がひけて帰り途、友達のお仙が「安ちゃん、あんたどうして健坊をチャイしたの」と訊くと、安子はにいっと笑って、「お仙ちゃん、誰にも言わない？　言っちゃいけないことよ。――あたい本当は一番になろうと思って勉強したんだけれど、また十番でしょう。くやしいからあたい一番になる代りに、一番の春ちゃんを好い人にしたのよ。これ内緒よ、よくって？」

「だってあんたには健坊がいるじゃないの」

「健坊は雪ちゃんをいい娘にすればいいさ」

そう言った途端、うしろからボソボソ尾行て来た健坊がいきなり駈けだして、安子の傍を見向きもせずに通り抜け、物凄い勢いで去って行った。兵古帯が解けていた。安子はそのうしろ姿を見送りながら、

「いやな奴」と左の肩をゆり上げた。

ところが、次の日曜日、安子とお仙と一緒に銭湯へ行っていると、板一つへだてた男湯から水を飛ばした者がいる。

「誰さ。いたずらおよしよ」

安子が男湯に向って呶鳴ると、

「てやがんでえ。文句があるなら男湯へ来い、あははは……。女がいくら威張ったって男湯へ入ることは出来めえ。やあい、莫迦野郎！」

男湯から来た声は健坊だ、と判ると安子はキッとした顔になり、

「入ったらどうするッ」

「手を突いて謝ってみせらア」

「ふうん……」

「手を突いて、それから、シャボン水を飲んで見せらア」

「ようし、きっとお飲みよ」

安子はそう言うといきなり起ち上って、男湯と女湯の境についている潜り戸をあけると、男湯の中へ裸のままはいって行った。手拭を肩に掛けて、乳房も何も隠さずすくっと立ちはだかったまま、

「さあ入ったよ。手を突いてシャボン水お飲みよ」

健坊は思わず顔をそむけたが、やがて何思ったかいきなり湯舟の中へ飛び込んで、永いこと潜っていた。

「なにさ。あたいは潜れと云っちゃいないわよ。シャボン水をお飲みと言ってるんだよ。へーん飲めもしない癖に……、卑怯者！」

安子はそう言い捨てて女湯へ戻って来た。早熟の安子はもうその頃には胸のふくらみなど何

か物を言い掛けるぐらいになっていた。

やがて尋常科を卒え、高等科にはいると、そのふくらみは一層目立ち、安子の器量のよさは学校でよりも近所の若い男たちの中で問題になった。家の隣りは駄菓子屋だが、夏になると縁台を出して氷水や蜜豆を売ったので、町内の若い男たちの溜り場であった。安子が学校から帰って、長い袂の年頃の娘のような着物に着替え、襟首まで白粉をつけて踊りの稽古に通う時には、もう隣りの氷店には五六人の若い男がとぐろを巻いて、ジロリと視線が腰へ来た。踊りの帰りは視線のほかに冷やかしの言葉が飛んだ。そんな時安子は、

「何さ鼻たれ小僧！」と言い返しざまにひょいと家の中へ飛び込むのだったが、その連中の中に魚屋の鉄ちゃんの顔がまじっていると安子はもう口も利けず、もじもじと赫くなり夏の宵の悩ましさがふと胸をしめつけるのだった。鉄ちゃんは須田町の近くの魚屋の伜で十九歳、浅黒い顔に角刈りが似合い、痩せぎすの体つきもどこかいなせであった。

やがて安子と鉄ちゃんの仲が怪しいという噂が両親の耳にはいった。縁日の夜、不動様の暗がりで抱き合っていたという者もあり、鉄ちゃんが安子を連れ込む所を見たという者もあった。さすがに両親は驚いた。総領の新太郎は道楽者で、長女のおとくは埼玉へ嫁いだから、両親は職人の善作というのを次女の千代の婿養子にして、暖簾を譲る肚を決め、祝言を済ませたところ、千代に男があったことを善作は知り、さまざま揉めた揚句、善作は相模屋を去ってしまった――。

丁度その矢先に、安子の噂を聴いたのである。父親は子供達の悪さをなげきながら、安子に学校や稽古事をやめさせて二階へ監禁し、一歩も外出させず、仲よしのお仙がたずねて行っても親戚へ行っていると言って会わせなかった。

安子は鉄ちゃんには唇を盗まれただけで、父親が言うように女の大事なものを失うような大それたことをした覚えはなかったから、

「鉄ちゃんと活動見に行ったり、おそば屋へ行ったりしただけで、監禁されるのはあわないわ。ねえおっ母さん、あたい本当にそんなことしなかったのよ、皆が言ってるのは嘘よ、だからお父っさんにたのんで、外へ出して貰ってよ」と、母親にたのんだ。安子に甘い母親はすぐ父親に取りついたが、父親は、

「鉄公とあったかなかったかは、体を見りゃ判るんだ。あいつの体つきは娘じゃねえ」

と言って、この時ばかりは女房に負けぬ男だった。

ところが二十日許りたって、母親がいつまでも二階に監禁して置いてはだいいち近所の体裁も悪い。それに学校や踊はやめてもせめてお針ぐらいは習わせなければと父親を口説き、お仙ちゃんなど半年も前から毎日お針に行ってるから随分手が上ったと言うと、さすがに父親も狼狽して今川橋の師匠の許へ通わせることにした。

安子は二十日振りに外の空気を吸ってほっとしたが、何もしなかったのに監禁の辛さを味わせた父親への恨みは残り、お父つぁんがあくまで何かあったと思い込んでいるのなら、いっそ

本当にそんなことをしてやろうかと思った。どうせ監禁されたのだから、悪いことをしても差引はちゃんとついている。このままでは引合わない、莫迦な眼を見たのはあたいだけだからと云うそんな安子の肚の底には、皆が大騒ぎしている「あの事」って一体どんなことなのかしらというういたずらな好奇心があった。

今川橋のお針の師匠の家には荒木という髪の毛の長い学生が下宿していた。荒木はその家の遠縁に当る男らしく、師匠に用事のある顔をして、ちょこちょこ稽古場へ現われては、美しい安子に空しく胸を焦していたが、安子が稽古に通い出して一月許りたったある日、町内に不幸があって師匠がその告別式へ顔出しするため、小一時間ほど留守にした機会をねらって、階下の稽古場へ降りてくると、

「安ちゃん、いいものを見せてあげるから、僕の部屋へ来ないか」と言った。

「いいものって何さ……」

「来なくっちゃ解らない。一寸でいいから来てごらん」

「何さ、勿体振って……」

そう云いながら、二階の荒木の部屋へ随って上ると、荒木はいきなり安子を抱きしめた。荒木の息は酒くさかった。安子は声も立てずに、じっとしていた。そして未知の世界を知ろうとする強烈な好奇心が安子の肩と胸ではげしく鳴っていた。

やがてその部屋を出てゆく時、安子は皆が大騒ぎをしていることって、たったあれだけのこ

とか、なんだつまらないと思ったが、しかし翌日、安子は荒木に誘われるままに家出して、熱海の宿にかくれた。もっと知りたいという好奇心の強さと、父親の鼻を明かしてやりたいという気持に押し出されて、そんな駈落をする気になったのだが、しかし三日たって追手につかまり、新銀町の家へ連れ戻された時はもう荒木への未練はなかった。それほど荒木はつまらぬ男だったのだ。

日頃おとなしい父親も、この時はさすがに畳針を持って、二階まで安子を追いかけたが、母親が泣いて停めると、埼玉県の坂戸町に嫁いでいる長女の許へ安子を預けた。安子は三日ばかり田舎でブラブラしていたが、正月には新銀町へ戻った。せめてお正月ぐらい東京でさしてやりたいという母親の情だったが、しかし父親は戻って来た安子に近所歩き一つさせず、再び監禁同様にした。安子は一日中炬燵にあたって、

「出ろと云ったって、誰がこんな寒い日に外へ出てやるものか」

そう云いながらゴロゴロしていたが、やがて節分の夜がくると、明神様の豆まきが見たく、たまりかねてこっそり抜け出した。ところが明神様の帰り、しるこ屋へ寄って、戻って来ると、家の戸が閉っていた。戸を敲いてみたが、咳ばらいが聴えるだけで返事がない。

「あたいよ、あけて頂戴。ねえ、あけてよ。だまって明神様へお詣りしたのは謝るから、入れて頂戴」と声を掛けたが、あけに立つ気配もなかった。

「いいわよ」

安子はいきなり戸を蹴ると、その足でお仙の家を訪れた。

「どうしたの安ちゃん、こんなに晩く……」

「明日田舎へゆくからお別れに来たのよ」

そして安子はとりとめない友達の噂話をはじめながら、今夜はこの家で泊めて貰おうと思ったが、ふと気がつけばお仙はともかく、お仙の母親は、界隈の札つき娘で通っている女を泊めることが迷惑らしかった。安子はしばらく喋っていた後、

「明日もしうちのお父つぁんに逢ったら、今夜は本郷の叔母さんちへ泊って田舎へ行ったって、そう云って頂戴な」

そう言づけを頼んで、風の中へしょんぼり出て行ったが、足はいつか明神様へ引っ返していた。二度目の明神様はつまらなかったが、節分の夜らしい浮々したあたりの雰囲気に惹きつけられた。雑閙に押されながら当てもなし歩いていると、

「おい、安ちゃん」と声を掛けられた。

振り向くと、折井という神田の不良青年であった。折井は一年前にしきりに自分を尾け廻していたことがあり、いやな奴と思っていたが、心の寂しい時は折井のような男でも口を利けば慰さめられた。

並んで歩き出すと折井は、

「どうだ、これから浅草へ行かないか」

一年前と違い、何か押しの利く物の云い方だった。折井は神田でちゃちな与太者に過ぎなかったが、一年の間に浅草の方で顔を売り、黒姫団の団長であった。浅草へゆくと、折井は簪を買ってくれたり、しるこ屋へ連れて行ってくれたり、夜店の指輪も折井が買うと三割引だった。

「こんな晩くなっちゃ、うちへ帰れないわ」

安子が云うと、折井はじゃ僕に任かせろと、小意気な宿屋へ連れて行ってくれた。部屋にはいると、赤い友禅模様の蒲団を掛けた炬燵が置いてあり、風呂もすぐにはいれ、寒空を歩いてきた安子にはその温さがそのまま折井の温さかと見えて、もういやな奴ではなかった。

いざという時には突き飛ばしてやる気で随いてきたのだが、抱かれると安子の方が燃えた。折井は荒木と違って、吉原の女を泣かせたこともあるくらいの凄い男で、耳に口を寄せて囁く時の言葉すら馴れたものだったから、安子ははじめて女になったと思った。

翌日から安子は折井と一緒に浅草を歩き廻り、黒姫団の団員にも紹介されて、悪の世界へ足を踏み入れると、安子のおきゃんな気っぷと美貌は男の団員たちがはっと固唾を飲むくらい凄く、団員は姐御とよんだ。気位の高い安子はけちくさい脅迫や、しみったれた万引など振りむきもせず、安子が眼をつけた仕事はさすがの折井もふるえる位の大仕事だった。いつか安子は団長に祭り上げられて、華族の令嬢のような身なりで浅草をのし歩いた。ところがこのことは直ぐ両親に知れて、うむを云わさぬ父親の手に連れられて、新銀町へ戻された。

戻ってみると、相模屋の暖簾もすっかり（ママ）した前で職人も一人いるきりだった。安子は白髪のふえた父親の前に手をついて、二度と悪いことはしないと誓った。そして、父親の出入先の芝の聖坂にある実業家のお邸へ行儀見習に遣られた。安子は十日許り窮屈な辛棒をしていたが、そこの令嬢が器量の悪い癖にぞろりと着飾って、自分をこき使うのが癪だとそろそろ肚の虫が動き出した矢先、ある夜、主人が安子に向って変な眼付をした。なんだいこんな家と、翌る日、安子は令嬢の真珠の指輪に羽二重の帯や御召のセルを持ち出して、浅草の折井をたずね、女中部屋の夢にまで見た折井の腕に抱かれた。その翌朝、警察の手が廻って錦町署に留置された。検事局へ廻されたが、未成年者だというので釈放され、父親の手に渡された。

そんな事があってみれば、両親ももう新銀町には居たたまれなかった。両親は夜逃げ同然に先祖代々の相模屋をたたんで、埼玉の田舎へ引っ込んでしまった。一つには借金で首が廻らなくなっていたのだ。

安子も両親について埼玉へ行ったが、三日で田舎ぐらしに飽いてしまった。丁度そこへやってきたのが横浜にいる兄の新太郎で、

「どうだ横浜で芸者にならぬか」と、それをすすめにきたのだった。

「そうね、なってもいいわよ」

安子の返事の簡単さにさすがの新太郎も驚いたが、しかし父親はそれ以上に驚いて、

「莫迦なことを云うもんじゃねえ」

と安子の言葉を揉み消すような云い方をしたが、ふと考えてみれば、安子のような女はもうまともな結婚は出来そうにないし、といって堅気のままで置けば、いずれ不仕末を仕出かすに違いあるまい。それならばいっそ新太郎の云うように水商売に入れた方がかえって素行も収まるだろう。もともと水商売をするように生れついた女かも知れない、——そう考えると父親も諦めたのか、

「じゃそうしねえ」と、もう強い反抗もしなかった。

安子はやがて新太郎に連れられて横浜へ行き芸者になった。前借金の大半は新太郎がまき上げた。この時安子は十八歳であった。

# 眼鏡

三年生になった途端に、道子は近視になった。

「明日から、眼鏡を掛けなさい。うっちゃって置くと、だんだんきつくなりますよ」

体格検査の時間にそう言われた時、道子はぽうっと赧くなった。なんだか胸がどきどきして、急になよなよと友達の肩に寄りかかって、

「うっちゃって置くと、ひどくなるんですって」

胸を病んでいると宣告されたような不安な顔をわざとして見せたが、そのくせちっとも心配なぞしていなかった。むしろいそいそとした気持だった。

その晩、道子は鏡台の傍をはなれなかった。掛けてははずし、はずしては掛け、しまいに耳の附根が痛くなった。

――風邪を引いて、首にガーゼを巻いた時みたいに、明日はしょんぼりうなだれて学校へ行

こうかしら。そしたら、みんな寄って慰めてくれるわ。それとも、しゃきんと胸を張って、行こうかしら、素敵ね、よく似合うわ、と言ってくれるわ。

そんなことを考えていると、

「おい、道子。だらしがねえぞ。いつまで鏡にへばりついてるんだ」

兄にひやかされた。

「兄さまだって、はじめて背広着た時は、こうやって……」

「莫迦！　あの時はネクタイを結ぶ練習をしたんだ。同じにされてたまるかい。ネクタイには結び方があるが、眼鏡なんか阿呆でも掛けられる。眼鏡を掛ける練習なんて、きいたことがねえよ」

「はばかりさま、眼鏡にでも掛け方はありますわよ。お婆さんみたいに、今にもずり落ちそうなのもあるし、お爺さんみたいに要らぬ時は、額の上へ上げてしまうのもあるし……」

「どっちみち、お前なんか、どう掛けてみたって、似合いっこはないよ。いい加減のところで妥協して、あっさり諦めてしまうんだな」

「あら」

「それに、元来女の眼鏡という奴は誰が掛けたって、容貌の三割方は、低下するものさ。おまけに、頭の良い人間は眼鏡なんか掛けんからね。生理学的にいっても、眼の良いものは、頭が良いにきまっている。その証拠に、横光でも川端でも、良い小説家は皆眼鏡を掛けておらん。

小説家に眼鏡を掛けたのはすくないからね」

「でも、林芙美子さんは、掛けているわ」

と、道子は口惜しそうに言ったが、ところが、その兄が間もなく貰ったお嫁さんは、ちゃんと眼鏡を掛けていた。

「それ見なさい。あんまりひとのことを……」

「しかし、僕のお嫁さんの容貌は、三割方落ちても、なおこのくらい綺麗なンだからね。凄いだろう？」

兄はしゃあしゃあとして、得意になっていたが、まだ女学校を出たばかしの花嫁は、婚礼の晩そんなに幸福そうに見えなかった。むしろなんだか、悲しそうだと、道子は思った。

——眼鏡を掛けた女は、みんな悲しそうに見えるのかしら？

と、道子は思って、悲観した。

一月ばかり経って、すっかり兄嫁に馴染んだ頃、道子は、

「お姉様は、なぜ御婚礼の晩あんなに悲しそうにしていらっしたの？」

と、訊いてみた。

「それはね、——」兄嫁はちょっと口ごもって、「あたしの一番の仲良しをあの晩お呼び出来なかったからよ。それが悲しかったの」

「どうして、お呼び出来なかったの？」

しかし、兄嫁はふと赧くなっただけで、答えなかった。

ところが、それから間もなく、兄嫁のところへ結婚式の招待状が来た。

「まあ、口惜しい」兄嫁は叫んだ。「道子さんこの女よ、この方よ。あたしが自分の結婚式に呼べなかったひとというのは……」

あっけにとられて眼鏡の奥で眼をパチクリさせていると、彼女は続けて「――学校時代、この女と二人、どちらも一生結婚なんかしないで置きましょうねと、約束したのよ。だから、あたしその約束を裏切ったのが辛くて、呼べなかったのよ。顔を合わすのが怖くて、同窓会にも行けなかった――それが悲しかったのよ。でももういいわ。この女だってもう結婚するんですもの」

そして急に眼鏡を外して、そっと涙を拭いたかと思うと、何思ったのかいきなり、ぺろっと舌を出して、幸福そうに笑った。

# 実感

文子は十七の歳から温泉小町といわれたが、

「日本の男はみんな嘘つきで無節操だ。……」

だからお前の亭主には出来ん――という父親の言落を素直にきいているうちにいつか二十九歳の老嬢になり秋は人一倍寂しかった。

父親は偏窟の一言居士で家業の宿屋より新聞投書にのぼせ、字の巧い文子はその清書をしながら、父親の文章が縁談の相手を片っ端からこき下す時と同じ調子だと、情なかった。

秋の夜、眼の鋭いみすぼらしい男が投宿した。宿帳には下手糞な字で共産党員と書き、昨日出獄したばかりだからとわざと服装の言訳して、ベラベラとマルキシズムを喋ったが、十年入獄の苦労話の方はなお実感が籠り、父親は十年に感激して泣いて文子の婿にした。

所が、男は一月たたぬうちに再び投獄された。が、主義のためではない。きけば前科八犯の博徒で入獄するたびに同房に思想犯が膝をかかえて鉛のように坐っていたのだ。
最近父親の投書には天皇制護持論が多い。

# 好奇心

殺された娘、美人、すくなくとも新聞の上では。それが宮枝には心外だ。宮枝はその娘を知っている。醜い娘、おかめという綽名だ。

あたしの方がきれいだ。あたしの方が口が小さい。おかめなんていわれたことはない。宮枝の綽名はお化け。あんまり酷だから、聴える所では誰も言わなかった。お化け、誰のことかしら。声だけは宮枝も女だった。

誰でも死ぬ。クレオパトラ。白骨にも鼻の高低はあるのか。文章だけが鼻が高いと書く。若くて死んだから。あたしは養生して二百歳まで生きる。奇蹟。化石になる頃、皆あたしを忘れる。文章だけに残る。醜い女、二百歳まで生きて、鼻が低かったと。そしてさらに一生冒さず、処女！

殺されればあたしも美人だ。あたかもお化けがみな美人である如く。お岩だってもとは美人だったと、知らぬが仏の宮枝は、ぐさりとスリルを感ずる。知らぬが仏。全く何も知らぬ。チャンスがなかったのだ。手術みたいなものかしら。好奇心の病気！　盲腸という無用の長物に似た神秘のヴェールを切り取る外科手術！　好奇心は満足され、自虐の喜悦、そして「美貌」という素晴らしい子を孕む。しかし必ず死ぬと決った手術だ。

やはり宮枝は慄く、男はみな殺人魔。柔道を習いに宮枝は通った。社交ダンスよりも一石二鳥。初段、黒帯をしめ、もう殺される心配のない夜の道をガニ股で歩き、誰か手ごめにしてくれないかしら。スリルはあった。

ある夜、寂しい道。もしもし。男だ。一緒に歩きませんか。ええ。胸がドキドキした。立ち停る。男の手が肩に。はっと思った途端宮枝は男を投げ飛ばしていた。

# 冴子の外泊

## 織枝の手記

……何という私は母親だろう。世間の母親なら、そんな場合、ほかのことなぞ、頭に浮ばず、まず何よりも娘の身の上を案じた筈だ。勿論私も心配しなかったわけではない。二十一歳の今日まで大事に育てて来た冴子のことだもの。その冴子が一日も家を明けて帰って来なかった
——心配するのは当然だ。

けれども、その心配よりも先に頭に浮んだのは、
「あ、相手は津田ではないだろうか。冴子は津田の所で泊っているのではないだろうか。いいえ、きっと津田の所にきまっている」

というこの心配の方だった。娘の身を心配したのではない。私自身のことで心配したのだ。つまり、こんなことは誰にも言えぬが、嫉妬だ。はしたないが、致し方がない。白状してしまおう。娘の冴子に対する嫉妬だった。というのも、まえまえから——といっても、津田が私の、いいえ、私たちの所へ来るようになったのは、つい最近のことで、日記を見れば判る、そう、丁度二十日前からだが——津田の冴子を見る眼がただごとでなかったからだ。といえば、何か弁解みたいだけどとにかく、何といおうか、そうだ、輝いていた。冴子を見る時の津田の眼は輝いていた。

「ほう、こんな綺麗な娘があったのか」

という驚き以上のものが——さすがに津田も四十を越した男のことだから、若い人たちほどには露骨でなかったけれど——その眼の中にあると、私は睨んだ。

と、同時に、私は何かしらはらはらして、冴子を妬ましく思うようになった。そんな心の底に、津田に向って激しく燃えている私の愛情があった——と、今更言うまでもなかろう。

とはいうものの、私は何も最初から津田を想っていたわけではない。二十年前——といえば遠い昔で、想い出しても甘い気持をそそる青春がそこにあったわけだが、しかし、それは津田のせいではない。もっとも津田の方は当時の私に夢中になっていて、それはもう今から考えると、自惚でなしに相当激しい情熱だったらしいが、しかし私は文学青年風の青白い津田なぞ眼中に置かず、——というのも、その頃、私は医学生の井室と所謂「恋を囁く」というより、医学を論ずる（私は女子医専の生徒だった）仲になっていたからで、井室が医大を卒業すると、直ぐ結婚した。そして冴子が生れたが、冴子が三つの歳に、井室は急性肺炎で死んでしまい、私は未亡人になった。――が、この時も私は津田のことなぞ想い出さなかった。

普通、小説ならここで津田が現われて来て未亡人になった私を慰めるという場面になるのだろうけど、現われるにもなんにも、津田は既にハワイへ行ってしまっていた（と、これはあとで知ったことだが）のだから、お話にならぬけれど、津田がハワイへ行く気になったのはやはり私に失恋したためであったと、少くとも私はそう考えたい。そして二十年、ハワイで暮して、交換船で帰って来た時、ふと私のことを想い出して、私を訪ねると、既に私は未亡人であった。――この方が余程小説的だ。

その小説的なところが私の気に入ったとでもいうのか、私はいきなり二十年前の青春がよみがえった気持で、四十にもなる自分とは思えぬほど毎日がソワソワした気持であった。津田が四十三の今日まで独身で、（その間ハワイで一、二の女と関係はあったらしいが、少くとも今は独身だ）暮して来たことも勿論、私の勘定の中にはいっていた。

白状すれば、私は小娘のような気持になりこの二十年間ついぞ経験しなかったような胸騒ぎも覚えて、頰紅が濃くなった。われながら浅ましいと思ったが、津田がしげしげと私を訪れて来るのは、もはや私への求婚のためだと私は考えていた。こんな私を人は何と思うだろうか。が、私は現在の生活に疲れ果てていたのだ。夫の死後今日まで十七年間、私は男気なしに暮して来たのだ。冴子を育てるために、何もかも自分の青春も犠牲にして来たのだ。皮膚美容院という、医学と美容学の合の子みたいな施術をやる病院を経営しているくせに自分の美容だけは全くお構いなしで気持もだんだん男じみて、女史と呼ばれるに適しい人間になり切って、ふと振りかえって見れば、寂しい年月だった。それにこんな時代に、ニキビやソバカスをとるのに何週間も太陽光線をかけるという商売もそろそろ立ち行かなくなり……何やかやで、気持の疲れが出ていた。丁度そこへ突然津田が二十年振りの姿を私の前へ現わしたのだ。津田はもう青白い文学青年ではなかった。

ところが、津田は、私のひがみかも知れぬが、冴子に興味を持ったらしく、やがて、冴子を映画に誘ったりするようになった。むろん私も一緒の三人連れの時もあったが、しかし二人連れの時の方が、私の計算によると、(私に内緒の時は知らず) たしかに三度ばかりは多かったようだ。私は見ていてハラハラしたが、しかし津田にはむろんのこと、冴子にも、行くなとは言えなかった。言えなかったのは、人には言えぬあるこだわりからだった。

そして、いきなり夜冴子が家を明けてしまった時、あッ相手は津田じゃないか、津田のところに泊っているのではないかと、まずその心配が頭に泛んで、そのため夜もまんじりと出来ないほどだったが、それでもやはり津田のホテルへ電話する勇気が出なかったのも皆このこだわりのせいだった。娘の親なら、電話で問い訊す位、当然の権利でもあり、また義務でもあるのに。

あくる日も冴子は帰って来なかった。到頭二日家を明けてしょんぼり帰って来た時、私はほっとする前に、自分の娘と思えぬ位、冴子が憎らしかった。冴子は、私がどこに泊ったのか、誰のところへ泊ったのかと訊いてもなかなか返答しなかった。私はもう少しで冴子を撲るところだった。冴子は、「母さんの前では言えないけど、三宅さんの前なら言うわ」

と言った。言い出すと、あとへ引かない。

「そりゃ、そうでしょう。お母さんには言えない人の所で泊ったんでしょう」

私は随分はしたない、心をみすかされるようなことを言ったが、とにかく、看護婦の三宅に訊かせることにした。

そして、冴子が泊ったのは、瀧という青年のアパートだったと、聴いた時の私のうれしさ。本当にはしたないくらいだった。瀧は時々うちへ遊びに来ていた真面目な青年で、冴子とは仲が良かったが、何分薄給のサラリーマンだったから、私は結婚させる気もなかったのだ。が、冴子が瀧の所で泊ったときいた以上私の肚もきまった。丁度瀧がやって来たのを幸い、

「何も略奪結婚の真似をしないでもいいことよ。結婚させたげるわよ。近頃の若い人達のすることには敵わないわ」

と、私はいそいそした気持で言ってやった。

そして、私は何もかも解決したと思い、ほっとしたのだが、それだのに……何ということであろう、瀧は冴子と結婚したくないと言い、何もかもが……本当に何もかもが、こんがらがっ

て、もう私にはわけが判らなくなってしまった。その判らぬことを、判らせようと思ってこんなものを書く気になったのだが……、もうこのあとを書きつづけることは、辛くて、情けなくて、到底私には出来ない。

## 冴子の手記

冴子は悲しい子、そして馬鹿な子。哀れな娘で冴子はあるのです。……とこう書いて、さてこのあと何を書いてよいやら、頭がこんがらがって、いや、それよりも悲しくて、そのために、何も書けない。瀧さん、瀧さん、瀧さん。――そうだ、冴子にはもう瀧さんの名をこうして書くより外に何も書くことはない。瀧さん！と呼びかけてみる。が、返事はない。あの人はもう永久に冴子から去って行った。いま雨がしとしとと降って、月が隠れ、皆さん今宵は春の宵、ああ、冴子はどうやら感傷的になっている。自重！　自重！　ドンマイ、ドンマイ。些か理性を取戻した。書けそうだ。

……どうして、あんな突飛なことをしたのだろう。分らない。「瀧さんのアパートへ泊りに行った心理的原因を箇条書きせよ」この心理学の試験答案は冴子には書けない。白紙、落第だ。カンニングしてやろう。スタンダールの恋愛論をこっそり覗いて。

一、冴子は瀧を愛していたから。

何故、愛したかと問われると返答出来ない。詳しくはスタンダールの恋愛論にある。即ち、結晶作用、その他枚挙にいとまなし。

二、しかるに瀧は冷淡であった。――と冴子は思った。

瀧は冴子を愛していると、そう冴子は己惚れていた。冴子の己惚れ、冴子の自尊心。ところが、だんだんに愛しているか、どうか分らなくなった。冴子の自信崩壊。しまいには、愛されていないと冴子は思うようになった。瀧の冷さ(ひややか)は冴子を燃えさした。

三、嫉妬。

瀧は看護婦の三宅にリゴーの香水をプレゼントした。それを嗅ぎつけた(――香水は匂うものである――)時の冴子の驚き、そして悲しみ。そしてまた、これが致命傷だが、看護婦に負けたという名状しがたい気持。

四、冴子は自尊心が強かった。

愛してもらっていると思って、己惚れていたのに、そうでなかった。それだけでも自尊心は充分傷ついていたのに、看護婦に負けてしまった。冴子には自信があったのに。容貌、知性。それだのに、瀧に失恋しなくてはならないとは。

五、些か逆上。

女に自尊心、虚栄心がなくなれば死ぬよりほかにない。が、瀧から愛しているといってもらわない内は、死に切れない。愛していると言わせようという悲壮な決心が出た。いわせてみせるという自信は未だ充分残っている。賭の気持。スリル。瀧へのひたむきな愛情――そして、押掛け女房みたいに瀧のアパートへ行ったのだ。

……心理学の試験の答案はこれでやっと及第点をとることが出来たらしいが、冴子の人生はやっぱり落第点だった。

瀧さんのアパートへ押し掛けて行くと、瀧さんは困ったような表情をした。ソワソワとして落着かぬようで、紅茶をいれて下さるその手つきもギコチなかった。そんな瀧さんの妙に慌てた容子が、冴子にはますます好ましくなったので、いよいよ決心をかためて、

「今晩、ここで泊めて戴くわ」というと、瀧さんは、にやりと笑ったが、直ぐ、いかにも困った調子で、

「困るね」といった。そして、

「若い娘さんがこんな真似をしてもよいのか」と怖い顔でにらみつけて、帰るようにいい、帰らねばお母さんに電話するとおどかした。冴子はいやだ、いやだ、と頑張って動かなかった。すると、瀧さんは、

「いやならば、勝手にするが良いよ」と、いきなり胡坐をかいて、アゴ髭を抜きはじめた。そうして、暫く、二人で睨み合っていた。

夜が次第に降りて来て、ふと耳をすますと、雨の音だ。急に悲しくなって来て、冴子は泣き崩れた。たしか、「ひどいわ、ひどいわ」といったように記憶している。瀧さんは、「泣くなよ、泣きなさんな。何が悲しいの」と言った。そして瀧さんの寄って来る気配を背中に感じた。冴子は何かしら期待感でからだが顫えた。瀧さんの手が肩に触れた。冴子は嬉しいのか悲しいのか訳が分らず、一瞬泣き止んだが、やがて、また一層はげしく啜り泣いた。瀧さんの手はじっと位置を動かなかった。と、いきなり、瀧さんは立ち上り、そして部屋を出て行った。そのまま帰って来なかった。

冴子はそこで一晩泣き明した。朝になると、瀧さんのアパートを出た。自尊心が完全に傷つけられたという気持、そして、瀧さんの立派な態度への悲しいまでの慕わしさ、そしてまた、失恋の悲しみ、そういうものが頭の中で一杯になっていて、どこをどう歩いたのか分らなかった。ふと、お母さんのことが頭に泛んだ。家へ帰れないと思った。歩きながら泪が落ちて、足がふらついた。そして、どういう気持からか、フラフラと津田さんのホテルへ来てしまった。本当にどういう気持だったのだろう。自分でも分らなかった。今でも分らない。

そして、その晩、津田さんのホテルで泊った。が、何ごとも起らなかった。

二日、男の人のところで泊り、何ごとも起らなかったなんて、まるで嘘みたいだ。もし起ったなら？　……

起らなかったのが幸か不幸か、冴子には分らぬ。幸だと仮りにしよう。が、やはり何ごとも起らなかったことは、冴子にしてみると一つの侮辱だ。自尊心が傷ついたのだ。軽はずみなことをして、それがあやまちにならなかったなんて、むしろ滑稽ではなかろうか。馬鹿げた冴子の一人相撲！　冴子なんて、つまらぬ、つまらぬ、小娘です。

苦悩に歪んだ顔、そんな顔を冴子はしていたことであろう。しょんぼり家へ帰って来た時は。お母さんは、怖い顔で冴子を睨みつけ、「どこへ行って来たの？　相手は誰？　言ってごらん、言えないでしょう？」とまるで機関銃みたいだった。むろん冴子は言えなかった。二日の外泊、しかも相手は二人の男。冴子がどんなに厚顔無恥でも（――そうだ、冴子は厚顔無恥だ）言えない。が、結局は言わなくてはならない。唇を噛んで考えている内に、いきなり残酷な試みを思い付いた。「看護婦の三宅に言うから、母さんは三宅の口からきいて下さい」そう言って、何たることか、冴子は些か心が慰まった。

看護婦の三宅に、「わかってるでしょう？　私の泊ったところ。瀧さんとこよ」と言ってやった。三宅はいきなりさっと蒼ざめた。そして啜り泣き。分るわ、その気持。三宅さん、御免なさい。冴子は悪魔的な心理のとりこになったのよ。――と、いま冴子はそう謝りたい気持がする。しかし、その時は、三宅も矢張り瀧さんを想っていたのだと、自分の想像が当ったことと、その試みが効を奏したこととで、何となく快い気持がした。まるで線香花火の最後の明りのように、その気持だけがはかない光で冴子の暗い心を瞬間照らしたが、あとは、元の、いや、それ以上の暗さだった。

ああ、そして、そして、今もなお暗い。冴子のような不可(いけ)ない娘を神様はお懲しめになったのか。ああ神様、ああ瀧さん！

そのあとで起ったこと、これはもう書けない。……瀧さん！　瀧さん！

## 瀧の日記

×月×日　失恋した。K子は到頭ぼくから去ってしまった。ぼくのような薄給のサラリーマンが受けるべき、之は当然の一般的事実だ。K子は結婚するという。それも良かろう。新郎はどんな男だろう。何れにしても幸福な男だ。二人とも幸福に暮すがよい。そして永生きするであろう。ぼくは良識のある青年だから、刃傷沙汰は御免だ。が、K子よ、君は時々ぼくの蒼白い顔を想い出してくれるであろう。

×月×日　昨夜も眠れなかった。会社を休むことにして速達で欠勤届を出した。

×月×日　昨日欠勤届を出したが、実は日曜だったのだ。この頃、どうかしている。

×月×日　偶然に冴子という女性と知り合いになった。洋装の良く似合う娘だ。顔もそんなに悪くない。が、K子には遙かに及ばぬと思う。冴子とお茶をのみながら、しきりにK子のことを想う。

×月×日　冴子と映画を見に行った。やはりこれがK子と一緒ならと思うこと、しきりであった。

×月×日　冴子はぼくの空虚な心を些か満たすという役割をしてくれている。が、本当にぼくを愛しているのかどうか分らぬ。なるべく己惚れぬことだ。自尊心を再び傷つけぬようにしよう。が、K子から蒙った自尊心の傷はどうしても癒やさねばならない。冴子は病院の娘だ。冴子に愛しているといわせてやろう。

×月×日　冴子はだんだん熱をあげて来た。ぼくを愛している。醜いほどに愛している。愛されて良い気になっているぼくのだらしなさ。そしてまた、一瞬K子のことを想うときの情けなさ、恥しさ。冴子の美はK子に劣る。

×月×日　冴子にすすめられて、彼女の家へ行く。母親(ムッター)に会う。女史といった感じ。ぼくの月給をきいた。三宅という看護婦はちょっと綺麗だ。

×月×日　三宅にリゴーの香水をこっそり渡した。これは、いつかK子にプレゼントしようと思って買った香水だった。三宅に贈ることによってK子へのひそかな復讐を遂げた積りだったが、三宅の露骨な媚態を見ては、結局はぼくの敗北だった。

×月×日　冴子は益々ぼくに夢中になって来る。これ以上深入りするのは危険だが、何となく冴子の家へ出掛ける。母親(ムッター)女史は明らかにぼくを好かぬらしい。また月給をきかれた。ほんの日給程度だと答えた。

×月×日　津田という人に冴子の家で紹介された。母親女史は津田氏に惚れているらしい。傍でみていても面白いほど良く分る。
×月×日　冴子から一日二回速達が来る。アパートにも体裁がわるい。
×月×日　冴子がアパートへ泊りに来た。気味のわるいほど無暴だ。些か自尊心の満足を味った。が、冴子を汚す気は起らなかった。アパートを出て、友達のところで泊めてもらった。冴子に済まぬ気もした。
×月×日　冴子の家へ行った。一昨日冴子がぼくのアパートで泊ったことに就て一応は母親女史の了解を得て置く可きだと思ったから。母親女史に会うて、冴子の身の潔白なることを力説した。が、彼女の曰く、「そんなに白っぱくれないでも良いよ。二日も冴子を略奪して、今さら何をいうの。結婚させてあげるわよ」ぼくは思わず唸った。二日！　ああ、ぼくのところで泊ったのは一晩だけではないか。が、何もかも分った。間もなく、津田氏がやって来たから。まるで一幕物の芝居みたいに、ひょっくり津田氏はやって来た。
二人切りで話して、釈然とした。冴子は津田氏のところへ泊ったのだ。何故そんなことをしたのか、ぼくには冴子の気持はわかる。冴子はぼくに失恋した。その心の空虚さを埋めるために津田氏を利用したのだ。丁度K子に失恋したぼくが冴子を利用したように。
冴子はきっとそれを無意識の裡に感じていたに違いない。とすれば、冴子がそんな無暴なことをした責任はぼくにある。ぼくは冴子の心を弄んでいたのだ。罪万死に値する。が、津田氏が冴子と結婚すれば、それで何もかも解決はつく筈だ。そう思うと、ほッとした。と同時に、冴子が自分から去って行くことが何か悲しかった。虫の良い考えだが。

　ところが、津田氏の言によると、二人の間には何ごとも起らなかったらしい。それをきくと、ぼくは再びほッとして、そして、こんなことを津田氏に言った。母親女史（ムッター）は貴方に惚れていますよ。何故、そんなことを言ったのか分らぬ。あるいは、そう言って津田氏の心を動揺させ、そして冴子との結婚を妨げようとする下心からだったか。つまり、嫉妬だったろうか。それとも母親女史（ムッター）のために一席弁ずる気になったのか、にわかに断定しがたい。何れにしても、ぼくは悪魔的だ。すべては冴子の成せる業だろうか。

　津田氏にそう言ってから、ぼくは冴子の家を出た。再びそこを訪れることが無いだろうという気持で。

×月×日　その後冴子に会わぬ。どうしているだろうか。津田氏と結婚したのだろうか。ぼくにそれを知ろうとする権利はない。

## 津田の手記

ハワイへ渡ったのは巷間噂する所の失恋の為では毛頭ない。断じて違うのだ。文科大学卒業生には内地では就職口が無かったからだ。勿論、成績の優秀なものは田舎の中等学校の教員位にはなれた。が、自分は成績頗る芳しくなかった。この一点だけは或は失恋と関係あるかも知れない。してみれば、ハワイへ渡ったことも失恋と多少の因果関係無きにしもあらずか。呵々。

邦字新聞の広告取り、校正係、記者、編輯長と次第に地位が向上し、やがては別派新聞を自力経営するに至った。多少の産を成し、その間、二、三の女性と交渉があった。元来女性に好かれぬ性質(たち)と見えて、何れも良きところもなかった。

先祖代々の墓参かたがた戦時下の日本の状態も視たいと思い立って、帰国したところ、思い掛けなく織枝女史に邂逅した。女史はむくむくと肥満して、更に昔の面影を止(とど)めず、敢て醜婦とは申さねど、美人乃至姥桜の範疇にははいらぬと観察された。

しかるに、その息女、冴子嬢はあわれ在りし日の織枝女史を彷彿せしめて、而もそれ以上、洋風の服装も日本の娘子とは見えぬほど洗錬され、肢体も健かに伸びて、まさしく眩きものであった。

その冴子嬢、一夜小生の客舎を訪問して宿を請うた。訳あってのことと察せられたが、その大胆さ、臆面の無さ、之が現代日本女性の進歩か退歩かと、些か思案させられた。或は、小生如き中老青年など、男と見ない結果であろうか。

もとより食指は動いたが、冴子嬢が瀧某に失恋の果ての狂言めいた所作事と知っては、直ちに手を出す訳にも行かず、別室を与えて寛大なる宿の主となった。

朝、冴子嬢は不思議なる表情で帰って行き、放って置く訳には行かなかったから、織枝女史邸を後刻訪問した。もし冴子嬢の潔白を女史が信用しない場合は、それもっけの倖い、直ちに冴子嬢との結婚を申込む肚であった。前夜、たとえ別々の室で寐たといえ、通う夢路は遠からず、悶々の情——とは大袈裟だが、たしかに、そんなものはあった。

ところが、偶然、瀧某に女史邸で出会った。瀧某は一見も二見も、はなはだ軽薄なる青年の輩と見受けられた。このような青年に冴子嬢がうつつを抜かし、誘惑され(——たとは言わなかった、かえって拒絶されたとのことだったが——)んとしつつあるを見ては、一層冴子嬢との結婚の意志が強くなった。

しかるに、何ぞ計らんや。瀧某の言によれば、織枝女史はかねがね小生に秋波を送りつつあったと。青天の霹靂とは正にこのことである。織枝女史、今に及んで、何たる豹変かとあきれたが、言われてみれば、小生は鈍感であった。

そうと知っては、冴子嬢との結婚も思い止まる必要を感じさせられた。が、今更、織枝女史に走るのも余りに現金で、しかも冴子嬢の魅力もなかなかに諦め兼ねる。右せんか、左せんか、思案の末、厳正中立と決定した。

が、暫く瀧某と冴子嬢との経緯を傍観する必要も感じて、かげながら注意していたが、瀧某は何と思ったか、その後、冴子嬢に近付かず、そのまま交渉は切れたらしかった。

そこで、小生は再びハワイの人となるべく、一日××丸の客となり、その客室で退屈しのぎに此の手記なるものを草するに至ったのであるが、往年の文学青年も筆力大いに衰え、今は斯かる駄文を愉み、且つ慨かんとするか。

# 二十番館の女

## 一

電車を降りて、二十番館ときいてみても、要領を得なかったが、女子アパートだというと、直ぐ判った。娘の話では、一階から五階まで三百人余りいる居住者が一人残らず女ばかりで、東京にたった一つの女だけのアパートだというから、二十番館という正式の名よりも、俗に女子アパートで通っているのだろう。そういえば、郵便物もそれで届く筈だった。

町なかのくせに随分多い木の色と、電柱の青ペンキのくすんだような色が、大阪から出て来た眼にはめずらしい道を、教えられた通り辿って行くと、そのアパートがひっそりと建っていた。

五階建の立派な建物で、こんなアパートに住んでおれば娘も随分金が掛るに違いないと、やはり父親らしく重吉はその方に細かく頭が向いて、月々の送金をもう少し増してやらねば可哀相だと思うのだったが、しかしふと思えば、話によっては娘は大阪へ帰ることになり、もう送金の世話もいらぬ筈だ。そうなればありがたいが、しかし娘は果してうんと言うだろうか。うんと言わなければ、容子を見ただけで帰るつもりだった。いや、顔を見るだけでも満足だった。

美術学校を卒業するまでという約束で、一人東京へやったのだが、卒業して相当月日がたつのに、娘は帰って来ない。どういう料簡だろうか、何か変ったことでもあるのか、帰るに帰れぬような不品行をしでかしてしまったのかと、心配して容子を見に出て来たのだが、あわよくば大阪へ連れ戻したいと、この娘に甘い父親は考えていたのだ。それに縁談のことも伝えて置きたい。ひとり娘で、母親は早く死に、男手一つで甘やかして育てて来たので、自然何もかも娘の仕たい放題に任せる習慣がつき、大阪へ帰って一緒に暮してくれということすら、強制出来ぬ父親だった。そのくせ娘が絵の勉強をやめて大阪へ帰ってくれれば、そしてたとえ半年でも一緒に暮すことが出来れば、もういつ死んでもいいと思っているのだ。所詮は気の弱いたちなのだ。

アパートの玄関をはいると、履物棚があった。名前がはいっている。娘の箱はどこかときょろきょろ見ていると、

「何か用ですか」

管理室の窓越しに声を掛けられた。

「津村幸子に会いとおまんねんけど……」

おどおど言うと、

「あんたは津村さんの……」

何に当るのかと、まるで訊問だった。

「父親だす。——娘が毎度……」

ご厄介になっとりますと、お人善しの父親はペコペコ頭を下げながら、卑下していた。大阪へ帰れば質屋の主人であり、アパートの管理人などに卑下するにも当らない身分なのだが、やはり東京へ来れば大阪の人間は気がひけるのだろうか。一つには重吉は風采が上らず、全体に貧相なので、こんな父親が出て来れば、娘の肩身が狭かろうと、鷹をうんだ鳶の遠慮だった。

しかし、父親と判って、応接間へ通してくれた管理人は足が悪いのか跛を引いていて、血色の悪い顔に痣もあった。重吉は何か安心して、すぐに娘の部屋へ通れると思ったのに、応接室で待たねばならない不満を遠慮勝ちにほのめかすのだった。すると、管理人の言うのには、二十番館は男子禁制で、外からの男の訪問者は肉親か親戚の者に限って許されており、それも例外なしに応接室で面会しなければならず、それより一歩も奥へはいれぬと言う。そのように固いアパートだから、居住者も身持ちのいい女ばかりだ。男の関係のある女など一人も泊めていない。アパートの女というとお妾さんを聯想しがちなものだが、二十番館に限って云々。

「その代り、六十歳の処女なら二人もいますよ」

「へえ、さよか、そら結構でんな」

何が結構だかわからぬが、しかしとにかく娘の部屋を覗けない不安が、管理人の話で消えてしまった。

管理人の言うのには、六十歳の処女は勿論異例だが、居住者の六割を占める三十前後の女たちは、殆んど処女であるという。男を知らぬばかりか、男などけがらわしい動物のように思っている。蛇蝎の如く男は嫌われている。ある夜、泥棒がはいった。逃げた形跡がないから、どこかの部屋にしのび込んでいるのかも知れない。痴漢だろうか。騒ぎ立てると、警防団が来たが、警防団といえども男である以上、アパートへ入れるわけにはいかない。といって、女ばかりの手で泥棒はつかまえられない。押問答の末、三河屋の主人が警防団を代表して、中へはいることになり、一軒一軒部屋の戸をあけて覗き廻った。ところが、その覗き方がいやらしいというので、三河屋は途端に二十番館全体から排斥され、三河屋へ醬油の登録していた者は一斉に配給所を変えてしまった、というくらい徹底した男子禁制だ云々。

そんな話を聴いていると、もう重吉は娘の部屋に男の雰囲気があろうなどとは夢にも思えなくなる。また思いたくない。娘もほかの女たちと同じように老嬢趣味にかぶれてしまっては困ると心配する前に、まずこのアパートにいる限り品行は大丈夫だと、安堵するのだった。外で何をしていようとそんなことは暫らく念頭に泛ばぬくらい、ここは女ばかりの別世界だという気持に、むしろひんやりと冴え返るのだった。応接室の板の間もスリッパの不足した今日この頃は、神聖な冷たさである。

自然、永居をするのがふと照れくさいほどで、やがて娘の幸子が顔を出すと、重吉は久し振りに会うられしさを忘れて、そわそわと浮腰立った。縁談もここでは持ち出すのは遠慮した方がいいだろうと、あたりの雰囲気に気兼ねするくらい、いつもの気の弱い父親振りを見せて、

「いつ頃まで東京にいる積りやねん」

と、ただそれだけ言って、あともぐもぐしていた。

「展覧会に出品せんならんさかい、まだ一寸帰られへん」

幸子はわざと大阪弁にかえって、自分を甘やかしていた。一人娘の自分が何れ養子を取らねばならぬこと、その話で父親が出て来たらしいこと、父親の希望が口には出さぬが自分と一緒に暮す以外に何もないことなど幸子は知り抜いていたが、やはり東京にいたかった。しかし、東京にいたい気持は縁談を避けるためでも、出品のためでもなかった。無理矢理縁談を押しつけるような父親ではなかったし、また大阪へ帰っても出品画が描けぬわけでもない。が、その理由はさすがに言えなかった。

「――こんどはえらい張り切ってるねん、明日からスケッチ旅行に行こう思てるねん」

こんな風にあわてて附け加えたが、言いながら赭くなった。一緒に旅行する相手の嘉村画伯の顔が泛んだのだ。嘉村は頭髪はすっかり白くなっているが、まだ四十五歳だ。いや、もう四

十五歳というべきだろう。

赭くなった娘の顔を見て、父親は旅行に要る金の無心かと察して、金を出そうとした。

「いいえ、いいのよ。今月分まだ残ってるから」

幸子はもう東京言葉であった。大阪の質屋の娘に生れたというためばかりではなく、幸子は節約屋で、年々送って貰っている学費は、全部費わずにその何割かを貯金していた。同じアパートの佐伯千賀子に貸した五円の金が、そのままになっていることが、想いだすたびにチクチク胸が痛むのである。配給の米はなるべく保存して、芋と豆ばかり食べるようにしている。幸子ばかりでなくたいていの二十番館の女はそうしていて、まるで競争して米をためているのである。女子大出で未来の大作家を以て任じている山北ハルなどは、一粒もないのよと言いながら、何斗もためているということであり、一階から五階まで階段を登る間に、三度か四度は大きな放屁をして、けろりとしている。しかし、幸子は米のことでは山北女史に負けているが、貯金では山北女史を羨しがらせている。そんな幸子が父親のやろうという金を断ったのは、余程貰うにしのびなかったからだ。父親の金をこんどの旅行につかっては済まないと、さすがに思うのだ。嘉村画伯は妻子のある男だった。

しかし、父親は無理に幸子の手に握らせて、お前が二十番館のような固い風紀のアパートにいてくれる限り、自分は安心だ。東京にいたいと思うなら、いつまでいても構へんけど、よそのアパートに変らんようにしてくれ、皆に憎まれないように、顔色が悪いが、どこか……、あ、胃が悪いのか、大阪へ帰ったら陀羅尼助という胃病の薬送るから、忘れずに飲むようにとこれだけ言って、そわそわと帰る支度をした。

幸子が駅まで送るというと、送ってくれるのはうれしいが、帰り途が一人では寂しいだろうからと、重吉は断った。一つには父親でありながら、連れ立ってアパートを出るのを憚るくらいの気持になっていたのだ。

それほど神聖な女子アパートだと、重吉は安心してやがて帰って行った。

二

日曜日の午後は、五階の松崎女史の部屋でお茶が出る。

松崎女史は二年前に亭主を死なし、間もなく一人息子が応召したので、家を畳んでこのアパートへ一人で移って来た。未亡人だが、彼女の部屋にはいつも砂糖があり、亭主が死んではじめて女の自由のたのしさを味ったと、屈託のない顔に、ベタベタと頬紅を塗って三十五六に見えるけれど、本当は四十五である。急に若返ったわけだが、男ぎらいで通っているから、その若返り方をあやしむものはない。

父親を玄関まで見送って、幸子が五階の部屋へ戻って来ると、向いの松崎女史の部屋では既にいつものグループが集っていた。女子大出で未来の大作家を自称している山北女史（三十五歳）、自称元外交官夫人の佐伯千賀子（三十歳）、女学校の体操の先生で、体重十八貫の俗称ホルモンタンク先生（三十八歳）、近眼の女流ピアニストの千葉嬢（二十七歳）——ほかに女医の秋山女史（三十歳）がこのグループだが、薬用アルコールで酔っぱらって寝ているのか、今日は顔を見せていない。

幸子も呼ばれて行くと、例の松崎女史のグロチックな座談がはじまるところだった。グロチックというのは山北文学女史の命名で、松崎女史の話はグロテスクでエロチックだから、縮めてグロチックだというのである。こういう点にかけると、山北女史はなかなか才能がある。が、肝腎の文学的才能になると、それがどのくらいあるのか誰にもわからない。自分の書いたものを見せようとしないし、それに極度の秘密主義で、部屋の中を見せようとしないばかりか、何の仕事をして食べているのかも隠しているのだ。ところが、ホルモンタンク先生は夜中にひとの部屋へ押しかけて行って、同じ寝床にもぐり込んでいなければ夜が明けぬという厄介な癖があり、ある夏の夜、窓越しに山北女史の寝床を襲った。その時、机の上の原稿用紙を見ると、赤松ポートワインや小玉痔の薬の広告の文章が書いてあったという。しかし、いつかはドストイエフスキイになるかも知れない。ただ男の経験がないから、だめだとしんみり言うこともある。尊敬する男は新渡戸博士一人、あとは男というものを全部軽蔑しているし、だいいち、男につきもののいまわしい病気と、それに妊娠が怖い。だから、松崎女史のグロチックの談から何かを摑もうと、眼鏡の奥の眼をきょろつかせている。

松崎女史の話はいつもこんな風に始まる。

「――あたしゃ女の体が男より複雑に作られていることを、神様に抗議申し込みたいね。実際、女の体が男と違うというこの苦しみは不公平だよ。もっとも結婚しなきゃこの苦しみは分りゃしない。だいいち、初夜というものがある。あんな恐しいことってほかにあるもんじゃない。あたしゃもう少しで気絶してしまうところだった。死んだ方がましだと思ったわよ」

ホルモンタンク先生は日焼けした逞しい腕を振り廻した。するとピアニストの千葉嬢が、

「あたしなら、男を突き飛ばして、ギュウギュウの眼に会わせてやる」

ホルモンタンク先生の本名は白川花子である。彼女は浴室へはいって来る時、手拭は肩にかけて、握り拳をした両手を振り体を振り動かしながら、のしのしと男のようにやって来ると、太鼓腹をたたいて、あたし妊娠したよと太いがらがら声で言うのだが、誰も本当にしない。

「花子さんに初夜があるとは思えんな」

「何をぬかす。これでも物凄く申し込まれてるんだぞ」

「男の方に……？　女の方に……？」

「両方じゃ」

松崎女史は皆んなの笑い声を聴きながら、煙草に火をつける。最近彼女は煙草を吸いはじめたのだが、そのことが自分を男と平等の位置に引きあげたような気持になっている。そろそろ

酒も飲む勉強をしたいのだ。下手な口つきで、煙を吐きながら、

「――そんな辛い目をして、こんどは妊娠だから、たまらんよ」

言葉つきも男になって、いかに妊娠中の女が苦しい目をしなければならぬか、出産の苦痛がいかに地獄の苦しみであるかを、男と女の不公平な相違を呪いながら喋るのである。

「産児制限法ってだめですの」

幸子は赭くなってきいた。

「だめだよ。絶対だめだよ。あたしもいろいろやってみたがね、例えば……」

幸子よりも山北女史の方が眼を光らせ、固唾をのんでいる。

「それも失敗したね。やっぱり孕んだ。こわいもんだね、火遊びをする男は、いや絶対うまさないからって言い含めるらしいが、どんな方法を使っても、孕むものは孕む。結局恋愛や結婚をしないのが、女の幸福の第一条件だね」

「ふーん」

やっぱし自分は恋愛は出来ないという顔で、山北女史は唸ったが、

「――しかしおかしいわ。松崎女史の説の通り、そんなに辛いものだったら、そんな面倒な方法を使わなくても、はじめからそんなことをしなければいいでしょう」

「そうだ。あたしもそれを言ってるんだ」

「ところが、そういう女史がちゃんと二人目の子を妊娠して流産してる。これがわからないわ。

最初でこりたんだから、もう二度とそんなことしない筈だと思うわ」

するると、松崎女史は狼狽して、

「そこが男の横暴さ」

「だって無理強いされたわけでもないんでしょう。それに松崎女史の旦那さんは、何でも女史の言いなりになったというし、いやなものだったら、平気ではねつけられたじゃないの。本当にそんなに辛いいやな、辛棒出来ないようなことなの」

山北女史はなかなか執拗であった。

「いや、そんなに辛いって程の……」

「だって、さっき死ぬほどの辛さといったじゃないの」

もう好奇心を通り越して、山北女史の質問はロジックになっていた。

「そりゃ最初はね」

「最初だけ……？」

「あとだって、いやだ。だいいち汚いじゃないの。そこら中よごれるしね、不愉快ったらありゃしない」

千葉嬢が口をはさんで、

「相手によるんじゃない。相手がいやなんでなかったら、不愉快じゃないんじゃない。ピアノと同じで、弾く人によるんじゃない？」

「ピアノなんか、猫がキイの上を歩いても鳴るよ。男は皆同じだよ」

松崎女史が言うと、ホルモンタンク女史も口を合わせて、

「猫が眼鏡を掛けて歩いたら、千葉嬢よりいい音が出るかも知れない。すくなくとも山北女史のオナラより大きな音が出るぞ」

すると、佐伯千賀子はしずかに立ち上って、まア下品なと言わんばかしに、すっと出て行った。

「なんだい、澄ましてるよ。外交官夫人が何だ。内縁じゃないか。捨てられた女じゃないか」

松崎女史がぷりぷりした。そしてその日から佐伯千賀子と口を利かなくなった。

三

二十番館の女たちは皆んな新聞を取っていたが、佐伯千賀子の部屋へは配達されなかった。新聞代を滞らしているので、配達を停められたのだ。

シドニイの公使館員をしている主人から、送金が途絶えているのである。主人――と千賀子は言っていたが、正式の結婚ではなかった。男の実家が反対したのだ。千賀子が職業婦人だったからいけないというのだ。男がまだ学生の頃の恋愛であった。

その男——佐伯某は外交官試験に合格すると、シドニイへ赴任した。が、千賀子は日本に残された。

しかし、男の愛情は全く冷めてもいなかったのか、日本から通信すると、返事も来たし、送金もして来た。ところが、次第にその回数がすくなくなって来た。おまけに間もなく戦争がはじまって、こちらから通信の方法もなくなった。外務省へ出かけて、遺家族だと言ってみたが、内縁の妻には援助出来ぬという冷淡な返事だった。

働かねば食えなかったが、再び職業婦人になればますます外交官夫人としての資格がなくなると思った。それに虚栄が許さない。千賀子は着物や道具の売り食いをはじめた。アパートの人達にも、主人が帰国すれば返すからと、借金もした。闇の物資を世話して、ひそかにそのサヤを取ったりした。そして、お茶や習字の稽古をしながら、つつましい日を送りながら、主人の帰国の日を待っていた。帰国すれば正式に結婚出来ると、信じているのだ。

やがて、交換船の噂が新聞に出るようになると、千賀子には新聞を停められたことが何よりの痛手だった。千賀子は毎日あちこちの部屋へ新聞を借りに行って、いやな顔をされた。二十番館には、無償で新聞を借りられることすら、何か損をしているように思う女が多かったのだ。それ程ちゃっかりすることが、女一人の生活を支えるのに必要な処世法なのだろうか。

「あの女は新聞代を出さぬくせに、私たちの取ってない新聞まで何種類も読んでいる」

そんな風にいやがられながら、しかし千賀子の何よりのたのしみは新聞を読むことであり、何よりの失望は交換船で帰国する人達の名簿の中に佐伯某の名が見当らぬことであった。

ところが、ある日、到頭佐伯某の名が出ていた。丁度その日かねがね千賀子の従弟だと称している若い青年が面会に来たが、千賀子は面会を断ってしまった。そして新聞を持って一階から五階までふれ歩くと、二十番館は湧いてしまった。

絶交中の松崎女史からも例のお茶の会へ久し振りに招待して来た。千賀子はふだんより一層厚化粧をしてその部屋へ出向いた。

松崎女史はまず男というものがいかに当にならぬかという例をあげて、

「あたしの見るところでは、既にあんたの御主人の愛情は冷めている。あんたはまたこのアパートへ戻って来ると、あたしは睨んでいるね」

そう言って、千賀子を怒らせたが、

「――しかし、あんたが是非とも結婚したいというんなら、われに一つの秘策がある」

にやりと笑うと、もう千賀子は出て行けなかった。

「まず、御主人が帰国する日に、どこかホテルの部屋を予約して置くんだね。そしてその日は絶対に御主人を実家の者の手に渡してはいかん。話があるといって、ホテルへタックルして行くんだね。それはあんたの腕次第だが、ついては、もしあんたが怒らなければ、あたしゃあんたに、レースのついた清潔な下ばきを進呈したいね。あんたの下ばきが三箇所もつぎが当っているのを見て御主人が同情すると思ったら、大間違いだよ」

山北女史は、あれほど恋愛や結婚に反対していた松崎女史が、千賀子と佐伯某の中を取り持とうとしている豹変ぶりに憤慨した。そして、更に憤慨したのは、千賀子が松崎女史の入智慧に従って、交換船が横浜へ入港する当日、第一ホテルの二人室を予約したことであった。

まことに不可解であると、山北女史は思った。しかもいよいよその日の朝、千賀子が出掛ける時、松崎女史は千賀子にこっそりガーゼを渡すと、千賀子は赭くなってそれを受取ったが、このガーゼの意味が三十五歳の山北女史には判らない。不可解千万である。ただ、何となくそのガーゼの清潔の白さがいやらしいもののように思われて、山北女史は眼鏡の奥でくるくる眼を動かしながら憤慨していた。得体の知れぬ何かに憤慨していた。

夜が来た。松崎女史の部屋では恒例を破って、夜のお茶会がひらかれたが、山北女史は欠席した。集った女たちは千賀子がまだ帰って来ないことを問題にしていた。今まで帰らないところを見れば、ホテルで泊っているだろう。外交官夫人が誕生したわけだと、松崎女史は得意になっていた。夜更くまで話して、一同は自分の部屋へ引き揚げた。

ホルモンタンク女史はパンツ一枚になって、夜更けの廊下で体操をした。そして、体操が終ると、冷水摩擦をした。すると、今夜は安らかに眠れる体になった。ひとの部屋へ押しかける必要もない。彼女が部屋へ引きあげてしまうと、廊下はひっそり静まった。

鈍い電灯の光にひそかに照らされた長い廊下には、夜更けの寂しさがしーんと蠢いているようだった。

そして、どれくらい時間がたったろうか、いきなりその廊下にバタバタ足音がして、酔っぱらった声が聴えた。

「ああ、欺された、だまされた」

「折角出迎えに行ったのに、素知らぬ顔で、すっと通り過ぎやがった。畜生！　声を掛けても、振り向きもせずに、車に乗ってしまいやがった。薄情者！　三年も待ったのに、何のために借りたホテルだ。あはは……。堕落するために借りたホテルだったよウ！　あはは……。電話を掛けると、直ぐ飛んで来て。手廻しがいいですなア。莫迦！　お前のようなへなちょこの学生のために借りたホテルじゃないよ。外交官のために借りたんだい。変な顔をしてやがった。あはは……おや津村さん、何してるの？」

幸子が洗面所で胸の中のものを吐いていたのを見つけて、千賀子は寄っていった。

「いいえ、何でもないのよ」

「吐いてるの、あんたも飲んだのね。苦しい？　あたしも吐くわ」

千賀子は幸子の肩に手を掛けて、ゲロゲロと吐きだした。

それから二三日して、幸子は大阪行の汽車に乗っていた。汽車の中でも吐気がした。そのたびに、嘉村画伯の冷酷な顔が泛んだ。吐きながら、しかし幸子は悪阻だと思いたくなかった。胃が悪いのだと思いたかった。そして、大阪へ帰る自分を、東京に大空襲が来ないうちに逃げ出すのだと思いたかった。

二十番館のことがちらと頭をかすめた。

「半年も悪阻がつづく女がいるからね。壁土を食べて転げまわって苦しむ女もいるよ。男たちにゃこの苦しみは判らないいんだ」

といっていた松崎女史の言葉がふと想い出された。

すると、これから帰って行く大阪の家よりも、ふと二十番館の方がなつかしい郷愁をそそった。いつか、もう一度二十番館へ戻って行く時があるだろうか。その時は自分は今よりもっと不幸になっているだろうし、そしてそれだけに自分の行く所は二十番館のほかにないような気がするのだった。

汽車が静岡を過ぎる頃、幸子はひそかにデッキに立って行って、吐いた。振り落されそうになったが、振り落されてもいいと思った。丁度その頃、松崎女史の部屋ではいつものお茶会がひらかれていて、松崎女史は不器用に、尖らせた唇から煙草の煙を吹き出しながら、しきりに男を呪っていた。得意になって呪っていた。

（連作の一部）

# 怖るべき女

## 一

京子の肌は、白いというより、……むしろ薔薇色にほんのりして、……香料の匂いとはべつに、何か一種特別の、――甘い乳のようなにおいが、あえかに発散して、男たちはみな、やるせない想いに狼狽してしまうのだった。

が、それよりも男たちの心をしびれるように惹きつけたのは、京子の日本人ばなれした顔立ち、いわばエキゾチックな美貌だった。

ことに、眼が印象的だった。

京子の眼は、青味がちに冷たく澄んで、冴え返り、黒眼のところが、薄茶色にうるんで――

まるで宝石をちりばめたようであった。

しかも、その眼は、豹のように、ピカリと底光る——かと思うと、にわかに、うっとりとうるんで、何か物想い、物を問い掛け誘い掛けるように、……不思議な放心の表情を泛べるのだった。

それが曲物だった。

鼻筋は綺麗に通り、高かった。——高すぎるくらいだったから、ふとひとびとを突っ放なすような高慢な冷たさがあったが、しかし、それを補うのは、口の表情だった。

目立たぬが、少し外ッ歯であった。だから、唇を閉じると、それが目立ちそうになるのを、警戒してか京子は、いつもほんのりと唇をあけていた。

薄く、小さな、その唇の間から、ちょっぴり舌の先が見えた。

その舌の先を、黙っている時でも、……ものを言うときでも、……京子はちらちらと覗かせ、動かしていた。

それが、いかにも隙がありそうな、無邪気そうな、愛嬌を、京子の顔全体に目立たず漂わせていた。

耳の肉はほんのりと紅潮して、薄く透いて見え、——えくぼの出来る可愛い掌は、人一倍ちいさく、……ぎゅっと手折ってしまいたい衝動を、無意識にそそっていた。小柄だった。……

こんな容貌を、ことに薄茶色のその眼を、京子は、両親のどちらから、享けたのであろうか。

しかし、京子には、両親の記憶は一つもない。

物心ついた頃には、京子はもう祖母の手で、育てられていた。

その祖母の口から――。

父親は中村某という旅役者で、京子の生れた別府温泉へ巡業に来た時、中村某の美しい女形姿は、温泉場の女たちの血を湧かせた。

土地の芸者たちは自分で花をつけて、中村なにがしの座敷へ出るのに随分苦労するくらいだった。

京子の母親は、流川通の土産物店の看板娘だった。

中村某は京子の母親に眼をつけた。母親は毎夜、中村某の泊っている宿屋へしのんで行った。

巡業が済むと、中村某の一座は上方へ帰ってしまった。

そして、一年がたった。

その一座は、一年ぶりに、再び別府へやって来た。

その時、京子の母親はすでに中村某の子をうんでいた。

それが京子だった。

中村某はまた上方へ帰ってしまった。

京子の母親は、あとを追うて、出奔した。

しかし、赤ん坊の京子は、祖母の手に残して行った。

そんな足手まといを、背負って男のところへ行けば、かえってきらわれるかも知れないという、心配が先に立ったのだろうか。母性愛よりも男恋しさの心の方が強かったのだ。

そして、それきり母親は戻って来ない。

むごい母親だが、しかし、それも無理はなかった。

「……何しろ、あの役者は、あたしでさえ惚れ惚れしたくらい、いい女形ぶりだったよ」

こんな風に、――むかし、博多で水商売をしていたこともあるという、祖母の口から、きかされたのは、京子の十二の歳だった。

「しかし、お前の母親も、器量はよかったよ。お前がいい器量に生れついたのは、無理はないさね。何しろ、役者と看板娘の間に生れた子だものね。よその子とは、出来がちがうさ」

祖母は自慢らしく、そう言ったが、近所の人たちが、ひそびそと、しかし、京子には聴えるように、囁いているのをきけば――。

京子の父親は、旅役者でも何でもない。なるほど、旅役者とも関係はあったし、そのあとを追うて出奔したのはたしからしいが、しかし、うませたのは、その旅役者ではない、温泉へ避暑に来て、亀ノ井ホテルに泊っていたイタリーの貿易商人だった。

その証拠に……と、ひとびとは、京子の眼の色を指した。

学校でも、京子は、

「あいのこ、あいのこ！」

と、言われていた。

祖母の言うのが、本当だろうか、それとも、近所のひとびとの言うのが本当だろうか、――と、さすがに京子もふと思わぬこともなかったが、しかし、それをはっきり確かめようという気は大してなかった。

母親や、父親に会いたいという気持も、強くはなかった。

そんなことは、京子にはどうでもよかったのだ。

京子にとっては、

「いい器量だ。よその子とは、出来がちがうさ」

という、祖母の言葉の方が、重要だった。

祖母が京子の美貌を、唯一の自慢にし、宝にしているように、十二歳の京子は、自分の持っているもので、最も大切なもの、貴重なものは、――いや、この世の中で何より尊いものは、自分の美貌だ……という自信を、既に抱いていた。

誰が教えたわけでもない。女の本能から、もう知っていた。

「あたしは美しい。それがすべてだ。もっともっと美しくなればいいのだわ」

そう考えていた。

そのほかのことは、何も考えようとせず、だから学校の勉強もろくろくしなかった。勉強するのが、いやだったし、だいいち、勉強しても頭にはいらなかった。

しかし勉強なぞ、する必要はないと、この娘は思っていた。

教師はみな、京子を可愛がってくれていたから、どんなに出来がわるくても、通知簿の点は、殆んど甲をつけてあった。

そして、それを当然だと、思っていた。

だから、女学校へも、わけなくはいれると、たかをくくっていた。

が、県立の女学校を受けると落第した。

仕方なく私立の家政女学校へはいった。しかし、京子は少しも負目を感じなかった。京子の小学校では、男の子と女の子の間に艶文のようなませた手紙をやりとりする習慣があった。

手紙を貰って、返事を書くと、それでもう、

「おれのいい子」

「あたいのいいひと」

ということになる。

たいていの男の子は、いや、一人残らずといってもいいくらい、京子の机の中に手紙を入れて、

「おれのいい子になってくれ」

と、頼んだが、京子はそれにも返事を出さず、だれの「いい子」にもならなかった。「あた

いのいいひと」をつくろうとも、しなかった。

自分のような、美しい女の子にふさわしいような、美しい男の子なんか、いるものかという気持だった。

が、自分ほど沢山手紙を貰った女の子は、ほかにはいない……と、思うと、やはり自尊心が慰まった。

だから、県立の女学校の生徒を見ても、

「あたしの方が美しい。あたしの方がさわがれている」

と、いう眼でみると、少しも羨ましいとは思わず、私立の家政女学校へはいった負目は少しも感じなかったのだ。

女学校への往きかえり、待ち伏せして、手紙を渡そうとする中学生の大半は、京子が目当てだった。

京子は、二年生の時から、もう紅や白粉をこってりとつけて、通学した。

学校では、何とも言わなかった。私立だから、ルーズだというのではない。はっと固唾をのむような、京子の美貌は、そんな注意をする隙すら、教師に与えなかったのだ。

が、京子は三年生の時には、もう紅も白粉もつけなかった。

つける必要もなかったのだ。薔薇色にほんのりした肌は化粧しない方が、におうばかりに魅力があることを、自覚したのだ。

いや、本当に、におったのだ。だから、香水もつけなかった。

香をたきこめた着物に、わざわざ浅薄な安香水をふりかける必要が、あろうか。

「月夜に提灯だわ」

国語の時間にならった譬喩を、呟いた。

が、その月夜に、京子は香水をつけた。十七歳の盆踊りの晩だ。

その晩、京子ははじめて男を知ったのだ。男の栗の葉のようなにおいが、京子にしみついた。

体液！　京子はそれを消すために、香水をふりかけたのだ。

祖母の嗅覚が怖かったのだろうか。

二

若い娘が、未知の夜の世界に抱く好奇心、それを、京子もまた、――いや、人一倍はやく、京子は抱きそめた。

いったいが、淫卑な雰囲気の漂うている温泉場である。

家の前は、カフェである。カフェの二階はダンスホールだ。軽薄な、それだけに、何か若い娘の心を、ふと甘く、なやましく、ゆすぶるような音楽が、昼間からもう聴えていた。そして、夜中まで、やまなかった。

「喧しい」

と、耳をふさいだり、

「いやらしい」

と、眉をひそめたりするには、京子はあまり祖母や母親の血を、みだらに享けついでいた。

(祖母はもう六十近くなっているのに、毎夜のように稽古にやって来る浄瑠璃の師匠と、夜おそくまで、酒を飲んでいた。)

祖母が素人義太夫大会に出る小屋は、色町の中にあった。

映画館のある町には、遊廓があった。俗に「赤提灯」という赤い灯のついた、怪しげな家のある一廓も、家から二町もはなれていなかった。旅館は勿論連れ込みが多い。

家にいても、そして、外へ出ても、町のどこを歩いてもみだらな風景が転っていた。

夜、家の前の流川通を真っ直ぐ、海の方へ下って行き、桟橋へ涼みに出た時、四組や五組の男女の、人眼をはばかった姿を見ないためしは、殆んどなかった。

そんな温泉場の雰囲気で、育って来たのだ。だから、男女の世界への好奇心は、人一倍はやかったのだ。

しかも、そのひそかな好奇心へ拍車を掛けたのは、祖母の言葉だった。

「女の一番大切なものをお前知っているだろうね。あやまちだけは、しちゃいけないよ」

祖母はくどくど、そう言いきかせていた。

祖母は、そろそろ京子の好奇心を見ぬいていたのかも知れない。

「女って、どうして、あんなに男に夢中になるの……？　男のどこに、そんなに夢中にさせるものがあるの……？」

と、母親や祖母への非難も少しはまじえて、きいてみたり、

「女があやまちをするって、一体どんなことをいうの……？」

と、真剣な顔で、きいたりする京子を見て、祖母は、今のうちに言いきかせて置かなくては と、少しあわてたのだった。

「女の一番大切なもの……」

普通の女以上に、京子には大切だと、祖母は勘定ずくで考えているのだ。

土地の一流の旅館の女中は、口をそろえて、客に京子の噂をした。客の中には、わざわざこの温泉小町を見るために、土産物を買いに来る者が多かった。

祖母をつかまえて、露骨に、

「あの娘を世話をさせてくれんか。金はいくらでも出す」

と、持ち出す者もいた。

「――別府で別荘を買うてやってもいい。大阪へ行きたかったら、大阪であんたと二人住む家を用意する」

土地の色町からも、むろん話があった。芸者にしないかというのだ。

「五万は出してもいい。あとはあの娘の腕次第だ」

彼女は燕同然にしている浄瑠璃の師匠に、入れあげて、かなり絞り取られていた。

だから、金はほしかったが、しかし、妾に売ったり、芸者にしたりするのは、惜しいと思った。

あの娘なら、華族の玉の輿にも乗れる……と、思っていた。

彼女は京子の肌のにおいを、知っていた。京子と一緒に温泉にはいった時、温泉特有のにおいにも消されず、漂って来る京子の裸かのにおいを、この祖母は好色な女の鼻で鋭敏にかぎつけていた。

このような肌のにおいは、どんな一流の商売女にもまけずに、男の理性をみだしてしまうだろうことを、このしたたかな老婆は、知りぬいていた。

おまけに、上流のお姫様にも、こんな気高い顔立ちはあるまい……と、彼女は、京子がちらと横眼をつかったりする時に、思いがけなく顔をかすめる下品な表情や、げらげらと笑い出した時に、ふと口もとに浮ぶ卑しい皺を、忘れて、――いや、それには気付かず、うぬぼれていた。絶対の自信を持っていた。

だから、男の手垢一つつかぬまま、気高い上流社会の夫人にしてやることが、この祖母の夢だった。

よしんば、数歩下って、妾にするにも、芸者に売るにも、娘のままでそうなるのと、そうでない場合とでは、随分相場がちがう筈だ。

そう思えば、かえすがえすも、下手にあやまちなんぞされては、取りかえしがつかない……という この女の心配には、道徳ははいっていなかったが、それだけに、かえって心配の度合は強かった。

例外はべつとして、世間の親たちのそんな心配の中には大てい道徳と打算の二つが矛盾したまま、はいっていたが、しかし、この老婆は、打算一点張りだけに、何もかもサバサバとはっきりしていた。

ところが、京子は、そんな祖母の気持を、知ってか知らずにか、自分にとっては、美貌以上に、大切なものがあろうとは、思えなかった。思いたくなかった。

「あたしは美しいのだ。あたしがどんな女でも、——おばあさんや世間の人が言っている『あやまち』というものがあっても、そんなことは、あたしの美貌をもってしては、何の疵にもならない筈だわ」

大袈裟にいえば、京子は、美貌をもって、世間というものに挑戦してみたい……という、底抜けの自信から来る野心を、にわかに起したのだ。

それに——。

「みんなは、あやまち、あやまち言って、大騒ぎしているけれど、そんなに大切なものかしら……？　もし、大切なものだとしたら、そんな大切なものを、失ってしまうという犠牲を払うほどの、ものがあるにちがいない。あたしは美しいのだから、そんな大切らしいものを失っても困らない。ひとが犧牲を払って知ることを、あたしには、犧牲を払わずに知るという特権がある」

京子の好奇心はふくれ上った。

しかし、誰を相手にすれば、いいのだろうか。

京子は相手を物色するのに迷った。……


盆踊りの夜が来た。

この夜は、風紀がみだれる。多くの娘が、謎を試すのはこの一夜だった。

京子もまた、未知の世界を知ろうという計画を実行するのに、この一夜をえらぶことにした。

しかし、盆踊りの夜という、みだらな雰囲気に影響されたわけではなかった。

期待に、胸はふるえたが、しかし、冷静だった。

京子は、顔のあちこちに墨をぬり、眉を太く、八の字に眉墨で描いて、鼻を低く見せるために、鼻の頭に紅をつけた。眼のふちは、黒く隈どった。

男の子の着るような紺の浴衣を着て、黒い兵古帯を結んだ。

そんな恰好で、海岸につくられた櫓の下へ行き、踊りの群にはいると、だれも彼女が京子だとは、気づくものはなかった。

しかし、京子は用心深かった。

男が手を握りに来ても、応じようとしなかった。

夜が更けて来ると、次第にみだれて来て男は女を、女は男を、互いに手を取って、踊りの場から、姿を消して行くのが目立って来た。

京子はしかし取り残されていた。いや、取り残っていた。

京子がどんなに醜くメーキァップしていてもどんなに汚い、男の子のような恰好をしていても、さすがに、からだつきは、なまめかしく、女めいていた。それに、肌はかくせない。

自然、言い寄って来る男は多かったが、その都度、躊躇した。

若い男は、次第にすくなくなって来た。夜おそくから来た旅館の女中たちも、それぞれ相手を見つけて、二人、三人……姿を消して行った。

「年寄りはいやだ」

と、京子は、老人ばかりの目立つ踊りの群にまじって、かなり疲れながら、うんざりしているうち、唄もうたわず、掛声もかけず、黙々として、夢中で踊っている二十前後の男を見つけた。

藤吉という、唖で、少し足らぬ男だった。

京子の眼は、急に豹のように光った。

「そうだ、あの男にしよう」

京子はさすがに自分の試みを、世間に知られるのは、いやだった。

それに、たいていの男は、万一相手が京子だと知ったら得々として、おれは温泉小町をものにした……と言いふらすだろうし、一度きりにせずに、その後もしつこく迫って来るだろう。

——それが余計いやだった。

だから、躊躇していたのだが、しかし、藤吉なら、絶対秘密は洩れないだろう。阿呆だから、京子だと、悟るようなことはあるまいし、よしんば悟っても、唖では口外出来まい。

「試すには、もって来いの男だ」

京子は、藤吉をえらんだという思いつきに、危く噴きだすところだった。

が、つとめて、渋い顔をして、京子は藤吉の傍へ寄って行くと、いきなり袖を引いた。

「……？ ……」

びっくりしたような、藤吉の顔へ、

「一緒に行こう」

と、眼交で誘うと、わかったのか、いそいそと、うなずいた。

そして、随いて来た。

踊りの場を抜けると、暗かったが、しかし、暗いといっても、月明りだった。

海にも、そして、砂浜にも、月光がまるで覗いているような視線を、降り注いでいた。

京子は、さすがに自分の顔が、いつもより、ぽうっと上気して、汗ばんでいることが、わかり、恥しかった。

唖で阿呆の藤吉に、恥しかったのではない。――月に、いや、自分に恥しかった。

これから、はしたないことをする――という意識の恥しさでない。これくらいのことに、ガタガタとふるえそうになっている自分が恥しかったのだ。歯の音がカチカチとなっていた。

京子は、そんな自分に屈辱を感じた。

だから、浜辺の、漁船のかげへ、月のあかりを避けて突っ立つと、

「さあ、藤吉！　あんた、あたしを好きなようにして頂戴！」

と怒ったような声になった。

「…………」

藤吉は、きょとんとして、京子の顔を見つめていた。聴えないのだ。

「あたし、怒らないわよ。――あんた、ほかの男が女の子にするようなことを、あたしに、今ここでしてもいいのよ」

「…………」

京子はじれったくなってしまった。

「どうして、そんなに、あたしの顔ばかしみているの……？　あんた、もっと傍へお寄り！」

藤吉が、何一つ挑んで来ないので、京子はむしろ、屈辱を感じた。

しかし、自分の方から、藤吉にすり寄って行くことは、自尊心が許さなかった。

「あんた、女の子に、あやまちをさせた経験はないの……？　女の子と遊んだことはないの……？」

「…………」

「あんただって、知ってみたい世界はあるでしょう。――あたしで試してみたいと、思わない……？」

そして、手真似で、――もっと、傍へ、お寄り……と、言うと、藤吉はわかったのか、

「うん」

と、言うように、うなずいて、おずおず傍へ寄って来た。

京子は、じっとしていた。

藤吉は、はじめて京子が自分を誘い出して来た意味が、わかったらしい。

そして、そのことで、びっくりしていた。今まで娘たちに相手にされたことは、一度もなかったし、阿呆なりに、そのことを何か諦めていたのだ。

それだけに、藤吉は、自分がぴたりと京子の傍へ寄っても、何一つ撲られないのを、まるで狐につままれたように不思議な気持がした。

藤吉は思わず固唾を飲んだ。そして、素早く、あたりを見廻した。

誰も見ているものはない。人影もなかった。

藤吉は、いきなり、京子のからだを、抱きしめた。

京子は、眼を大きく見はったまま、じっとしていた。

凝らした息が、肩をふるわせ、胸の中で小刻みにふるえた。

未知の世界を知りたいという好奇心と、期待と、そして恥しさと、手術を受ける前の、不安な恐怖心と、何かにすがりつきたい、……残酷に苛じめてほしい……という女の被虐的な本能が、妖しいリズムとなって、夜の時間を刻んで行った。

しかし京子は水のように、冷静だった。

白昼の理性で、夜の構図を、見つめていた。

やがて、……。

京子は普通の声できいた。

「それだけなの……?」

「………」

藤吉は、きょとんとしていた。

京子は、腹の中で、ぺろりと舌を出した。

「なんだ、つまらない。みんなが大さわぎしていることって、たったこれだけのことじゃないの。――女って、みな莫迦だわ。夢中になるのが、おかしいくらいだわ。浅ましい……とは、思わないけど、いやに、不潔ったら、ありゃしない」

失望はしたが、後悔はしなかった。

「さよなら」

京子はきょとんとしている藤吉を、その場に残して、さっと砂浜の上をかけ出した。

無邪気な、小娘のようにかけ出した。

しかし、自分のからだに、しみついている男のにおいがいつまでもあとを追い、一緒に走って来た。

京子は薬局へ寄って、安香水を買った。そして、それをからだのあちこちに、ふりかけると、何ごともなかったような顔で、家へ帰って行った。

「只今!」

祖母の燕の、浄瑠璃の師匠が来ていた。

半裸体になっていたその師匠は、京子の顔を見ると、あわてて、袖なしをひっ掛けようとした。

「ふん」

京子は、自分の美貌を意識した。そして、
と、鼻をならしながら、二階へ上って行った。

# 三

京子は本を読むのがあまり好きではなかった。活字というものが、面倒くさいのである。婦人雑誌を買っても、口絵と小説の挿絵だけ見るだけだった。漫画も見なかった。漫画は綺麗な女が出て来ないので、つまらないと、思っていたのだ。

だから、小説もほとんど読まなかったが、その晩、盆踊りから帰ると、ふと婦人雑誌の小説を読んでみようと思った。

「今夜、あたしが経験したようなことが、書いてあるだろう」

十七歳の少女の勘はあたっていた。

当時（昭和十年頃）は戦争中ほど検閲はきびしくなく、婦人雑誌の通俗小説の作家は、処女が貞操を奪われるという常套的な悲劇的効果をねらうことが自由であったから、猫も杓子もそんな場面を小説の中に取り入れた。

だから、ちょっとひらいただけで、京子はすぐこんな場面を読むことが出来た。もっとも、通俗小説だから、外国文学の閨房描写のように突っ込んで、大胆、深刻に筆を運ぶというようなものはなく、単なる読者をひっぱるための筋の綾にすぎなかった。

しかし、とにかく女主人公たちがいわゆる「女の一番大切なもの」を失ったと想像されるよ

うな場面が描かれて、そして、その主人公たちは、

「あたしはあなたのものです。あなたに最後のものを捧げてしまったあたしは、もうあなたと結婚するよりほかに、生きて行く道はありませんわ」

と、挿絵で見ると随分ノッペリした青年を相手に、歯の浮くようなことを言ったり、

「ああ、あたしはもうだめです。あたしは汚れた女です」

と、自殺せんばかりになげいたりしているのである。

京子はそんな場面を読んで、結局失望してしまった。

そこには、京子が今夜唖男の藤吉を相手に試してみたような経験のリアリティが全くなかったばかりか、彼女が感じたことと、小説の女主人公の感じたらしいこととは、まるっきり違っているのだ。

たった一つ、京子が日頃きくともなしに耳にしたところでは、ひとびとは、男も女も、そのことに何か得体の知れぬ魅力を感じているらしいのに、小説では、すくなくとも女にとっては、まるでそんな魅力や愉快さがないものの如く描かれている点だけは、京子は同感だった。

「恋とか惚れるとか、熱い抱擁だとか、みんな憧れているようなことを言っているのは、結局あれだけのことか。あんなくだらないことだったのか」

と、軽蔑すらしていたから、その点では、通俗小説の作者と意見が一致していたのだ。

しかし、その点を除けば、たとえば、そんなことがあれば、ぜひ結婚しなければならないと

思ったり、そのために死ぬほどの大きなショックを与えられたりしている女主人公の気持は、まったく不思議で、うなずけなかった。

「試験におっこちたよりも、もっと大騒ぎしてるわ。おかしいわ。何でもないことじゃないの」

試験に落ちた場合は、試験官を恨むものだ。それと同じように、女はその相手を恨む。たとえ、それが夢中に好いている恋人の場合でも、ろくに知りもしないが、しかし今夜から一生つれそうことになっている亭主の場合でも、とにかく、最初の経験を自分に与えた男を、女は恨みたくなるのである。

何か得体の知らぬ戦いを、自分に強いる男を……。そして、自分から羞恥のヴェールを剝ぎ取ってしまった男を……。そして、自分にとって最も大切であったもの、眼には見えないが、生きているという事実以上に正確な観念即ち「処女」というものを奪ってしまった男を……。

恨むというのは、だから、失われたものを惜しむという寂しさにほかならないのだ。

男というものは、往々にして、このような女の寂しさを解しない。たいていの男は、相手の気持など、無視しているし、よしんば、相手の気持を汲むとしても、自分は相手を喜ばせたぐらいに単純に思っている。相手はそのことを拒まなかったのだし、官能的にはそれを欲していたような表現を見せるから、つい欺されてしまうのだ。だから、その底にかくされた女の寂しさを解しないのだ。ことに、日本の男たちは、罪の意識に欠けている。むろん、同情をする男はいるだろう。すぐれた感受性の持主は、そのような場合の女の痛々しさを、感覚的に知るだろう。しかし、同情するということと、男たちが女に対して太古より振舞って来た事実――即ち、女の処女を奪うという運命の残酷さを、罪の意識で自覚することとは、まるで違うのだ。

女が男から受けて来た残酷さとは、社会的に法律的に経済的に、女が男より低い地位にあるという事実ではない。女というものは、生れた時に、既に男に奪われることを宿命づけられている「あるもの」を持たされているという事実だ。いかに女尊男卑の国といえども、この事実は変らない。

しかし、以上のような考察は、すくなくとも京子という女には何の関係もない。京子は恨みとか寂しさとか、女がそんな場合に抱くあらゆる感情から自由であった。

このような京子を、ひとはいたずら娘だと思うだろう。

たしかに京子は真面目な娘だとは言えない。しかし、京子がそんな大胆な行動に出たことや、そして、そんな自分に、少しの後悔も寂しさも感じなかったのは、彼女が淫蕩的な女だということにはならない。彼女が藤吉のような薄汚い唖男をわざと選んだのは、彼女には享楽的な動機がなかった証拠ではなかったか。

つまりは、京子には「処女」という神聖な観念が欠けていたのだ。いや、この神聖さに対する一種の挑戦であった。

そして、その挑戦の結果、京子が得たものは、はかない自尊心の満足と、失望感だった。生理的な不愉快さもあった。

京子は精神的には潔癖とは言えなかったが、感覚的には潔癖だった。プチブルの娘のように、不潔なものを軽蔑し、怖れていたのだ。美貌の皮膚をよごすのが極度にいやでもあったから、手は一日に何度も洗いたかった。

だから、藤吉のために、自分の体が、異様な体臭に濡れているという事実には、人一倍驚いていた。

体臭というより、体液のにおい、これは香水で消した。

汗には色はないとされているが、しかし、病的な体質を持った人間の中には、シャツが緑色に染まるくらい、草の汁のような色のついた汗をかく人もある。京子の汗は色はなかったが、一種高級な薫香のようなにおいがあり、彼女の肌からはいつもやるせないにおいが発散していた。だから、ばら色の頬を持っている娘が、頬紅をさす必要がないように、京子はめったに香水をつけなかった。しかし、藤吉の体臭は、京子の体の中にまでしみこんだのか、ちょっと動いても、それと判るくらい強烈だったから、香水のたすけを借りなくては、だめだったのだ。

においは香水で消せたが濡れた感覚は消せなかった。

家には内湯があった。しかし、湯殿へ降りて行くのはいやだった。階下の祖母の部屋に来ている浄瑠璃の師匠がまだ帰らないからだった。

京子は暫らくもじもじしていたが、そのうちに、階下の話声が聴えなくなったので、思い切って湯殿へ降りて行った。

祖母の部屋の電灯が消えていた。

暗がりの中で蠢いている気配を、ちらと感じながら、京子は湯殿の戸をあけた。アルカリのにおいが、プンと鼻をついた。この町の湯泉はアルカリ性だったのだ。このにおいに、京子はふと自分の浴衣にしみついていた藤吉のにおいを感じた。

京子は石鹸でごしごし自分の体を洗ってしまうと、浴衣も洗おうと思い、湯殿の戸をあけた。


「聴える！」

「大丈夫てば……。まだ、ねんねだから……」

そんな事が、ひそひそと聴えて来た。

京子は素早く乱れ籠にぬぎ捨ててあった浴衣を取ると、湯殿へひっこんで、戸をしめると、ザアザアと湯の音を立てた。

そして浴衣を洗いながら、嘲るような表情をうかべていた。

彼女には、祖母が年下の浄瑠璃語りに貢いでいるのが、不思議でならなかった。

「女って、なぜ男が必要なのだろう……？」

と、京子は考えた。

「あんなくだらないことを、面白がるなんて……」

ふーんだ——と京子は裸かの肩をそびやかした。そんな時、京子の青味を帯びた茶色の眼は、豹のように気高く光るのだった。

「しかし、もしかしたら、あたしが今夜経験したことのほかに、たのしいことがあるのかも知れないわ。でなければ、みんなあんなに大騒ぎする筈がないわ。あのけちんぼの、金よりほかに考えたことのないチャッカリしたおばあさんが、あの男にだけは、金を取られているのだから……」

浴衣を洗う手を停めて、京子はぼんやり考えていた。そんな時は、唇が少しあいて、京子の表情は白痴のように、放心しているのだった。

浴衣を洗うと、京子は、裸かの体に、タオルだけまきつけて、湯殿を出た。

祖母の部屋は依然として、あかりが消えていたが、蚊取線香の火が部屋の中にいる二人の気配を、ひっそりと燃やしていた。

## 四

祖母の所へ通って来る浄瑠璃語りは、竹さんといい、もと大阪の文楽座で三味線を引いていたのだが、一月小屋へ出勤しても四十円の給金にしかならぬくらいの下ッ端で、食えなかった上に、女道楽がたたって、師匠から破門になったので、女と一緒に別府の温泉場へ流れて来て、間借りをしながら、浄瑠璃を教えていたのだった。

別府は大分や博多と共に九州では浄瑠璃の盛んな土地だったので、相当弟子が取れた。弟子の中には芸者がいた。芸人のすくない土地なので、竹さんも別府では一かどの芸人で通り、それに苦味走ったところもあって、桃若という芸者など、「別府湯の花」の発売元の次男坊で、金ばなれも容子もいいという相当な旦那をしくじるぐらい、竹さんに打ち込んでいた。竹さんの細君はヒステリーであった。

だから竹さんの家では、年中痴話喧嘩が絶えず、喧嘩がはじまると、竹さんは京子の祖母の所へ小一丁の道を逃げて来ていたのだが、それがいつの間にか、祖母と出来てしまったのである。

竹さんの細君は、亭主が十五も歳上の女と出来たのを恥じて、到頭大阪へ逃げ戻ってしまった。

竹さんはそれをいいことに、殆んど毎夜のように、祖母の所へやって来た。狭い土地故、すぐ噂がひろがり、桃若も婆さんを相手に竹さんの取り合いをしてみても、芸者のこけんにかかわるばかりだと、近頃は「別府湯の花」の旦那と、よりを戻している。

世間では、竹さんは慾で京子の祖母と関係していると、噂しているが、果してそれだけだったろうか。

「あんたは、あたしを金にしようと思って、あたしとくっついてるんじゃないの」

祖母も竹さんにそう言うのだった。もっとも彼女にしてみれば、竹さんは芸人だし、自分は婆アだし、こっちから貢ぐのは仕方ないと思っていた。が、竹さんは、

「ばかア言え。慾だったら、女房や桃若まで捨てて、おまえにくっつくもんか。桃若の方がよっぽど金になったよ」

「じゃ、何なの……？」

「はじめは、出来心だったのさ。ほら、いつか、女房と喧嘩して、ここへ逃げて来たことがあったろう。いや、なにはじめての晩さ。おそくなって、おまえが泊れというから、泊った……。それが間違いのもとさ。その時、おれ、まさか、おまえに色気が残ってるとは思わんしさ、どうだい、婆さん、もうこれを忘れてしまったかいと、半分冗談の出来心さ。おまえのまえだが、へんな気もなかったんだ。からかってやるかなぐらいの所だったんだ。ところが、どうして、おれも随分数をあたって来たが、おまえも相当数でこなして来たのか、よっぽどの男に仕込まれたのか、おまえみたいな女ははじめてだったよ。こうなれや、女房も桃若も慾もないや、いのちもいらないや」

「何とか、あたしを喜ばせてるんじゃないの」

「嘘か本気か、おまえがよく知ってるじゃないか。ひどい女だよ、おまえは、何の恨みがあっ

て、おれを苛め殺そうというんだい」

「ぶつわよ」

年に似合わぬ若い声を出して、

「――だけど、あんたも間借りなんかいつまでもしないで、いっそ、うちへ来てしまったら、どうなの……？」

「うん。おれもそう思うんだが、しかし、おれも芸人のはしくれだからな。まさか、十五も年上のおまえの所へ、亭主で入り込めやしない。人気ということもあるからな、だから、こうしたらいいと思うんだがなア……」

竹さんはちょっと言いにくそうにしていたが、やがて思い切って、

「つまりだ。いっそ、養子ということにしたら、どうだ。亭主じゃ表向きの体裁がある。だから、おまえも子供はなし、孫といっても女の京子ひとりだし、どうせ、あの京子に養子を取らなけアならないんだし、いっそおれを……」

「京子の婿養子に……？」

「いや、なに、表向きだけさ」

「あんた、あの子に気があるんだね」

「ばかアいえ……。まだ、ねンねじゃないか。ねンねだから、つまり表向きの養子だよ」

「あきれた人だよ、あんたは……。実際油断がならない。ちゃアンと眼をつけてるんだから

……」

竹さんはうっかり口をすべらしたようなものだった。がそれだけに、京子への野心は相当強かった。

それでなければ、いくら竹さんでも毎夜のように、祖母の所へ通って来るわけはなかったのだ。毎夜やって来ながら、いつかはと、京子をねらっていたのだ。

祖母はそれと知りつつ、竹さんを遠ざけようとしなかった。

「男ってみな、そんなものだ」

と、思っていたから、べつに幻滅も感じなかったし、嫉妬も感じなかった。ただ、そんなものだと知っているだけに、警戒だけは怠ってはならないと、眼を光らせていた。孫の京子ももちろん可愛かったが、祖母は自分も可愛かったのだ。京子のために、竹さんを遠ざけるには、竹さんはあまりにはなれがたい魅力のある男だったし、もうこの男をはなしてしまっては、彼女もいつ男が出来るのか、心細く、いわば落日が放つ最後の明りのように、彼女の肉体が女として燃えつくしてしまうのも、間近かに迫っており、しかも、それが生理的なものだけに、何ものを犠牲にしてでも、竹さんにしがみついていたかったのだ。

「あんな、ねンねのどこがいいんだね。渋柿みたいなもんじゃないの。青くって、渋味だけしかないんだからね。やっぱし年期を入れた樽漬けの柿でなくっちゃね」

祖母はそう言って、竹さんを牽制していた。

# 五

京子ははじめのうち、竹さんのそんな野心なぞ、むろん気がつかなかった。

しかし、竹さんが機会あるごとに、自分に注いでいる眼の執拗な熱っぽさには、いつかただならぬものを感ずるようになった。ことに、自分のうしろ姿へ注がれる竹さんの視線の位置には、敏感だった。背中から腰へなめくじが這っているような気が、京子はした。

もっとも、その視線が何を意味しているか、京子には判らなかった。

ところが、藤吉とあんなことがあった晩、祖母の部屋で見た暗がりの蚊取り線香の火は、ふと竹さんの眼の光のようであった。

「ははアん。竹さんは、藤吉があたしにしたようなことを、あたしにしたがってるのだわ」

すると、竹さんの顔が間抜けたように見えて仕方なかった。藤吉の顔も、京子はじっと眼をあいて、月明りで見ていてやったが、滑稽なくらい間が抜けていた。

「何さ、その顔！」

と、藤吉に言ってやりたいくらいだった。

「男ってだらしがないわ」

京子は噴き出したくなった。

だから、竹さんが来ると、いつもプイと家を飛び出すようになった。

竹さんが階下で祖母といる時、二階で竹さんの間の抜けた顔を想像するのは、おかしくってたまらなかった。

婦人雑誌の小説では、女は恥しさの余り顔を伏せたり、泣きくずれたりしているけれど、祖母も顔を伏せたり、泣きくずれたりするのだろうかと思うと、これもまた滑稽でたまらなかった。

それとも祖母は……。京子はふと、炬燵の上でそっと……いい気持で寝そべっている猫を想い出した。そんな猫を見ると、京子はいらいらして思わず蹴飛ばしたくなるのだった。

いずれにしても、家に閉じこもっているのは、いやだった。

家の前はすぐ流川通で、ダンスホールやカフェから甘い音楽が聴えていた。流川通の突き当りの桟橋の先に立っているキャラメルの広告灯の、ネオンサインの点滅も、何か京子のやるせない心を誘う瞬きのようであった。

「夜遊びするんじゃないよ」

祖母はたしなめるのだったが、京子は、

「あたしがいては、邪魔でしょう……？」

こんな口を利いて、夜更くまで帰って来なかった。

家を出ると、しかし、藤吉がつきまとって来た。

藤吉は薄馬鹿ではあったが、馬鹿は馬鹿なりに男であった。彼は京子が意外にも自分に許してくれたので、天にも上る気持になっていた。ことに、京子の体から発散する匂いは、この馬鹿な男の精神を一層ぼうっとさせてしまうくらいの魅力を持っていたのだから、もう夢中であった。あの晩京子は変装していたし、顔にも墨を塗っていたのだから、よほど敏感でない限り京子だと見抜けぬ筈だったが、しかし、藤吉の嗅覚は犬のように京子をかぎつけてしまったのだ。彼は一度許してくれたのだから、当然もう一度許してくれるだろうと、京子の家の前を毎日うろついていたのだ。

京子はそれがうるさくって仕方なかった。

「あっちイ行け……」

「…………」

「あたしの傍をうろつくと、承知しないわよ」

「…………」

言葉が聴えぬのか、それとも余りに憑かれていたのか、藤吉は執拗に傍をはなれなかった。唖で薄馬鹿だから、世間に洩れる気づかいはないし、つきまとわれる惧れもないと思って、わざと藤吉を選んだのだが、京子は今となってみれば、それを後悔せずにはおれなかった。

京子は結局手真似で、

「この間の海岸で待っていて頂戴！　あとから行くから」

と、藤吉をなだめて、待ちぼうけをくわせるより仕方なかった。

藤吉を相手に、もう一度あのことを試してみて、もっとはっきり、たしかめたいという気もないこともなかったが、藤吉の体臭がいやだったのと、一つには、一度許せばもうそれを特権のように思っている藤吉の態度が、京子の自尊心を傷つけたのだった。

「あたしは何もこの男の言いなりになったのじゃないわ。あたしは、この男に命令して、実験の助手に使っただけだ。要らなくなったら、お払い箱にするのは、あたしの自由だわ。それに、あたしは美しすぎる！」

ある夜、そんな風に藤吉に待ち呆けをくわせて、京子は夜の町を一人でうろついていた。

カフェ「ピリケン」の前を通ると、タンゴバンドの音が聴えて来た。ピリケンの三階はダンスホールだった。ホールの窓を明けはなしているので、流川通から、胸と胸をぴたりとつけて、踊っている幾組かの男女の姿が、影絵のように妖しく蠢めいて見えていた。

京子はホールの中を見たことはなかった。

「ピリケンは上海帰りのきれいなダンサーがいて、随分さわいでいる男もいるそうだが、どんなにきれいなのか、一度見てやろう」

京子は三階まで上って行った。ホールの入口は身動きも出来ないくらい、女が集まっていた。ダンサーではなかった。見物に来ている女たちだということは、服装で判った。女たちの眼は、異様に興奮して、血走っていた。肩で息をしている女もあり、胸をふくらませている女もあった。いくつもの溜息が、むっとした女の体臭の中に揺れていた。

京子は、その女たちの視線を追った。そして、はじめて納得した。

早野映治という映画俳優が踊りに来ていたのだった。

早野の相手をして踊っているダンサーは少しもきれいではなかった。京子は人ごみを押しわけて、ホールの中へはいって行った。そして、早野が自分の方を見るのを、待っていた。

果して、早野はクイック・ターンした途端に、おやっといった眼になった。そして、その眼は瞬間微笑したようだった。

「どう、きれいでしょう、あたし……？」

京子はそういわんばかしの眼で、ニイッと笑った。

早野はまたターンして、うしろ向きになったが、やがてまた京子の方へ向きを変えて、

「君、まだ僕を見てるの……？」

そんな眼をした。

曲は「別府小唄」のフォックス・トロットであった。「別府通いの汽船の窓で、ちらり見かわす顔と顔、あなたもウインク、あたしもウインク、別府湯の町、別府湯の町、恋の町……」

観光地として何か浮足立った軽薄さと、旅客相手の田舎町の物悲しいモダニズムと、温泉場特有の安っぽい頽廃が、この町へ招かれた流行作曲家の行きずりの眼にあわただしく映って、それがそのまま一夜づけのメロディとなったようなその曲を京子は、かつはなつかしく、かつは

土地の女らしく気恥しい気持で聴いているうちに、やがてその曲が終った。

早野は相手のダンサーから離れた。京子は早野が自分の方へ寄って来ることを、予想した。途端に、京子は身をひるがえすと、ホールを出て行った。早野がついて来ることを確信しながら……。

# 六

ホールを出ると、海からの風が流川通を走っていた。

夙いでいた海が、急に荒れ出したのだろうか、カフェ「ピリケン」の向いの暗がりに出ている易者の、提灯の火が揺れていた。

京子はふと立ち停った。浴衣の裾を直すためでもあり、早野がついて来るかどうかうしろの気配をうかがうためでもあった。

得体の知れぬ女たちの嬌声が、いきなりピリケンの階段を降りて来たのを、背中に感ずると、京子はふっと唇をあけて、微笑した。

嬌声は、早野を見送る女たちが、発したものにちがいない。早野はやっぱしホールを出て来たのだ。

そして、もしそれが自分のあとを追うためでないとすれば、自分の美貌をだれかにくれてやってもいいと思うくらい、京子は自分が一瞬のうちに早野に与えた魅力について、自信があった。

京子はうしろも振り向かずに、しかし、ちょっと腰のうしろへ手を当てて兵古帯の結び目を気にしながら、桟橋の方へ歩いて行った。

「情けない女たち！」

京子は嬌声を発しながら、映画俳優の早野映治のあとを追って来る女たちを、軽蔑していた。早野映治はあたしを追うて来ているのに……。しかし、京子の軽蔑の最大の原因は、彼女たちが美貌でないという点にあった。

「みんな、御多福だのに、恥しいとは思わないのかしら……？」

美しかったら、あんな浅ましい金切声や溜息は出ない筈だと京子は、思いながら歩いていた。風は、京子の白い脛を容赦なく覗いていた。が、京子はわざと大股で歩いた。もはや、恥しいとは思わなかったのだ。美貌すぎる女には、恥しいということはない。恥しいのは、醜いということだ。そう無意識に考えていたのだろうか。

嬌声はだんだんに迫って来て、やがて、それが京子のまわりを取囲んだ。途端に、京子は早野に並ばれていた。

女たちは、早野の顔を覗き込もうとして、二人のまわりを取り囲みながら、ついて来た。

「しかし、あたしの顔を覗き込んでいるのだわ！」

と、京子は思った。晴れがましい気持はなかった。舞台の女優のように、平気で顔をさらしていた。そして、

「やっぱし、早野はついて来た！」

と、思いながら、ちらと女たちの顔を見た。みんな、真赤になりながら、びっくりしたように、口をあけていた。

早野のような人気俳優が、見も知らぬ女のあとをつけるなんて、あり得べからざる奇蹟のように、驚いているようだった。

京子も、そんな風にされるのは、自分ひとりだけだろうと、さすがに天にも登る気持だったのだ。

しかし、実は早野にとっては、こんなことは日常茶飯事の一つであった。日課みたいなものだった。美しい女を尾行するのは、早野の悪癖の一つだったのだ。ほかにも悪癖はいくつもあったが早野の尾行癖は撮影所でも有名だったのだ。

早野映治という名は、勿論芸名である。が、芸名にしても、まるで洒落みたいな名だといわれていた。

映画俳優だから、映治とした——というのが洒落なのではない。早野の「早」という字が洒

落みたいだというのである。なぜなら、早野は、

「あいつは女偏に『早い』とつけたような男だ」

と、いわれているくらい、女にかけては手の早い男だったのだ。

早野は俳優としては大根で、何の才能もない男だった。科白一つ満足に覚えられなかった。

「僕はジフィレスで、記憶力を喪失しちゃったんです」

と、苦笑していたが、その癖、これまで関係して来た何十人という女の、つけていた香水の名を、一つ一つ想い出すことが出来たり、五年前のレースに出場した馬のタイムを記憶したりしていた。

俳優としては才能はなかったが、女と賭事にかけては才能があったのだ。もっとも、賭事の才能とは、結局勝負度胸の良さのことで、勝負度胸の良さは賭に勝つ大きな原因になると同時に、賭に負ける重要な原因にもなる。だから賭事では失敗をまぬがれることは出来なかったのだ。ところが、女にかけては、たいていの場合成功していた。

無論、映画俳優としての人気も与っていたにちがいない。しかし、映画界にはいるまえに、彼は普通の放蕩児が一生掛ってものにする女の数ぐらいは、既に卒業していたのである。

映画俳優になる前は、彼は横浜の不良青年であった。不良青年になる前は、不良少年であった。そして不良少年になる前は、名門の子弟であった。

彼の父は軍人であった。彼が学習院の初等科へ通っていた頃、彼の父は海軍少将で、父が中

将になった途端、彼は厳格な家庭の雰囲気にいたたまれず、不良少年の群に身を投じていた。女学生との恋愛問題もむろん原因していた。

後年、彼はある映画で海軍士官の役を与えられたことがあるが、

「この役だけは謝ります」

と、いって、どうしても承諾しようとしなかった。しかし、顔見世映画で、三シーンだけ出ればいいのだし、宣伝もしてあったあとなので、会社側では出演料を倍にして、拝み倒した結果、ちょうど競馬でスッて、ホテルの宿泊料はおろか、煙草代にも困っていた矢先きだったので、やっと出ることになり、撮影に掛ると、彼は腰につける短刀をわざと反対の側につけたり、帽子を横っちょにかぶったりボタンを外したりして、監督を手こずらせた。

しまいには、顔の半分だけメーキァップのドーランをつけて、半分は素顔のままセットへ現れて、監督がどなりつけると、

「だって、先生、今日はプロフィルのアップでしょう。こっちの半分は写らないから、いいでしょう」

「しかし、早野君、君の顔はまるで色が白くなる薬の広告写真みたいだよ。たのむから、全部塗ってくれ」

「じゃ、先生、十円下さいよ。十円下すったら、塗ります。ねえ、先生ったら、十円下さいよ。僕、昼飯も食えないんです。ねえ、先生ったら……」

駄々ッ児のようにせがんで、十円まき上げると、その場で、掌にペッと唾をはき、その唾でドーランをとかして、顔へ塗ったが、やがて、テストをはじめると、どうしても敬礼が出来ない、何度テストしても、手が額の所まで上らないのだ。

しまいには、二本の指で「モロッコ」のゲーリー・クーパーの「さよなら」みたいな手つきをやってみせて、

「これでどうです。いけませんか。あはは……。僕、やっぱし謝りますよ。あはは……」

自分で噴き出してしまうので、監督もカメラマンもライトマンも助手も、もう一緒に笑うより致し方がなく、到頭役者を変えることになった。

その後、戦争がはじまると、不品行を理由に映画俳優の登録票を交付されなかったので、仕方なく場末の小屋の芝居に出たが、れいの時局劇の中で軍需官に扮して増産激励の訓辞を読み上げる幕になると、どうしても演説口調が出て来ず、まごまごしているうちに、大根！　と野次られた時、

「何が大根だ！」

と、観客に食って掛り、訓辞の巻紙をまるめて、舞台から客席へ降りて行った。そして、その一座を追放されてしまった。

不良青年か性格破綻者にしか扮することの出来ない俳優なのだ。いや、彼には扮するということがない。生地のままでしか演技が出来ないのだ。つまり、彼は不良青年であり、性格破綻

者であった。

だから、彼の生活は驚くほど乱暴で、人気俳優としての莫大な収入がありながら、一軒の家というものを構えたことがないのは、まずいいとして、例えば昨日まで帝国ホテルで豪華な生活をしているかと思うと、今日は大部屋の役者が借りている長屋のあばら家の玄関の二畳へ、居候になって、転っている。しかも、帝国ホテルで同棲していた女を、その二畳の玄関へ連れて来て、一緒に寝ているのである。その女はホテルでは、一日中素裸かでベッドにもぐり込んでいたのである。彼が株とバクチですっからかんになって、女のシミーズまで売り飛ばしてしまったのだ。しかし、ホテルを追い出される時には、彼はどこからか毛皮のオーバーを持って来たので、それに裸のままくるまってその長屋のあばら家の玄関へ転り込んだ。ところが、実はそのオーバーは撮影所の衣裳だったのだ。セット撮影に出る女優が着るものだったが、今日はロケだからと、安心して借りて来たところ、急に天候が悪くなり、ロケを中止してセットに入ることになり、彼はあわてて撮影所へ返しに走った。女は裸かで居候していたのである。

そんな風に生活は乱暴に荒れていたが、しかし、言葉遣いや物腰は、相手が恐縮するくらい柔く上品で、いんぎんだった。不良だが育ちの良さが現れていた。そして容貌にもそんなところがあった。それが女たちには、抵抗しがたい魅力だったのだ。

貴公子型のノーブルなマスクに、ニヒリステックな苦味のアクセントと、頽廃の翳についた容貌を持った彼が、人なつっこく善良そうな愛嬌をうかべながら、なめるような優しい口調で、話しかけると、さんざん彼に不義理を働かれて、かんかんになっている男たちでさえついころりとごまかされてしまうくらいだったから、まして女たちは浅はかだ。ちょろりと参ってしまうのだった。

彼は絶対に女たちの前で威張らない。娼婦に対しても、いんぎんだ。安女郎屋のくだらない女にも、

「あなた！」

と、呼ぶのである。女に対して使う呼びかけの言葉としては、彼は、

「あなた！」

という敬称以外に知らないかのようである。京子に対しても、それを使ったのは、いうまでもあるまい。

「お嬢さん、あなたはどこにお泊りになってらっしゃるの」

と、早野は京子と肩を並べながら言ったのである。

「あたし……？」

早野のきいた意味が、咄嗟に判らなかった。

「亀ノ井ホテルですか」

「いいえ。あたし、この町よ」

「本当……？　嘘でしょう……？　あなたのようなきれいなお嬢さんが、別府にいらっしゃる

答はないです」

「うふふ……」

京子はうれしそうに笑ったが、しかし、ふと、そんな自分を後悔した。きれいだとお世辞を言われて、喜んだりなんかして、みっともない。あたしは、ほめられてもうれしがらないくらい、きれいなのだ。つんとしていよう。

「――あたし、本当に別府よ。温泉小町ってみんな言ってるわ」

「おうち何屋さん……？」

「土産物屋！」

と、答えると、早野の眼は急にいきいきと輝いた。

「じゃ、あなたにお願いがあるんですが、きいて下さる？　僕、土産物を買いたいんだけど、ホテルを一歩出ると、ファンがこの通りでしょう……？」

早野は、ぞろぞろついて来る女たちのことを言って、

「――ですから、あなたのおうちで売っているもの、何でもよござんすから、これだけ亀ノ井ホテルへあとで届けて下さらない……？」

素早く数枚の札をズボンから出して、京子に渡した。

「あらッ！」

京子は赧くなった。自尊心を傷つけられたような気もした。しかし、早野は、

「ねえ、頼むから、届けて下さいよ。ねえ、面倒だけど、そうして下さいな」

と、哀願的だった。年中やっている借金の時と同じやるせない頼み方だから、堂に入ってい
た。京子の自尊心はもう傷つかなかった。

「だって、お土産なら亀ノ井で売ってますわ」

「そうですか。でも、あなたのおうちのものでなくっちゃ別府の記念にならないですよ」

早野は十七歳の小娘に、こんな殺し文句を平気で使っていた。そして、京子がうなずくと、

「じゃ、半時間のちに来て下さい。よござんすか、半時間後」

と、だめを押して、

「――あの人たち、うるさいから、僕、走って帰ります」

御免なさいと、ていねいに頭を下げると、早野はあっという間に風の中へかけ出して行った。

京子は暫らくぼうっとして歩いていた。

ぞろぞろついていた女たちが、昂奮した声で、

「今の方、早野映治よ」

「知ってるわ！」

「何を話してたの……？」

「…………」

「何か約束したの……？」

「ホテルへ遊びに来いといわれたけれど断っちゃった」

「あらどうして……？」

「映画俳優なんかの尻を追っかけまわすの、みっともないわ」

京子はペロリと肚の中で舌を出していた。

「早野映治って女たらしよ」

「そう……？」

京子はふと夢みるような遠い視野を、海へ向けた。

波が波の上へかぶさり、海は大きな溜息に揺れていた。

京子の呼吸は次第に速くなって来た。肩がふるえる。胸がドキドキする。

しかし、それが何であるか、京子には判らなかった。

## 七

京子は、わざとよその店で早野から頼まれた土産物を買って、それを持って行った。

亀ノ井ホテルの玄関へはいって、

「これ、早野さんに渡して下さい」

番頭に渡しながら、何だかファンに思われそうでいやだった。だから、番頭の眼が早野への贈物を持って来た女として自分を見ているようだったら、すぐ引き返すつもりだった。が、番頭は、

「さア、どうぞ！」

と、スリッパをすすめた。

番頭は、早野から京子が来たら通すようにと、たのまれていたのである。もっとも、たのまれていなくても、この温泉小町をただで帰すのは、番頭自身惜しい気がした。

女中に案内させず、番頭自ら京子を早野の部屋へ送って行った。

「先生、お客様がお見えです」

「どうぞ！」

部屋の中から、早野の声がした。

京子は一寸ためらった。

「さア、遠慮せずに……。先生がお待ちかねだよ」

番頭は京子を部屋の中へ押し入れる時、ちょっとお尻にさわってみるだけで、満足して、引き下って行った。早野は浴衣を着ていた。

「今晩は……」

京子はぴょこんと頭を下げたが、坐りもせず、突っ立ちながら、

「――これ！」

と、頼まれた土産物を差し出すと、早野は起ち上って、それを受け取りざまに、いきなり京子を抱いて、口に口をつけて来た。

京子は声も立てなかった。じっとして、早野のされるがままに、自分を任しながら、大きく眼をひらいて、早野の顔を見ていた。

早野は自分の顔を見つめている京子の視線を感ずると、ちょっと狼狽気味だった。しかし、彼は京子の肩がふるえ、胸のふくらみが妖しくうごめいていることを、本能的に感じていた。鼻から洩れる京子の息のせわしさが単なる息苦しさではないことを知っていた。どの女もそうなのだ。ただ、眼をあけて、じっと見られているのは、早野にもはじめての経験だった。茶褐色の宝石のような瞳だけに、なお奇異な印象を受けた。

早野は背中に廻していた手を、だんだん下へすり下して行った。そして京子の体を自分の手でぐいと自分の方へ押しつけた。

「あッ」

と、京子はかすかに声をあげた。咽喉の奥まで、何か不安な触感がのた打ちまわっているようで、ふと体がくすぐったかった。じっとしていられない衝動が波のように筋肉が固く緊張し、さらに大きな波の中へ飛び込んで行きたいもだえを感じた。

「藤吉はこんな風に抱かなかったし、キスもしなかったわ！」

と、思った途端、京子は思わず眼を閉じていた。

そして、はっと思った途端、京子は畳の上へ、倒されていた。

京子はあわてて裾をかき合わそうとした。藤吉の前では少しも恥しくなかったのに、どうして、早野さんの前では、こんなに恥しいのかしら……?

京子は両足を固く閉じていた。

部屋の中は眩しかった。風が部屋の外を走っていた。その唸り声にまじって、波の音が聴えた。何か苛立たしいそのリズムのくりかえしは、京子の呼吸のようであった。

思いがけぬ恥しさは、再三早野の手をしりぞけていた。しかし、波は大きくかぶさって来た。

好奇心の波。波は両足の緊張を、ゆすぶった。夜のポーズが花のようにひらいた。


……………………………


「藤吉と違うわ!」

半ばは冷静に眼覚めている意識で、京子はひそかにそう呟いていた。

早野には、藤吉のような、いやな体臭はなかった。むしろ、なつかしいにおいもあった。それに、甘い囁きが絶えず耳をくすぐっていた。

むろん、不愉快な想いはあった。歯の手術をする時のように、早くやめてほしい、なんて長ったらしいんだろうと身を引いてこらえている瞬間もあった。が、思わず、体がしびれるようなやるせなさに、はしたなくしがみついた瞬間もあった。

たしかに、藤吉と違って早野には京子を酔わせるものがあった。しかし、生理的にではなく、むしろ心理的なものだった。

　早野は、商売女や蓮ッ葉な素人娘よりも、深窓の令嬢といったタイプの女にノスタルジアを持っていた。いわば貴族趣味だ。だから京子のノーブルな顔立ちは、早野のこのみであった。それに仏蘭西人形のようなエキゾチシズムは早野の横浜趣味でもあった。

　そして、そんな娘を、まるで娼婦のように扱って、いきなり爛熟した奔放な享楽の世界へ連れ込むのが、彼の残酷めいた趣味であった。

　美しい、高貴な、うぶな娘の中から、娼婦の醜いポーズを引き出すのであった。そして、今二人がしていることは最もみだらな、醜い、本能の行為であるということを、絶えず女に意識させるのだった。彼は女の耳の傍で、最も卑猥な言葉を囁いていた。そして、女にもそれを囁くことを要求した。

　こうして、彼は女の羞恥心をほぐして行き、女をみだらな意識の中に誘って行くのだったが、いつか、女は、その意識に中毒してしまうのである。

　みだらな醜いことより、そのような浅ましいことをしているという意識の方が、かえって女を酔わしてしまうのだろうか。堕落の自虐的快感であり、そしてまた、偽善よりの解放の叫びを二部合唱する喜びでもあろうか。

　長い間弄んで、やっと早野は京子を離した。京子は普通の女なら、結婚後何年も掛って教えられるようなことを、一度で教えられてしまった。しかし、べつにうれしいとも悲しいとも思わなかった。

「要するに、面倒くさい、時間つぶしだわ！」

　男って、随分間の抜けた表情をするわ、あんな表情、スクリーンへ出せばいいのにという感想を収獲に、京子は早野の所から帰ることにした。

「遅くなったから、帰りますわ！」

「明日、小倉へ行きませんか」

「小倉……？　ああ、競馬……？」

「ええ。面白いですよ。朝の一番汽車で……」

　早野は小倉の競馬へ行くために、別府へ来ているのだった。

「行けたら、行きますわ！」

「駅で待ってますよ」

「ええ」

　しかし、京子は行くつもりはなかった。すっぽかしてやれば、いい気味だと思った。

「送って行きましょう。その辺まで……」

「あたし一人で帰りますわ。じゃ、明日朝」

亀ノ井ホテルを出ると、いつの間にかぎつけて来たのか待ちぼうけをくわせた藤吉がきょとんと立っていた。

「莫迦、傍へ来たら承知しないわよ！」

京子はぱっとかけ出して、やがて家の中へ飛び込んだ。

家の中には祖母はいなかった。

「おばあさん、お通夜に行きましたよ」

竹さんが茶の間で寝そべっていて、そう京子に言った。

「そう……？　ありがとう」

二階へ上ると、京子は敷蒲団をのべて、その上へ、大の字に寝転った。ふっと、大きな溜息が出た。疲れたのだろう。

灯りを消そうと思ったが、起ち上るのが、もう面倒くさかった。

ものうい倦怠が眼に来て、うとうとしていると、何か空虚なやるせなさがあった。

やがて、どれだけたったか、京子は階段を登って来る誰かの足音を、夢うつつに聴いていた。

忍んだ跫音だった。押し殺した咳ばらいが聴えた。

「竹さんだな」

眼を覚そうと思ったが、しかし、なぜだか京子は夢うつつのものうさを、たのしんでいた。

そして、

「眠っている真似をしてやろう」

とぼんやり考えていた。

# 八

軋(きし)んでいる階段が、最後に大きくミシリと鳴ると、竹さんがすっと部屋の中へはいって来たらしい気配がした。

夢うつつのものうさをたのしんでいた京子は、はっと飛び起きるのが大儀であった。飛び起きて、

「誰……？」

と、声を掛け、あ、竹さんだったの、いやねえ、竹さんッたら、ひとの寝ている部屋へ黙って来たりして、お祖母ちゃんに言いつけるわよ——と言ってやったら、面白いと思ったが、しかし、それよりも、眠ったふりをして、竹さんがどんなことをするのか見ていてやろうという思いつきの方が、面白かった。

京子は祖母の燕である竹さんがきらいであった。ことに、竹さんが機会あるごとに、自分に注いでいる視線の執拗さは背中より腰へなめくじが這っているような気がしていたのだ。そし

て、そんな時の竹さんの眼の光は、いつぞやの盆踊りの晩、藤吉と別れて家に戻り、濡れた体を湯殿へ洗いに行った時、祖母と竹さんが二人きりでいる暗がりの部屋にひっそりと燃えていた蚊取り線香の火を想わせたが、いま竹さんが自分の寝室へはいって来たと知ると、その蚊取り線香の火のひっそりと燃えていた暗がりの部屋の、ひっそりとした、しかし何か胸苦しいような蠢き(うごめき)が新しい好奇心を京子の夢うつつの体の中に、わずかに目覚めさせていた。

それは、藤吉にも早野にも感じなかった、何か反吐のような、われながらいやな好奇心だった。藤吉や早野の場合に感じる好奇心には、そんないやな感じはなかったのだ。

祖母はまだお通夜から帰っていない。その祖母のみだらな顔と一緒に泛んで来ただけに、一層その好奇心に反吐のようなものを、京子は感じたのだ。

眠ったふりをしているとは知らず、竹さんは恐らく京子の顔を覗き込んで、寝息をうかがっていたが、やがて、京子の足許にしゃがんだ。

京子は蒸し暑かったので、掛け蒲団も掛けず、大の字になって寝ていた。

竹さんはそっと京子の着物の裾にさわった。京子はびくと足をふるわせた。いやなものだけに、かえって好奇心の期待ははげしかったのだ。

竹さんははっと手を引いた。そして、起ち上って、電灯を消そうとしたらしかったが、何を思ったか、消すのは思いとどまって、再び京子の足許にしゃがんだ。

京子はだんだん同じ姿勢を続けるのが窮屈になって来た。竹さんの足がガタガタふるえるのを、ひそかにあざ笑いながら、京子は寝返りを打って、足を縮めた。

そして竹さんが肩でしている息がだんだんはげしくなって行くのを、聴きながらもう京子の意識ははっきりと眼覚めていた。

竹さんは再び京子の寝息をうかがっていたが、やがてブルブルふるえる手を、京子の背中へそっと触れた。

京子は竹さんが何かもじもじしているのが、おかしくてならなかった。噴き出してやろうかと思った。が、そうしなかったのは、やはり好奇心だった。

京子はいきなりまた寝がえりを打って、もとの仰のけの姿勢になり、足を伸ばした。裾はみだれたが、ふしぎに羞恥心はなかった。

そして、じっとしていると、竹さんの手が蛇のような感触で、おずおずと京子の白いからだを這いまわり、その蛇のような感触には思わずどきんとする鎌首の舌があった。

# 解説　「結婚のことを想って、私は悲しかった」

尾崎名津子

織田作之助、という文字によって、どのようなイメージが喚起されるだろうか。「夫婦善哉」か、自由軒のライスカレーか。そのイメージは、織田作之助をどのような場で知ったか――映画・テレビ番組か、漫画・アニメ・ゲームアプリかという、媒体の違いによって差異が生じているかもしれない。「織田作之助」はいくつも「ある」。作家イメージの複数化は織田のみに限られた出来事ではないが、作家像が絶えず更新されていくとしても、既存のイメージが継承されていない。それは、かたや代表作に誘発された形象、かたや作家の伝記的なエピソードによって作られた図像であることにも因るのだろう。もちろん、善哉とカレー以外の何かを想起する人もいるだろう。あるいは、今初めて織田の名前を知る人も。

それでは、織田作之助がいったいどのような作品を紡いでいたのかと顧みる時、およそ一四年間の作家生活の中で、何パターンかのモチーフを繰り返し描いてきたという印象を抱く。大阪という都市のこと、体を責めて働くこと。あるいは早くは宇野浩二が指摘していたように、流転の人生を描くこと。流転と重なる意味合いがあるが、漂流も複数の作品で用いられたモチーフである。

なにより抜き難いことは、織田作之助と大阪との関係である。本人の意図はどうあれ、大阪から離れられず、大阪を繰り返し描き、大阪を飛び出し東京にやってきた途端に死んでしまったことからしても、大阪を離れられなかった（ように見える）作家として、織田は捉えられてきた。ただ、こうした言い方は状況の反映に過ぎない。創作その他の発言において、織田は大阪を変幻自在にかたどり、その土地のイメージを元手に自画像を描いてみたり、都市の正体を言葉によって彫像しようとしたりと、さまざまに奮闘した。たとえば、それは「夫婦善哉」（一九四〇年）に描かれた、ヒロインの蝶子を都市の古層（法善寺の不動明王の前）へと導く引力を具えた〈大阪〉と、「世相」（一九四六年）における、戦災以前の空間と災後の「私」の前に広がる空間とが巧妙に重層化している〈大阪〉とは、同じ具体的な地名を扱いながらもどこか異なる言語世界を形成していることに表れている。エッセイや評論においては、井原西鶴に焦点化される〈大坂〉論や、伝説的な棋士・坂田三吉の生涯を引き合いにした〈大阪〉文化論を度々発表してもいた。織田の都市・大阪を主役に据えた文学的営為は、きわめて意識的、実験的になされていたのである。

しかし、それだけが織田作之助作品の主要なモチーフではない——というのが私の見立てである。では、織田は何を描きたかったのか。

それは女性ではないだろうか。

織田は旧制第三高校在学中、はじめは戯曲家を目指していたが、すぐに小説を書き始める。その第一作が「ひとりすまう」（『海風』一九三八年六月）である。本書に未収録ではあるが、この場で少し触れておきたい。この作品では、明日子と轡川、高校二年生の「ぼく」との交流が描かれる。そもそも不倫関係にある明日子と轡川について、「ぼく」は芥川龍之介「藪の中」さながらの心理戦を見る。すなわち、両者が語る交際のいきさつに齟齬を見た「ぼく」は、いずれの話が真実かと悩み、それゆえ二人に接近するが、真相は分からない。この過程で明日子に好意を抱いた「ぼく」は、彼女に対してある行動を起こすのだが、いわゆる三角関係になる手前で話が閉じられてしまう。「ひとりすまう」において描かれているのは異性愛関係の維持の困難であり、轡川に同情的な「ぼく」によって、困難を招き寄せているのは明日子一人ということにされている。本音を明かさないままでいる性的魅力を具えた女性が、そうであるからこそ男性同士の絆を醸成させる。セジウィックの「欲望の三角形」の図式が鮮明に見えると同時に、性的魅力を以て男性の生活や人生を改変する力を持つ、織田版ファム・ファタルと呼ぶべき女性像が、小説第一作から既にほのかに見えている。

本書に収めた「雨」（『海風』一九三八年一一月）のことを、織田自身が後年になって「私の処女作」「いちばん好きな作品」と公言しているのは、年代記の形式を明確に取り入れた最初の作品であることが大きな理由だと思われる。年代記の中心人物は、お君という女性であり、彼女が最初の夫を喪い、一人息子の豹一を連れて再婚し、豹一が親となるまでが描かれている。こうしたスタイルを織田は繰り返し採用していくことになる。スタイルの確立と同時に注目に値すると思われるのは、お君の姿が「ひとりすまう」の明日子と重なると同時にずれを見せていることである。というのも、お君にあって特徴的な要素が、後に続く作品でもしばしば見られるのである。すると、創作の形式に加えてここで織田が描くべき作中人物像を手にしたということも考えられる。

とはいえ、「雨」の成立は複雑である。この作品は単行本『夫婦善哉』（創元社、一九四〇年八月）に収録された際に、風俗を壊乱するものとして内務省検閲による処分を受けた。理由は「露骨ナ性欲描写ノ記事」（『出版警察報』第一三五号、一九四〇年九月）である。お君が「軽部の乱暴な愛撫」を思い出すという記述、お君が父の弟子に犯される場面、お君の二番目の夫・安二郎の好色ぶりに関する記述、豹一と紀代子という学生同士の性的な関係が描かれた場面の四箇所を含む、計四ページが削除の対象となった。

しかし、その処分よりも前、単行本『夫婦善哉』に収録する際に、織田は初出から大きく修正を施していた。その多くは性に関わる描写の削除だった。本書においてはこの初出のテクストを採用しているが、それはここにこそ織田が形象化することを目指したと思われる、性的存在であると同時に、自らの意志を表明する女性像が立ち現れているからである。

単行本『夫婦善哉』版、また、全集に採録されているテクストと比べると、初出版は書き出しからして大幅に削除されていることが分かる。その失われた書き出しを見ると、お君の〈内面の不在〉が言語化されているところに、「ひとりすまう」の明日子との重なりを見ることができる。

歳月が流れ、お君は植物のように成長した。一日の時間を短いと思ったことも、また長いと思ったこともない。終日牛のように働いて、泣きたい時に泣いた。〔中略〕自分の心を覗いてみたことも他人の心を計ってみたこともなく、いわば彼女にはただ四季のうつろい行く外界だけが存在したかのようである。

だが、この直後にお君と明日子の差異がすぐさま浮上する。それは意志の表明である。とはいえ、それは次のように不吉な出来事として描かれる。

三十六才になって初めて自分もまた己れの幸福を主張する権利をもってもいいのだと気付かされたが、そのとき不幸が始まった。

お君はそれまで「私はどうでも宜ろしおます」という口癖によって、〈母〉や性的存在としての女性であることとの葛藤や、そのことをめぐる他者との係争の可能性が摘み取られていた。ただ周囲の男性が求めるままに、お君の同意なく性的関係を結ばされ、妊娠・出産した人物として描かれていた。しかし、お君に緩やかな転機が訪れたのち、彼女は再婚先の使用人と意図的に性的関係を結び、それを知り自らに暴力をふるう安二郎を「冷やかな眼」で見つめ、また、懊悩する安二郎を「しげしげと見つめる」。それに対し「安二郎は初めてお君を女と見た」と織田は書く。かくして、織田版ファム・ファタルは生まれた。しかし、それはすぐさま失われるものでもあった。

それには先述した検閲処分と小説「夫婦善哉」が高評価を得たことが関わっているように見える。検閲処分は、作家自身が大幅に性的な描写を削除したにも拘らず、「露骨ナ性欲描写」があると当局に判断されたことを示している。それは織田を陰に陽に萎縮させる効果をもたらしたことが推測される。さらには、書き下ろし長篇『青春の逆説』（萬里閣、一九四一年）も、映画監督と不倫の末に中絶した映画女優への言及や、作中人物たちの性交渉を示唆する記述により、風俗壊乱の廉で発売頒布禁止処分を受けた。これは戦前の単行本検閲処分の中で最も重いものである。一方、「夫婦善哉」は一組の男女のカップルを描いた作品だが、そこに作中人物たちの性的な行動や、性欲があることを直接的に示す箇所は見受けられない（もっとも、蝶子が柳吉を打擲することに快感を覚えるという叙述はある）。そうした作品が世評を呼び、織田を全国区の文芸誌にデビューさせたとなると、以前のモチーフを手放す動機も生まれよう。事実、性的存在としての女性は以後しばらくの間封印される。

しかし、織田は女性を描くことを止めない。本書に収録された作品からは、織田が様々な創作上の実験を行い、作風に幅が生まれることと併せて、多様な女性像がせり上がってくることが窺えるだろう。その際に同時に前掲化してくるのが、女性と婚姻というモチーフである。「婚期はずれ」（『会館芸術』一九四〇年一一月）は「夫婦善哉」と同じ年に発表された。大阪のある路地に暮らす、朝日理髪店の家族の物語である。タイトルの通り、娘たちの結婚（ができないこと）を軸に展開されるが、突然未婚のまま妊娠する娘や、娘たちの成長や縁談が思うままに進まないことに大いに焦り、いざ娘が出産するると誰よりも晴れやかに振る舞う母・おたかの姿は、「雨」の友子やお君のそれを変奏したものなのかもしれない。しかし、母と息子の年代記に仕上げた「雨」とは異なり、「婚期はずれ」は女系家族と婚姻が主題となっている点に、織田作品の進路変更の跡が見える。

一九四二年に、織田は無条件に婚姻関係を言祝ぐ作品をいくつか発表している。まず、「秋深き」（『大阪文学』一九四二年一月）はある夫婦を描いている。病気療養のために温泉宿に逗留していた「私」は、隣室の夫婦と接近する。この妻は「化物のように」背が高く、執拗に「私」を見つめてくる。夫婦は「私」にそれぞれ、自分が相手にいかに悩まされているかを語り聞かせる。男女のカップルの間に挟まれる男性の視点人物（「私」）という形式は、小説第一作「ひとりすまう」のバリエーションとも言える。視点人物の前からカップルが去って幕が下りる構成も同様である。「秋深き」の夫婦は「私」によって「似合いの夫婦」と評価される。ここが、「ひとりすまう」からの作者の変化だと言えるかもしれない。

「天衣無縫」（『文藝』一九四二年四月）は織田作之助初の女性独白体小説である。風采のあがらない夫のことが妻の目線から語られている。本作における出色は「私」の見合いまでのくだりだろう。女性の結婚や見合いの相手、その後の生活に対する期待や、同性からの視線に対する抵抗が、一気呵成に記述され、「私」の気分が急速に変転するさまが表現されている。本作も婚姻を肯定的に描く点では「秋深き」と軌を一にする。

この時期から、織田は更に様々な女性作中人物を造形していく。その中でも「婦人」（『文庫』一九四三年一月）は異色の作品である。いわゆる出戻りの女性が別荘地の「奥さん」たちと交流しようとするために、歯の浮くようなお世辞を弄し、さまざまに尽くす。「奥さん」たちはそれを軽蔑したが、彼女を悪く言うと自分が他の「奥さん」からさらに悪く言われるのではないかという恐れが働き、彼女たちは揃って彼女の悪口を言えず、却ってお互いの悪口を言うようになる。こうして一つのコミュニティの均衡が失われる過程が描かれている。

「蛍」（『文藝春秋』一九四四年九月）は寺田屋のお登勢を主人公とした年代記。早くに家族を失い、寺田屋に嫁ぐも不幸な婚姻生活を送るお登勢は、寺田屋の取り仕切りに才覚を見せる。度々起こる悲劇も、持ち前の明るさで乗り切るように見える。しかし、このようなお登勢を支えるのは明るさだけではない。むしろ、「蛍火」に重ねられる諦念こそがお登勢の正体であるかのようだ。それだけ「蛍火」は印象深く作中を漂っている。もちろん、坂本龍馬のエピソードを軸に、幕末の事件や風俗が描かれ、作品世界に奥行きがもたらされている。なお、大阪府立中之島図書館織田文庫にはこの作品の草稿が残されているが、結末が大きく変わっており、草稿は寺田屋の没落までが描かれている。

また、「蛍」は織田の死後、『蛍火』のタイトルで映画化され、一九五八年三月に公開となった。脚色は八住利雄、監督は五所平之助。お登勢を演じたのは、豊田四郎監督の映画『夫婦善哉』で蝶子を演じた淡島千景。他に伴淳三郎（伊助）、森美樹（坂本龍馬）、若尾文子（お良）というキャスティングである。

本書にて初めて単行本に収録されたのが、「あのひと」（推一九四四年、全集未収録、大阪府立中之島図書館織田文庫所蔵）である。一次資料はシナリオの体裁を採っており、表紙には「松竹映画大船作品」の文字がある。なお、二〇一四年に山本一郎監督の手により、「あのひと」として映画化が実現した。

物語は、結婚したがらない娘四人が焦点となっている。ここでもやはり、女性と婚姻のモチーフが顔を出す。娘たちの生活圏にある長屋では、全員未婚の帰還兵四人が同居している。彼女たちと彼らは交流を深め、結末ではいずれ訪れる婚姻が示唆されるが、異性愛を描くことは目的でないように見える。ここでは、男女それぞれが己の職分に没頭しつつ、戦争孤児（戦死した部隊長の息子）を彼らが協同して育てることで、家族関係が擬似的に描かれている。そのことがもしかしたら「健康で健全な青少年の姿」を表現する意味を持つのかもしれず、その意味で戦時の時局を反映しているようにも見えるが、いわゆる男女の恋愛を描かず、性愛の問題を空白にするという手法は織田がしばしば使っていたものでもある。それが物語において効果的に用いられるのが、戦後に発表された「女の橋」に始まる船場三部作である。この点については後述したい。

「表彰」（『文藝春秋』一九四五年一二月）について、織田は「終りが書きたくて書いた」と学生時代以来の友人である作家・青山光二に宛てた書簡（一九四六年一月二五日付）に書いた。老舗の料理屋の長女として生まれたお島は板前のもとに嫁ぐが、婚姻関係は平穏とは言いがたい。夫は愛人を作り、子どものできないお島夫婦は松太郎という子を養子にもらったが、夫と松太郎の相性はよくない。こうした人生を送るお島にとっては、地域の警防団から表彰されたことだけが、他者からの予期せぬ承認だった。しかし、表彰状も十日後に空襲によって家とともに焼けてしまう。

一九四六年の織田は、結果的に見れば人生最後の一年間を過ごす中で、新たな女性像を作り上げようとしていたように見える。まず、船場を舞台として女性を中心人物に据えた三部作を発表している。「女の橋」（『漫画日本』一九四六年四月一五日）では、芸者小鈴が「船場の坊んち」の恭助との子を妊娠するが、子どもだけ奪われて逆に縁切りされてしまう。その時の子である雪子は「船場の娘」として育てられる。「船場の娘」（『新生活』一九四六年一月）は「女の橋」に先行して発表されたが、物語内容からすると「女の橋」の続編となっている。ここでは小鈴の娘である雪子と丁稚の秀吉との恋愛が描かれる。婚姻に直結しない恋愛関係が浮上する点で、織田作之助の作品としては特異なものだとも言えよう。そのような作品ではあるけれども、その恋は悲恋である。雪子の物語に続く世界を描いた「大阪の女」（発表誌未詳、推一九四六年）では、雪子の娘・葉子の恋愛が描かれる。この恋愛の結末については是非本編をお読みいただきたい。

これらが三部作と目されるのは、その全てに雪子が登場するからというだけではない。むしろ、女性三人の人生が船場という土地の因習を縦糸として、一枚の絵として織り上げられていく点に魅力がある。また、見逃せないのはこれが織田作之助流の恋愛小説だということである。先述の通り、織田は恋愛をほとんど書かなかった。書けなかったのかもしれない。彼が描く男女は、すぐさま生活を作り始めてしまう。一方、この三作品は「互いに好意を抱いた男女が共にいられない」ことを繰り返し描く。しかし、三作目の結末には解釈の余地、つまり読書の楽しみがある。さて、これをどう読むだろうか。

本解説で強調したいのは、戦後になると性的存在としての女性作中人物が新たな形で立ち上がってくることである。「妖婦」（『妖婦』風雪社、一九四七年二月）は織田の代表作に数えられる「世相」（『人間』一九四六年四月）の作中にも登場する。作家の「私」が妻から今後書く作品について問われ、「題はまず『妖婦』かな。こりゃ一世一代の傑作になるよ」と答えたそれである。「世相」の担当編集者であった木村徳三によれば、「世相」の初稿からまるごと削除したパートがあるという。それは阿部定の半生に関する記述だったという証言を勘案すると、その削除された部分を元にしたのが本作であると見ることができる。

「妖婦」は戦前の日本社会にセンセーションを巻き起こした殺人犯・阿部定を思わせる女性の、幼少期から十八歳で芸者になるまでを描いている。その内容は昭和戦前期に地下版で流布していた、阿部定の公判記録に記された彼女の半生をなぞったものである。エピソードや登場する地名、家族関係も、地下版の公判記録の記述ほぼそのままである。大きく異なるのは、公判記録に浮上する阿部定の性格と、「妖婦」の主人公・安子のそれである。安子は大変気が強く、プライドが高く、却って気風のいい少女である。（あくまで公判記録に拠ることだが、実際の阿部定は、家族や周囲の人物に言われるままに動く側面があったようである。）本作では、阿部定が起こした事件そのものは描かれていない。織田の興味は猟奇的で耳目を引く事件に対してというよりも、阿部定という女性そのものに注がれていたように見える。

織田は、ごく短い作品においても様々な女性像を造形しており、本書にはこれらも収めた。戦時下に発表された「眼鏡」（『令女界』一九四三年六月）には、十代の少女を通して見た、結婚したての兄嫁の姿が描かれている。掲載媒体を意識してのことか、大変幸福なオチがつけられているし、小道具としての眼鏡もよく活かされている。一方、戦後の発表である「実感」（『大阪朝日新聞』一九四六年六月一〇日）は、頑固な父親と詐欺師の男との間で翻弄される娘の話。「日本の男はみんな嘘つきで無節操だ」という彼女の言葉は、当時の世相を撃とうとしているように見える。「好奇心」（『毎日新聞』大阪版、一九四六年一〇月二〇日）に登場する宮枝は「お化け」と綽名されているが、自分が殺人鬼に殺されれば世間の人びとが自分を美人と言うはずだと思い込む。そして、殺されるかもしれないというスリルを味わいたい一心で、夜道を歩く。「男はみな殺人魔」という言葉は「実感」の娘の言葉と共鳴するようにも見える。また、宮枝は性的存在としての女性であるという自意識に支えられた人物であり、この点で「雨」のお君が再生したかのような印象を抱く。

ところが、おそらくそれは錯覚ではない。実際のところ、一九四六年に発表された多くの作品に登場するのは、このような女性たちなのである。さらに、それと比例してこれまで女性を描くこととセットであった婚姻の問題が後景に退く。ここに再帰的に誕生したのが、安子や宮枝のような、性的存在であることに自覚的で、強い自意識を持ち、誇り高く自らの行動を決定していく女性たちである。戦後におけるお君の復権と呼んでもよい。そのことは、次の三作品によりよく表れている。

「冴子の外泊」（第二章まで『国際女性』一九四六年九月。以後は遺稿）に描かれているのは、娘に嫉妬する母と、自尊心のために異性に性的関係を迫る娘の姿である。もちろん、母子と関わる男性二人も嫉妬に悩み、強い自尊感情に動かされているが、タイトルが「冴子の外泊」となっている限り、読者の視線は誇り高い娘・冴子に注がれることになる。「二十番館の女」(『新生』一九四六年七月)も近似したモチーフが扱われるはずだったように見受けられる。東京に一つだけあるという、男子禁制の女性だけのアパート・二十番館。そこに暮らす幸子と千賀子の異性関係が描かれようとするが、作者の死により本格的な展開を見ることが叶わなかった。幸子、千賀子だけでなく、それぞれにパワフルな女性たちが躍動する気配があるだけに、未完であることが惜しまれる。

本書の巻末に置かれると同時に、織田作之助の文学的営為の終末期にも位置する「怖るべき女」(『りべらる』一九四六年一〇月〜一九四七年二月。未完)について、本書では全集未収録回(『りべらる』一九四七年二月掲載分)も収録した。本作では、先に述べたような戦後における新たな女性像が先鋭的に表れている。

これら三作品は全て未完となっていることが惜しまれる。同じく遺作で未完となった長編「土曜夫人」にも、蠱惑的で、気が強く、異性を軽蔑し、未知のものを恐れない、自らの意志を実行する気高い女性たちが登場する。こうした意欲的な試みの一方で、敗戦直後に急激に執筆量が増え、表現やプロットを練り切れずに書き飛ばしたと見える作品の質や、女性像の造形に留まらない実験的な試み——例えば、小説において偶然ということがいかに言語化できるかという問題——との兼ね合いがどのようにつけられていったのか。それを見ることは既に叶わないが、織田作之助という作家が自作と自身のイメージを塗り替えた可能性を思わずにはいられない。

終わりに、本書の主題に戻る。実は、女性を描くという挑戦が、「大阪の／「夫婦善哉」の／自由軒のライスカレーの」織田作之助にとって、創作意識の中に決して小さくない位置を占めつつ常に流れていた。そのように述べてもよいだろうか。とりわけ、婚姻関係を結ばない女性が度々描かれたことに注目したい。あるいは、仮に誰かと結婚していても、労働に没入することで〈妻〉という役割を回避していた女性たちがいたことにも。織田の作品において、異性との信頼関係を前提に婚姻生活を送っていた女性は、驚くほど少ない。織田作之助の創作活動の当初から没するまで一貫していたのは、異性愛秩序において男女がいかに相互に了解不可能かを指し示し、また、近代の家父長制の前提とされるロマンティック・ラブ・イデオロギーを遂行しない女性たちの姿だった。そのことは唯一の女性独白体小説「天衣無縫」の「私」、すなわち、夫を「私だけのものだ」とまで言う「私」のささやかな呟きに表れてはいないだろうか――「結婚のことを想って、私は悲しかった」。

参考文献

浦西和彦編『織田作之助文藝事典』(和泉書院、一九九二年七月)
大谷晃一『織田作之助――生き、愛し、書いた。』(沖積舎、一九九八年七月)
悪麗之介編『俗臭　織田作之助［初出］作品集』(インパクト出版会、二〇一一年五月)
関根和行『増補・資料織田作之助』(日本古書通信社、二〇一六年八月)

【著者略歴】

**織田作之助**（おだ・さくのすけ）

1913年10月、大阪市生まれ。1933年から創作活動を開始し、1938年に小説「雨」を発表。1940年に「俗臭」が第10回芥川賞候補となる。同年に発表した「夫婦善哉」が改造社の第1回文藝推薦作品となり、以降、本格的に作家活動を開始。1946年4月に発表した「世相」が評判を呼び、作品発表の機会が劇的に増えるも、1947年1月、肺結核のため東京にて死去。その直前に評論「可能性の文学」を発表し、作風の転換を図っていた矢先のことだった。太宰治、坂口安吾らと共に「新戯作派」「無頼派」と呼ばれ「オダサク」の愛称で親しまれた。

【編者略歴】

**尾崎名津子**（おざき・なつこ）

弘前大学人文社会科学部講師。専門は日本近現代文学。主な著書・論文に、『織田作之助論　〈大阪〉表象という戦略』（和泉書院、2016年）、「待たれる「乞食学生」――『若草』読者共同体と太宰治」（小平麻衣子編『文芸雑誌『若草』　私たちは文芸を愛好している』翰林書房、2018年）など。

織田作之助　女性小説セレクション
# 怖るべき女

二〇一九年　八月五日　初版第一刷　発行

著　者　織田作之助
編　者　尾崎名津子
発行者　伊藤良則
発行所　株式会社　春陽堂書店
〒一〇四―〇〇六一
東京都中央区銀座三―一〇―九
電　話　〇三―六二六四―〇八五五
装　丁　志岐デザイン事務所　黒田陽子
印刷・製本　株式会社　ラン印刷

乱丁本・落丁本はお取替えいたします。

ISBN978-4-394-19003-5　C0093

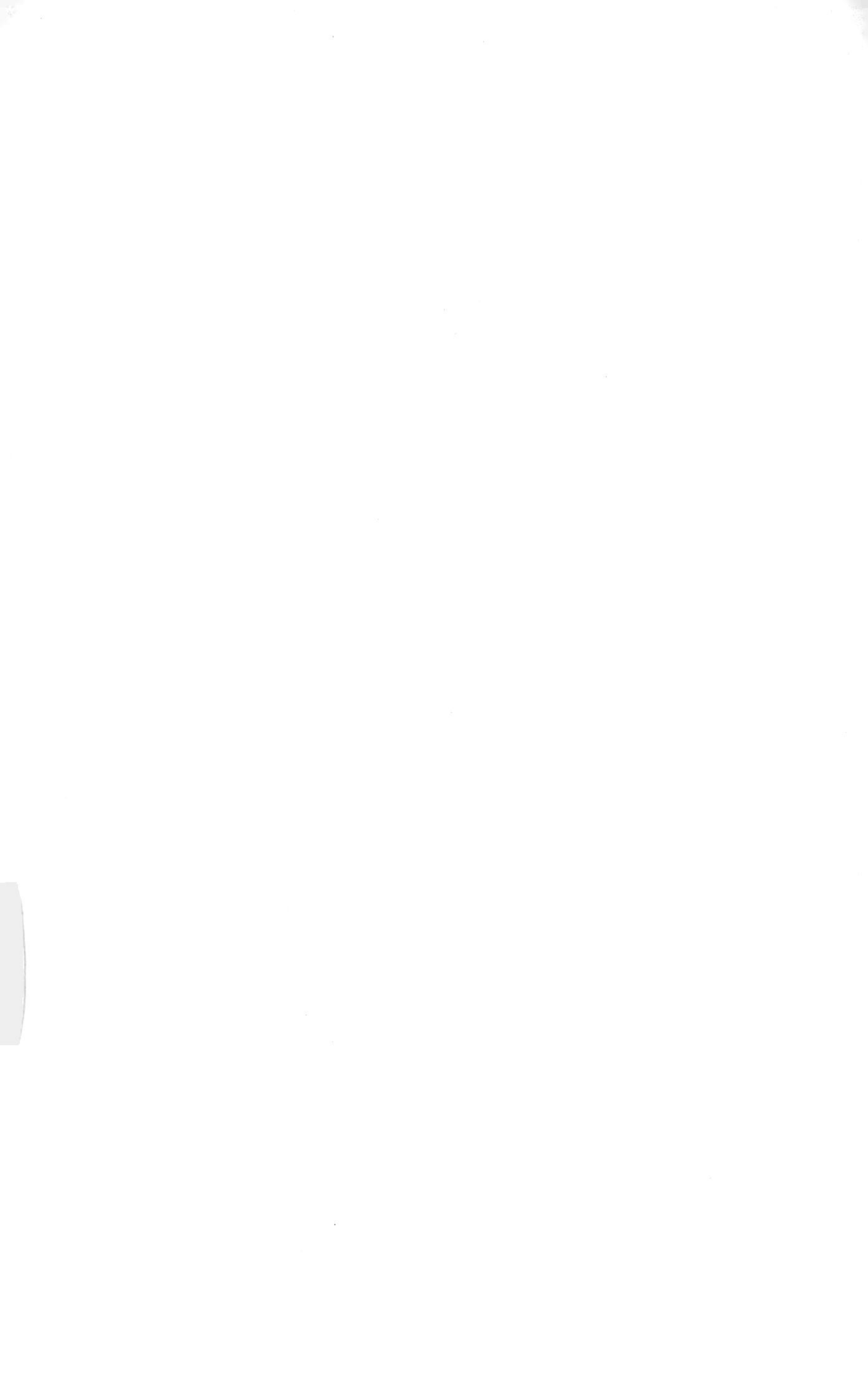